Mya Munroe kehrt nach zehn Jahren an den Ort ihrer Jugend zurück, aus dem sie einst vor lauter Angst geflohen ist. Auch heute noch ist Salinas, die kleine Stadt in Nordkalifornien, dominiert von Gangs und Gewalt. Erschrocken über die Zustände möchte Mya am liebsten sofort wieder abreisen, doch eine Tat in ihrer Vergangenheit hält sie davon ab. Sie ist gezwungen, sich ihrem Gewissen zu stellen - und jenen beiden Männern, mit denen sie eine grauenvolle Tat verbindet, die nicht verblasst. Ebenso wenig wie das Tattoo in Form eines schwarzen Kleeblatts, das sie alle Drei tragen, und das sie für immer verbinden wird.

Bonnie Sharp ist das Pseudonym einer deutschen Autorin, die mal etwas anderes ausprobieren wollte. Black Shamrock ist ihr erster Roman in diesem Genre, dem eine Fortsetzung folgt.

BLACK SHAMROCK

Du gehörst uns

BONNIE SHARP

Bibliografische Information der Deutschen Nationalbibliothek:

Die Deutsche Nationalbibliothek verzeichnet diese Publikation in der Deutschen Nationalbibliografie; detaillierte bibliografische Daten sind im Internet über dnb.de abrufbar.

1. Auflage, 2018

Herstellung und Verlag: BoD – Books on Demand, Norderstedt

ISBN 978-3-7481-4919-4

Two green shamrocks, growing beneath a tree; another one sprouted, and then there were three.
~ Irish Saying ~

Prolog

Von weitem hörte sie bereits die Schüsse. Mya lächelte. Sie
war in Sicherheit. Außer ihren beiden besten Freunden
gab ihr niemand sonst auf der Welt ein solch behütetes
Gefühl. Eine Tatsache, die sie an diesem Tag besonders schmerzte,
denn etwas war geschehen. Etwas, das sie ihnen sagen musste.

Die Sonne schien und es war ein Tag wie aus dem Bilderbuch.
Mya spürte die Wärme auf der Haut und hob ihr Gesicht zum
Himmel. Es war Sonntag, der Tag, den Familien für gewöhnlich
zusammen verbrachten. Aus diesem Grund war sie zu der Hütte im
Wald aufgebrochen. Rap und Exx vertrieben sich dort meistens ihre
Wochenenden, um ihren Vätern aus dem Weg zu gehen, die von der
Schicht auf dem San-Ardo-Ölfeld heimkehrten.

»Feind im Anmarsch!«, rief Mya, als sie nahe genug heran war,
dass die zwei Jungs sie hören konnten.

»Feuer eingestellt«, kam die Antwort aus dem Gebüsch, bevor
Rap seinen Kopf hindurch streckte und Mya angrinste.

Er war größer als sie, blond, blauäugig und gut gebaut. Genau
der Typ, den man auf der High School längst wegen seines Aussehens zum beliebtesten Schüler gewählt hätte – wenn er die Schule
gelegentlich besuchen würde.

»Komm!« Er zog sie durch das Gestrüpp und umarmte sie. Eine Geste, die Mya nur zu gerne erwiderte. In ihrem Rücken spürte sie die Wärme der gerade abgefeuerten Waffe, die der Freund noch in der Hand hielt.

Rap strich ihr eine Haarsträhne aus dem Gesicht und sah sie an. »Alles in Ordnung, Kätzchen?«, fragte er.

Mya nickte. Sie mochte ihren Spitznamen, obwohl es eine Anspielung auf ihre Größe war. Sie war klein, aber die Art, wie Rap die Koseform aussprach, vermittelte ihr jedes Mal ein Gefühl der Vertrautheit. Dann erblickte sie Exx, der seine Waffe, eine Glock, lässig im Hosenbund verschwinden ließ.

»Hey!« Er kam auf sie zu und erinnerte Mya einmal mehr an einen Grizzlybären, so groß und dunkel wie er war. Bereits im Teenageralter war es ihm vergönnt, einen Dreitagebart zu tragen, der manch erwachsenen Holzfäller eifersüchtig gemacht hätte. Mit Schwung zog er Mya in seine Arme und wirbelte sie herum.

»Ich habe dich vermisst«, flüsterte er in ihr Ohr und sie klammerte sich an ihn.

Schon an ihrem ersten Tag auf der North Salinas High School war ihr Exx aufgefallen. Er war ruhig und unauffällig, doch hinter seinen Augen lag ein Glühen, das Mya durch und durch ging. Nach dem dritten Schulwechsel in nur drei Jahren war sie es gewöhnt, die Neue zu sein, die man anstarrte und hinter deren Rücken man flüsterte. Aber Exx war anders. Er schien sie zu sehen, ihr Schicksal zu erkennen. Ihre spontane Freundschaft brachte die Mitschüler zum Schweigen. Nicht, weil Exx etwas zu ihnen sagte, sondern weil seine bloße Anwesenheit den meisten Angst einjagte. Er besaß eine solch intensive Ausstrahlung, die den Leuten sofort vermittelte, dass man sich mit ihm besser nicht anlegte.

Mya lehnte sich gegen ihn und griff nach Raps Hand, der hinter ihr stand. Sie wollte sich nicht ausmalen, wie ihr Leben ohne die beiden Freunde weitergehen sollte. Es erschien ihr einfach unmöglich.

»Wie läuft es bei dir daheim?«, erkundigte sich Exx und Mya sah, dass die Jungs einen Blick miteinander wechselten.

»Das übliche«, wich sie aus und fragte sich, wann sie am besten mit der Sprache herausrücken sollte.

Rap drückte ihre Hand. »Willst du sehen, wie wir mit der Harley vorankommen?«

»Na klar!« Mya folgte den Beiden in die aus schweren Holzbalken erbaute Hütte, die nur aus einem einzigen Raum bestand. Die einstmals blinden Fenster waren schon lange zerschossen worden, sodass nun Licht und Luft ins Innere drangen. Zwei Matratzen lagen in der einen Ecke, aufgerollte Schlafsäcke, ein Petroleumkocher und Konservendosen in der anderen. Wenn niemand sie finden sollte, was öfters vorkam, als Mya vermutet hätte, dann verkrochen sich Rap und Exx in der Hütte im Wald, deren Existenz dem Rest der Welt verborgen zu sein schien.

Mit Schwung zog Rap ein altes Laken von dem Motorrad, das die Jungs als ihre große Liebe bezeichneten. Zum Vorschein kam das inzwischen weitestgehend wieder zusammengesetzte Gerippe einer 1941er Harley Davidson FL Sidecar Knucklehead, einem Motorrad mit Beiwagen, in deren Restaurierung jeder Cent floss, den die Freunde aufbringen konnten.

»Was sagst du?« Exx massierte Myas Schultern und sie seufzte genüsslich.

»Sie wird immer hübscher«, erwiderte sie und Rap lachte.

»Ihr seid die einzigen Frauen, die wir hier dulden.«

»Ich weiß.« Mya wandte sich ab. Zu sehr lastete die Nachricht auf ihr, die ihr die Jugendbehörde gestern durch eine betont distanzierte Angestellte hatte mitteilen lassen, und die sie nicht auszusprechen wagte.

»Du weißt, dass du dir keine Sorgen mehr machen musst.« Exx musterte sie und Mya wich seinem Blick aus. Sie fürchtete, er könnte erraten, was sie zu sagen hatte. Jede Minute mit ihren Freunden war kostbar. Sie wollte das Zusammensein nicht zerstören. Rap und Exx waren mehr als ihre Familie. Sie waren ihre Lebensretter, ihre Seelenverwandten, ihre Racheengel.

»Bleibst du zum Abendessen?« Rap deutete auf die ungeöffneten Whiskyflaschen, die auf einem der Fensterbretter standen.

»Klar!« Sie griff spontan nach der Waffe in Exx' Hosenbund, ging zurück ins Freie und entsicherte sie gekonnt. Zu oft hatte sie in ihrem Frust, ihrer Angst und ihrer Hilflosigkeit Schießübungen auf die in den Bäumen aufgehängten Blechdosen gemacht. Die gewohnten Bewegungen und die Kraft der Waffe gaben ihr augenblicklich ein Gefühl der Überlegenheit, doch erst als Rap ihren Hals küsste und ihr vorsichtig die leergefeuerte Glock aus der Hand nahm, spürte Mya, in welch aufgelöstem Zustand sie sich befand.

»Er wird dir nie wieder wehtun«, murmelte der Freund.

»Ich weiß.« Sie schluckte die Tränen hinunter, die sie wegen diesem Schwein von Pflegevater nie mehr hatte vergießen wollen. Doch zwei Jahre waren eine lange Zeit, wenn man jemanden so sehr hasste, dass man glaubte, jene Empfindung würde einen auflösen wie eine bösartige Säure. Sie hatte sich in Myas Seele geätzt und ihr bisheriges, unglückliches Leben auf einen ungeahnten Tiefpunkt stürzen lassen.

»Möge er in der Hölle schmoren«, spie sie aus und spürte Exx' Hände, die ihr Gesicht umschlossen.

»Sieh mich an!«, forderte er.

Sie schluckte und blickte in seine tiefdunklen Augen. Der plötzliche Moment der Schwäche verschwand. Es war, als söge sie seine Stärke in sich auf.

»Es ist vorbei!« Die Worte hatten einen düsteren Klang. »Sag es!«

»Es ist vorbei.« Myas Stimme brach, doch dann wiederholte sie es energischer: »Es ist vorbei!«

»Es gibt nur uns Drei.« Raps Arme umschlossen Mya von hinten und sie lehnte ihre Stirn gegen die von Exx. »Du gehörst uns, Mya. Wir passen aufeinander auf, solange wir leben.«

Sie schloss die Augen. Die Gefühle, die sie für Rap und Exx hatte, waren so vielschichtig, so intensiv, verwirrend und beflügelnd gleichzeitig, dass sie sich auch dieses Mal nicht dagegen wehrte. Die Jungs waren Todesboten, doch wenn sie Mya berührten, dann verloren sie ihre schwarzen Schwingen und wurden zu einem reinen, erlösenden Sinnesrausch.

Mya küsste Exx und ließ zu, dass Rap ihren BH öffnete. Sie hörte, wie die Waffen zu Boden fielen und sank hintendrein. Die verstörende Nachricht, die sie den Freunden hatte überbringen wollen, verschwand mit der zunehmenden Erregung, die sie überkam. Fordernde Hände, heiße Zungen und der Geschmack der Nacktheit löschte bei Mya die Realität aus. Niemals hatte sie derart geliebt. Niemals würde sie wieder derart lieben. Mya, Rap und Exx waren wie ein schwarzes Kleeblatt, das ein Geheimnis hütete, das sie für immer verband.

One

❦

Mya schrak hoch und sah sich um. Sie fühlte das feine Leinen, das sie umgab, roch den Duft der Lavendelkissen auf ihrem Nachtkästchen und sah den nackten Oberkörper eines schlafenden Mannes neben sich. Benjamin. Sie atmete aus. Die Uhr neben ihrem Bett zeigte fünf Uhr morgens an.

Leise schob sie die Decke zurück und erhob sich. Der morgendliche Dunst vor dem Fenster war typisch für London. Er hüllte die gesamte Wohnung in ein weiches Licht. Mya schlich aus dem Schlafzimmer, schloss die Tür hinter sich und nahm in der Küche drei Orangen aus der Obstschale. Nachdem sie sie geschält und geviertelt hatte, steckte sie die Stücke in die Saftpresse und stellte ein Glas darunter. Anschließend setzte sie sich an den geräumigen Esstisch, schlürfte den frischgepressten Saft und bemühte sich, nicht an den Traum zu denken, der sie hatte aufschrecken lassen.

Doch ihr Herz klopfte unnatürlich schnell. Beinahe, als wäre sie gerade erst von ihrer täglichen Joggingrunde zurückgekehrt, nach der sie süchtig war. Sie lief nicht etwa, sie rannte. Jeder, der Mya kannte, scheute sich davor, sie bei ihren Trainigsrunden zu begleiten. Kein normaler Jogger konnte über längere Zeit dem Tempo standhalten, das Mya vorlegte. Zehn Jahre Training lagen hinter ihrem Durchhaltevermögen, das ihren Körper zäh und sehnig hatte werden lassen. Zehn Jahre.

Mya kippte den Orangensaft hinunter und wippte zerstreut mit dem Fuß. Es war diese ständige Nervosität, vermischt mit den quälenden Erinnerungen, die sie jeden Tag aufs Neue loslaufen ließen. Erst wenn ihre Lunge brannte und ihre Knie drohten, unter ihr nachzugeben, war Mya zufrieden. Für kurze Zeit kamen ihre Sinne dann zur Ruhe. Bis die Nacht kam und mit ihr die Träume, die sie selbst nach all den Jahren nicht losließen.

»Bist du schon wach?« Benjamin kam oberkörperfrei in die Küche und gähnte. Seine Schlafanzughose war zerknittert, die rotbraunen Haare standen ihm zu Berge.

»Ich gehe laufen«, erklärte Mya und erhob sich.

Er zog sie in seine Arme. »Kann das nicht warten? Es ist Samstag. Alle anderen Paare erholen sich am Wochenende, schlafen aus, haben Sex ...« Er knabberte an ihrem Ohr.

Mya wand sich aus seiner Umarmung. »Ich muss nachdenken«, murmelte sie.

»Ist es wegen dem Schreiben, das du bekommen hast?« Er sah sie aufmerksam an. »Ich habe dir gesagt, dass du dir darüber nicht den Kopf zerbrechen solltest. Nimm dir einen Anwalt. Ich kann nicht glauben, dass man dich zwingen kann, wegen einer Aussage in die USA zu fliegen.«

Mya starrte aus dem Fenster. Was war, wenn sie fliegen wollte? Das Herz hämmerte in ihrer Brust.

»Ich könnte dich begleiten. Du musst das nicht alleine durchstehen.«

»Danke.« Sie schenkte ihm ein Lächeln. Benjamin war ein wundervoller Mann. Sie waren bereits seit vier Jahren ein Paar, seit einigen Monaten lebten sie zusammen. Es war die erste Beziehung in Myas Leben, die sie bewusst zuließ. Sie bemühte sich, Benjamin einen Blick in ihr Innerstes zu gewähren, aber bei gewissen Dingen gelang ihr das nach wie vor nicht.

»Lass uns später darüber reden«, wiegelte sie ab und gab ihm einen Kuss. »Ich gehe jetzt laufen.«

»In Ordnung.« Er streckte sich. »Ich schlafe noch eine Runde.«

Mya blickte ihm nach, dann ging sie ins Bad, zog ihre Trainingsklamotten an und betrat die Straße. Kaum hatte sie ihren gewohnten Laufrhythmus aufgenommen, verselbstständigten sich ihre Gedanken.

Straßenbauarbeiter hatten die Leiche ihres Pflegevaters südlich des Highway 101 zwischen Paso Robles und King City gefunden. Das war bereits im vorletzten Jahr gewesen. Aber es hatte über zwölf Monate gedauert, bis die Behörden sie ausfindig gemacht hatten. Seit Mya Monterey County in Kalifornien vor zehn Jahren verlassen hatte, war sie niemals lange an einem Ort geblieben. Ihre letzte Pflegefamilie, zu der sie ebenso wenig eine Bindung hatte aufbauen können wie zu allen anderen davor, war mit ihr von Kalifornien in den Bundesstaat Maine gezogen. Nach ihrem High School Abschluss war Mya nach New York gegangen. Sie hatte dort als Kellnerin gearbeitet, hatte die Abendschule besucht und eine Ausbildung zur Software-Programmiererin abgeschlossen. Sie war gut in abstrakten Dingen, die nichts mit zwischenmenschlichen Beziehungen zu tun hatten. Schnell fand sie einen Job, in dem sie sich wohlfühlte. Doch die Firma verlegte ihren Standort kurz darauf nach Kalifornien. Dorthin wollte Mya nicht mehr zurück. Sie schlug ihre Zelte eine Zeitlang in New Orleans, dann in Miami auf. Schließlich trieb sie ihre Ruhelosigkeit nach Europa. Je weiter sie von den USA entfernt lebte, so glaubte sie, desto einfacher würde ihr das Leben fallen.

Es stellte sich jedoch heraus, dass Mya ihrem Unterbewusstsein nicht entkommen konnte. Als sie schließlich anfing, bei einer Firma zu arbeiten, deren Zentrale in London lag, und die bereit war, sich um ein Arbeitsvisum für Mya zu kümmern, eröffnete sich ihr die Möglichkeit, länger als nur für eine kurze Reise ihrer Heimat fortzubleiben. Sie nutzte diese Gelegenheit. Das war vor sechs Jahren gewesen. Seitdem rannte sie nicht nur jeden Tag durch den Park von Hampstead Heath, sondern übte sich auch darin, ihre amerikanische Aussprache abzulegen, um einer Vergangenheit zu entkommen, die sie nicht aufhörte, zu verfolgen.

Wieder zurück in ihrer Wohnung, ging Mya unter die Dusche. Ihr Herzschlag beruhigte sich und der angenehme Erschöpfungszustand ihres Körpers setzte ein. Mya genoss das Glücksgefühl, das ihr in dieser Form nur vergönnt war, wenn sie rannte.

»Darf ich?« Benjamin schob den Vorhang zurück. Er war nackt und offensichtlich hocherfreut, sie zu sehen.

Mya wischte sich das Wasser aus den Augen und nickte.

»Warum nicht das nützliche mit dem angenehmen verbinden?«, murmelte er, bevor er in die Dusche stieg und sie küsste.

Mya gelang es, sich auf ihn zu konzentrieren. Benjamin war ein rücksichtsvoller Liebhaber, zärtlich und einfühlsam. Seine Finger fuhren die Innenseite ihres Oberschenkels entlang, strichen vorsichtig über ihre Schamlippen. Sie spreizte die Beine ein wenig für ihn, doch er ließ sich Zeit. Sanft massierte er sie mit der Handfläche, während sie sich in seine Pobacken krallte. Es fiel ihr schwer, ihm zu sagen, was sie wollte, denn sie fürchtete sich vor seiner Reaktion. Am Ende ging es auch nicht darum, *was* sie wollte, sondern *wen*. Das schlechte Gewissen überkam sie und sie beobachtete, wie er den Duschkopf nahm und vor ihr auf die Knie ging. Er wollte es ihr schön machen. Mya stöhnte laut, um ihn anzutörnen. Benjamin lächelte und neckte sie mit dem Wasserstrahl, bevor er sich vorbeugte und mit der Zunge ihre Schamlippen durchdrang. Behutsam umkreiste er ihre Klitoris, saugte und leckte und Mya wünschte sich, dass sie endlich aufhören könnte zu denken. Deshalb warf sie ihren Kopf zurück und vergrub ihre Hände in Benjamins nassen Haaren. Wenn sie es schaffte loszulassen, stellte sich meist jene Erregung ein, die sie ersehnte.

»Du bist so sexy!« Benjamin stand wieder auf, bevor Mya richtig in Fahrt war, hob ihr Bein an und küsste sie erneut. Sie schmeckte sich auf seiner Zunge und drängte ihr Becken automatisch gegen ihn.

»Nimm mich«, murmelte sie und stieß seine Finger zur Seite, damit er endlich in sie eindrang. Er tat es langsam, sah ihr dabei in die Augen. Das war der Moment, in dem sie die Enttäuschung spürte. Sie vermisste etwas. Benjamin war nicht stürmisch, rau oder bestimmend. Er hielt sie nicht fest, nahm sich nicht, was er wollte, und gab ihr nicht das Gefühl, eins zu werden mit der Gefahr. Sie löste sich unter seinen Händen nicht auf, sondern blieb das hilflose Wesen, das sie war. Sie bekam keine Stärke von ihm.

»Ich liebe dich, Mya«, hörte sie Benjamins heißen Atem an ihrem Ohr, während er in sie stieß. Instinktiv bewegte sie ihre Hüften schneller, kreiste sie, zwang ihm ihren Willen auf und brachte ihn schließlich zum Höhepunkt.

»Ich wollte noch nicht ...«, flüsterte er und sie erstickte seine Worte mit einem Kuss. Er erwiderte ihn und hielt sie fest an sich gedrückt. Mya glaubte, keine Luft mehr zu bekommen. Vorsichtig löste sie sich von ihm und ließ zu, dass er sie einseifte.

»Wollen wir später auf den *Farmers Market* gehen?« Benjamin stellte die Shampooflasche zurück auf die Ablage und begann, sich die Haare zu waschen.

»Gerne.« Mya wusch sich den Schaum vom Körper, schob sich an ihm vorbei und stieg aus der Dusche. Rasch wickelte sie sich in ein Handtuch, um das Tattoo nicht ansehen zu müssen, das oberhalb ihrer linken Brust prangte. Seit Jahren wollte sie es entfernen lassen, aber sie brachte es nicht über sich.

»Wir könnten ein paar Dinge einkaufen und Sue und Peter heute zum Abendessen einladen.«

»Hm.« Mya betrachtete ihr Spiegelbild. Die dunkelbraunen, halblangen Locken klebten nass an ihrem Kopf, ihre Wangen waren gerötet und der Mund war wie gewohnt so fest aufeinandergepresst, dass die Lippen weiß hervortraten. Sie versuchte, sich zu entspannen, und blickte sich selbst in die kühlen, blauen Augen. Ihr Gesicht war schmal, ebenso wie der Rest ihres Körpers. Beinahe knochig ragten ihre Schlüsselbeine aus dem flauschigen Handtuch.

Mya wusste, dass viele Leute sie für eine Gesundheitsfanatikerin hielten, obwohl sie außer ihrem täglichen Joggen nichts tat, was diese These bestätigt hätte. Dennoch wurde sie allein wegen ihres Aussehens in eine Schublade gesteckt, die jeder mit veganer Ernährung, Kalorienzählen oder obskuren Diäten in Verbindung brachte. Eine Tatsache, die Mya nicht klarstellte. Sie hatte gelernt, dass man Leute mit der Realität auch verstören konnte und es einfacher war, das Bild zu leben, welches sich andere von einem machten.

Benjamin stellte das Wasser ab und stieg ebenfalls aus der Dusche. Er zerzauste ihr spielerisch die Haare und sagte: »Ich mache uns Frühstück.«

»Du bist ein Schatz.« Mya zog ihn zu sich heran und küsste ihn. Obwohl sie sich beim Sex mit ihm nicht gehen lassen konnte, war er das Beste, was ihr seit langem passiert war. Deshalb fürchtete sie sich auch davor, jenes Gespräch mit ihm zu führen, das sie in Gedanken bereits durchgespielt hatte.

Als sie eine Viertelstunde später in die Küche kam, hatte Benjamin schon den Tisch gedeckt. Mya hörte das Gurgeln der Kaffeemaschine und roch die Bagels im Ofen. Sie stippte mit dem Finger in die Orangenmarmelade und steckte ihn sich in den Mund.

»Kleine Naschkatze«, neckte Benjamin sie und jonglierte mit vier rohen Eiern.

Mya musste lachen. Inzwischen war er gut darin, seine Kunststücke vorzuführen, doch zu Beginn ihrer Beziehung waren dabei nicht nur Eier kaputt gegangen. Benjamin warf alles in die Luft, was ihm zwischen die Finger kam. Mya applaudierte spontan.

»Du wirst immer besser!«

»Warte nur ab, eines Tages wird mich ein Wanderzirkus engagieren. Dann verlasse ich London und reise um die Welt.«

Mya setzte sich und beobachtete ihren Freund beim Kochen. Benjamin ging alles leicht von der Hand. Er kam ihr oftmals wie ein Tänzer vor, der durch das Leben schwebte. Als Angestellter einer renommierten Werbeagentur war er beruflich eingespannt, was seiner guten Laune jedoch keinen Abbruch tat. Er hatte ein anständiges Einkommen, viele Freunde, eine Familie, die sich um ihn bemühte und das große Glück, in der vertrauten Umgebung zu leben, in der er aufgewachsen war. All das schenkte ihm Ruhe und Ausgeglichenheit. Etwas, das Mya nicht kannte und von dem sie immer noch hoffte, dass es auf sie abfärben würde.

Geschickt schlug Benjamin die Eier in eine Schüssel und verrührte sie mit einer Gabel. Nebenbei erhitzte er Butter in der Pfanne auf dem Herd. Tomatenhälften und Speck brutzelten bereits in einer weiteren Pfanne. Mya seufzte. So hatte sie sich ihr Leben immer vorgestellt. Es war ihr ein Rätsel, warum sich dennoch nicht jene Zufriedenheit einstellte, nach der sie sich so sehr sehnte.

Benjamin nahm die Bagels aus dem Ofen und legte sie in den Brotkorb auf dem Tisch. Mya wartete, bis er auch die beiden Pfannen auf die bereitgestellten Korkuntersetzer stellte und sich zu ihr setzte. Sie goss sich eine Tasse Kaffee ein.

»Ich werde versuchen, mir freizunehmen, um nach San Francisco zu fliegen. Ich möchte gerne persönlich aussagen«, hörte sie ihre eigene Stimme und fragte sich, wie sie es schaffte, derart beherrscht zu klingen.

Benjamin sah auf. »Warum machst du es dir so schwer? Nach allem, was ich weiß, hat dich deine Pflegefamilie nicht besonders gut behandelt. Du musst nicht an den Ort zurückkehren, dem du einst voller Hass den Rücken gekehrt hast.«

Mya schluckte. »Das ist richtig, aber es könnte sein, dass ansonsten zwei Freunde von mir in Schwierigkeiten geraten ...« Sie biss sich auf die Unterlippe. Das hatte sie nicht sagen wollen.

»Welche Freunde? Ich dachte, du hattest nie welche.«

Mya versuchte, zu lächeln. »Das hatte ich auch nicht. Zumindest nicht, bevor ich nach Salinas kam.«

»Und was haben deine Freunde mit dem Verschwinden deines Pflegevaters zu tun?« Benjamin runzelte die Stirn, während er einen Bagel in zwei Hälften schnitt.

Die Frage brachte Mya aus dem Konzept. Dabei hätte sie es besser wissen müssen, denn Benjamin war niemand, der Dinge einfach auf sich beruhen ließ.

»Sie haben ihm einmal die Hölle heiß gemacht, als er mich

verprügelt hat. Ich möchte nicht, dass der Verdacht auf sie fällt«, erwiderte sie möglichst gelassen.

»Ich hoffe, du hast nicht vor, ihnen ein falsches Alibi zu verschaffen.« Benjamin lachte und Mya fiel in sein Lachen ein, obwohl sie innerlich erbebte.

Er schaufelte sich Rührei auf den Teller und biss in eine Bagelhälfte. »Das klingt nach tollen Freunden. Erzähl mir mehr von ihnen!«

Mya zögerte. Wie sollte sie über etwas sprechen, das sie tief in ihrem Herzen begraben hatte?

Doch Benjamin sah sie auffordernd an und Mya gab sich geschlagen: »Ihre Namen waren Rap und Exx. Ich kannte sie aus der High School.«

»Rap und Exx?« Benjamins Lachen vertiefte sich. »Sind das Pseudonyme? Waren die Beiden sowas wie Comic-Helden?«

Mya war nicht zum Scherzen zumute. Sie starrte auf ihren Teller.

»Hey, jetzt sei nicht gleich sauer!« Benjamin griff nach ihrer Hand. »Du kennst mich, ich kann nie wirklich ernst sein.«

»Ich weiß.« Mya rührte in ihrem Kaffee und bemühte sich um Gelassenheit. »Das waren ihre Spitznamen. Rap hatte einen Raptor, diesen Dinosaurier, auf seinen Rücken tätowiert, daher der Name. Und Exx ...das ist eine andere Geschichte.«

»Jetzt wird es spannend! Ich bin ganz Ohr.«

Mya atmete tief durch. »Exx' Vater arbeitete jahrelang für den Ölkonzern ExxonMobil in Texas. Als er dort seinen Job verlor, begann er zu trinken. Eines Tages ließ er seine aufgestaute Wut an seinem Sohn aus. Im Suff wollte er ihm den Namen seines ehemaligen Arbeitgebers mit einer Glasscherbe in den Arm ritzen. Weiter als bis Exx kam er jedoch nicht.«

»Was ist passiert?«

»Exx befreite sich und brach seinem Vater mit der Nachttischlampe den Unterkiefer. Da war er zwölf.«

»Wow!« Benjamin hielt inne, er wirkte mit einem Mal misstrauisch. »Das waren ja ziemlich besondere Freunde.«

»Es waren besondere Zeiten.«

»Du hast mir nie viel über Salinas erzählt. Hat das einen Grund?«

Myas Finger krampften sich in die Tischdecke. »Es war wie in den beiden anderen Pflegefamilien zuvor. Meine neuen Eltern wollten mich erziehen, ich war rebellisch, wollte mich nicht anpassen, wurde geschlagen, kam wieder einmal in eine Therapie und als mein Pflegevater spurlos verschwand und seine Frau sich selbst überlassen blieb, entschied das Jugendamt, uns Pflegekinder auf neue Plätze umzusiedeln. Das war's.«

Benjamin drückte Myas Hand. »Ich weiß, dass es dir schwerfällt, über all diese Dinge zu sprechen. Tut mir leid, wenn ich mit meiner Neugier Erinnerungen heraufbeschworen habe, die du längst verdrängt hast, doch manchmal möchte ich einfach mehr über dich erfahren. Du bist so ein verschlossener Mensch, Mya, und ich glaube zu verstehen, warum du das bist, aber bitte verstehe auch mich. Wir leben zusammen und ich denke ständig über eine gemeinsame Zukunft mit dir nach …«

Rasch zog Mya ihre Hand zurück und Benjamin warf ihr einen enttäuschten Blick zu.

»Immer wenn ich über unsere Zukunft rede, machst du komplett dicht«, bemerkte er.

Mya überkam erneut ein schlechtes Gewissen, aber sie brachte keine Entschuldigung über die Lippen.

»Kannst du dir keine Zukunft mit mir vorstellen? Was ist mit Kindern?«, bohrte Benjamin nach.

Myas Kopf schnellte in die Höhe. »Ich will keine Kinder!«, entfuhr es ihr.

»Warum denn nicht?«

»Weshalb ist das jetzt von Bedeutung? Ich kann es mir einfach nicht vorstellen, okay?«

»Das ist es, was ich meine.« Benjamin fuhr sich mit einer verzweifelten Geste durch die noch feuchten Haare. »Du bleibst immer an der Oberfläche. Es ist, als hättest du innerlich einen Bunker errichtet, in dem du nun sitzt und jeden Angriff von außen abwehrst. Dabei bin ich nicht dein Feind, Mya. Ich will dich einfach nur kennenlernen.«

Mya reagierte nicht. Sie wusste, dass Benjamin Recht hatte, aber sie fürchtete sich davor, ihm ihre ganze Geschichte zu offenbaren. Was war, wenn ihm nicht gefiel, was sie ihm erzählte? Die Wahrheit war oft schmerzhaft. In der harmlosen Welt, in der Benjamin lebte, konnten Geheimnisse wie ihres alles zerstören.

»Und jetzt redest du gar nicht mehr!« Der Freund warf seine Serviette auf den Teller. »Ich verstehe dich nicht, Mya. Tut mir leid, aber manchmal weiß ich einfach nicht mehr, was ich tun soll.«

Das wusste sie ebenfalls nicht. Im Grunde wollte sie nur in Ruhe gelassen werden, wollte, dass Benjamin aufhörte, sie mit Fragen zu löchern. Sie mochte ihn von ganzem Herzen, auch wenn sie sich noch unsicher war, ob sie ihn wirklich liebte. Aber sie spürte dieses Kribbeln im Bauch, genoss die Zeit mit ihm, staunte jedes Mal darüber, dass er es schaffte, sie zum Lachen zu bringen, und war dankbar, dass er sie von ihren Grübeleien ablenkte. Dennoch überfiel sie Panik, wenn er von Kindern und einer gemeinsamen Zukunft sprach.

»Verlange ich zu viel von dir?«, fragte er. »Brauchst du mehr Zeit?«

Mya wickelte sich eine Haarsträhne um den Finger und zog so fest an, dass es wehtat.

»Ich bin mir nicht sicher, ob du bei mir je finden wirst, was du suchst«, murmelte sie.

Benjamin wirkte erschüttert. »Denkst du das wirklich? Willst du vielleicht, dass ich Schluss mache, weil du selbst nicht den Mut dazu aufbringst?«

Mya schüttelte den Kopf und fragte sich, wann ihr Gespräch eine derartige Wendung genommen hatte. Auf einmal ging es nicht mehr nur um eine gemeinsame Zukunft, sondern darum, ob sie überhaupt eine hatten. Sie hob die Hand, um Benjamin Einhalt zu gebieten, der den Anschein machte, als wäre er im Begriff, das auszusprechen, was sie keinesfalls hören wollte.

»Ich muss einige Dinge regeln, die mit meiner Vergangenheit zu tun haben«, sagte sie mit fester Stimme. »Ich kann dir nicht sagen, was es ist. Noch nicht. Vielleicht nie. Es ist kompliziert.«

Benjamin musterte sie. »Dir ist bewusst, wie das für mich klingen muss?«

»Ja.« Mya blinzelte verunsichert. »Es geht aber nicht anders.«

Sie hörte ihn seufzen. »Ich liebe dich, Mya, und das meine ich ehrlich. Es tut mir leid, wenn ich wütend bin, doch deine Abwehrhaltung überfordert mich einfach. Ich habe mich damit arrangiert, dass du niemals über deine Gefühle sprichst oder mir sagst, was du für mich empfindest. Manch anderer hätte eine derartige Beziehung schon längst aufgegeben, aber ich glaube zu spüren, dass zwischen uns mehr ist, als du zugeben willst. Deshalb hoffe ich weiter, dass du mir irgendwann so sehr vertraust, dass du mir dein Geheimnis offenbarst.« Nach einem kurzen Schweigen fügte er hinzu: »Steckst du in Schwierigkeiten, Mya?«

Sie schüttelte den Kopf und er lachte gequält. »Ich schäme mich für meine Zweifel, aber ich habe keine Erfahrung darin, wie man sich verhält, wenn die Freundin in einer Mordsache aussagen muss. Das alles verwirrt mich, Mya. Ich frage mich, wer du eigentlich bist.« Er sah sie an. »Ich würde so gerne verstehen, was in dir vorgeht.«

Mya zog die Knie an und umklammerte sie. Wie sollte Benjamin etwas verstehen, das sie selbst nicht verstand?

Doch er gab nicht auf. »Wenn du dich mir anvertraust, dann werde ich dir helfen. Ganz egal, was es ist. Ich setze alle Hebel in Bewegung und sorge zur Not dafür, dass du in England Asyl erhältst.«

Trotz der Ernsthaftigkeit der Situation grinste Mya.

»Das ist nicht lustig«, protestierte Benjamin. »In Kalifornien gibt es noch die Todesstrafe!«

»Du unterstellst mir also, dass ich etwas getan habe, wofür ich die Todesstrafe verdiene?«

Sie sahen einander in die Augen und Myas Magen krampfte sich zusammen.

»Hast du?« Die Worte schwebten in der Luft.

»Nein.« Myas Stimme war kaum mehr als ein Flüstern.

Von ihrem nachfolgenden Schweigen verunsichert, begann Benjamin damit, den Tisch abzuräumen. Mya beobachtete ihn dabei. Zum ersten Mal erlebte sie ihn derart aufgewühlt. Mit zackigen Bewegungen verstaute er Butter, Marmelade und Käse im Kühlschrank, obwohl Mya noch nicht einmal gefrühstückt hatte.

»Flieg nicht!«, sagte er mit einem Mal und hielt inne. »Ich bin mir sicher, du kannst die Aussage auch hier in England machen. Das Protokoll wird schriftlich an die Behörden in den USA übermittelt. Wir erkundigen uns einfach, ob das möglich ist, okay?«

Mya erwiderte noch immer nichts und Benjamin hob verzweifelt die Hände. »Weshalb willst du unbedingt fliegen? Was ist, wenn man dich festnimmt?«

»Ich denke nicht, dass man mich festnimmt«, sagte Mya und hoffte, dass sie Recht behielt.

»Dann bleib bei mir!« Benjamin sah sie flehentlich an.

Seine Sorge rührte Mya. Sie fühlte sich hin- und hergerissen. Was für einen Sinn hatte es, längst vergangene Geschichten aufzuwärmen?

Benjamin bemerkte ihre Unsicherheit und ging zu ihr. »Du hast schon so viel durchgestanden, Mya! Deine Vergangenheit kann ich nicht ändern, aber ich kann im Jetzt und Hier für dich da sein. Schließ mich nicht aus. Gemeinsam kriegen wir das hin.«

Sie wollte ihm glauben. Seit er an ihrer Seite war, gab es in ihrem Leben Normalität. Etwas, das sie so nie gekannt hatte. Doch gleichzeitig fürchtete sie sich vor ihrer dunklen Seite, vor den Taten, zu denen sie fähig war und die sie nicht bereute. Vor den Sehnsüchten, die sie in sich trug und ihrem verräterischen Herzen, das jedes Mal schneller schlug, wenn sie an die leidenschaftlichen Nächte in einer verlassenen Hütte dachte. Das schwarze Kleeblatt. Es prangte oberhalb ihres Herzens und war ein Mahnmal für all das, was Mya einmal gewesen war. Und vielleicht noch immer war.

»Ich überlege es mir«, hörte sie sich sagen und schluckte die Zweifel hinunter.

»Danke«, murmelte Benjamin, bevor er sie küsste.

Die folgenden Tage dachte Mya nach. Über sich, ihre Beziehung zu Benjamin und ihre gemeinsame Zukunft. Doch die lag im Dunklen. Mya konnte sich beim besten Willen nicht ausmalen, wie sie aussehen könnte. Bis ihr bewusst wurde, dass sie niemals eine Zukunft mit Benjamin haben würde, wenn sie sich nicht ihrer Vergangenheit stellte. Aus diesem Grund blieb sie bei ihrem Vorhaben, beantragte bei ihrem Chef eine Woche Urlaub und buchte einen Flug.

Als Benjamin abends nach Hause kam, musste Mya ihm nicht viel erklären. Er erwischte sie beim Packen und seine Mundwinkel zogen sich nach unten.

»Du hast dich entschieden?«, wollte er wissen. »Das ging schnell.«

»Ich will es hinter mich bringen.« Sie zuckte entschuldigend mit den Schultern.

»Warum werde ich das Gefühl nicht los, dass du vor mir davonläufst?«

Mya ging auf ihn zu. »Ich muss diese Aussage machen. Danach wird alles anders.«

»Das glaube ich dir nicht.« Er umarmte sie, doch er hielt sie nicht so fest wie sonst. »Ich habe ein ungutes Gefühl. Aus irgendeinem Grund denke ich, dass ich im Begriff bin, dich zu verlieren.«

Mya schwieg. Sie wollte Benjamin nicht anlügen, weil sie wusste, dass auf ihrer Reise alles passieren konnte. Aber sie musste das Puzzle endlich richtig zusammensetzen, mit dem abschließen, was sie belastete, und sich bewusst machen, was sie wollte. Seit zehn Jahren rannte sie davon. Das musste aufhören.

Er trat von ihr zurück und sah sie mit plötzlicher Entschlossenheit an. »Du schweigst mal wieder und das sagt mir, dass du nicht an eine Beziehung mit mir glaubst. Deshalb lass es uns beenden.«

»Beenden?«

»Ja, das ist das Beste. Ich habe die letzten Tage viel über uns nachgedacht und ich bin der Meinung, wir sollten uns trennen.«

Mya erschrak. Er hatte es ausgesprochen. »Willst du mich damit erpressen? Soll das ein Versuch sein, mich zum Hierbleiben zu bewegen?«, fragte sie misstrauisch, doch er verneinte.

»Ich kann dich nicht zum Hierbleiben bewegen, Mya, das ist mir gerade klar geworden. Diese Freunde von dir scheinen dir wichtig zu sein. Wichtiger als ich. Das habe ich in deinem Gesicht gesehen, als du von ihnen gesprochen hast. Das tat weh.« Er trat einen weiteren Schritt zurück, als brauchte er mehr Abstand zu ihr. »Doch anstatt mit mir zu reden, mir alles zu erklären, machst du ein großes Geheimnis aus der ganzen Sache. Das ertrage ich nicht. Ich kann nicht hier sitzen und mich verrückt machen, was du dort drüben tust. Mit wem du es tust oder warum du es tust. Das macht mich krank und ich finde, das habe ich nicht verdient. Deshalb möchte ich nicht mit dir zusammenbleiben.«

Sie war entsetzt, weil er Dinge ahnte, die sie ihm bewusst verschwiegen hatte. Doch gleichzeitig wusste sie, dass er recht hatte und dass es nur fair von ihm war, sich auf diese Art zu schützen. Dennoch tat es ihr ebenfalls weh und sie überkam die Erkenntnis, dass sie es wieder einmal versaut hatte.

Mit hängenden Armen stand sie vor ihm. »Ich weiß nicht, was ich sagen soll«, gestand sie ihm.

Er lächelte traurig. »Das weißt du nie, Mya. Deshalb geh und finde deine Seele wieder oder was auch immer du dort drüben verloren hast. Ich möchte nicht darüber nachdenken, um ehrlich zu sein.«

»Dann ist es wirklich vorbei?«

Benjamin schüttelte ungläubig den Kopf. »Warum nur habe ich gehofft, dass du protestierst? Jede andere Frau würde weinen, schreien und verzweifelt sein, aber du bist einfach nur starr«, sagte er leise. »Mit so einem Menschen kann ich nicht zusammen sein.«

Er verließ das Zimmer und die nachfolgende Stille lastete schwer auf ihr. Benjamin hatte eine Entscheidung für sie beide getroffen, die sie ängstigte. Wieder einmal war sie alleine. Wieder einmal war sie auf dem Weg nach Salinas. Sie atmete tief durch und es war, als würde sich das schwarze Kleeblatt in ihre Haut hineinbrennen. Rap, Exx und sie hatten sich geschworen, auf ewig zusammenzubleiben und aufeinander aufzupassen. Doch Mya war gegangen. Sie hatte ihre Freunde zurückgelassen und nur der Teufel alleine wusste, welche Konsequenzen es hatte, wenn sie die Beiden wiedersah.

Two

***

Es war abends um kurz vor sieben, als die Virgin-Atlantic-Maschine pünktlich auf dem Flughafen von San Francisco landete. Mya schloss die Augen. Die elf Stunden des Fluges hatte sie mit Grübeleien darüber verbracht, ob ihre Entscheidung die richtige gewesen war. Nun, da die Passagiere um sie herum damit begannen, ihre Sachen zusammenzusammeln, war Mya unfähig, sich zu rühren. Sie fürchtete sich vor den nächsten Tagen.

»Alles in Ordnung?«, erkundigte sich eine freundliche Stewardess und Mya öffnete ihre Augen. Ihr Sitznachbar war bereits aufgestanden und die Kabine begann, sich zu leeren.

»Es geht mir gut«, erwiderte Mya und sprang auf. Rasch holte sie ihre Umhängetasche aus dem Fach über ihrem Kopf und folgte den übrigen Passagieren.

Während sie über die Gangway schritt, warf sie einen Blick auf das Rollfeld. Der Himmel war bedeckt, doch der Kapitän hatte beim Landeanflug 25 Grad Außentemperatur gemeldet. Noch war es hell, aber Mya wusste, dass sie erst nach Sonnenuntergang in Salinas eintreffen würde. Geduldig wartete sie auf ihr Gepäck, ließ die Einreiseformalitäten über sich ergehen und ging dann zielstrebig zu der Mietwagenfirma, bei der sie sich ein Auto gemietet hatte. Der Angestellte erklärte ihr die Details, Mya unterschrieb die Formulare und begab sich anschließend in die Tiefgarage, um zu dem Parkplatz mit der Nummer zu gelangen, die man ihr genannt hatte.

Kurz darauf verließ sie in einem silbernen Chevrolet Sonic das Parkhaus und fuhr auf der US 101 in Richtung Süden. Kaum war sie auf dem Highway, konnte sie nicht verhindern, dass ihre Finger nervös auf das Lenkrad trommelten. Es war lange her. Sie passierte San Mateo, Redwood City und Palo Alto. Aus dem Radio hämmerten die Klänge einer Heavy Metal Band.

Mya erinnerte sich an den Tag zurück, als man sie zu ihren Pflegeeltern nach Salinas gebracht hatte, die Stadt, die vor allem als Geburtsort von John Steinbeck bekannt war. Das hatte Mya in der Touristen-Broschüre gelesen, die ihr das Jugendamt gegeben hatte. Darin ging es um Salinas Art-Deco-Architektur und die Tatsache, dass die Stadt 1924 das höchste pro-Kopf-Einkommen der USA besessen hatte. Fakten, die Mya nicht interessierten. Sie hoffte einzig, dass ihre neue Familie anders war als die beiden zuvor, wo man sich durch die Unterstützung der Jugendbehörden eine Finanzspritze erhofft hatte. Die Pflegekinder waren lediglich Mittel zum Zweck gewesen.

Doch auch dieses Mal wurde Mya enttäuscht. Das Haus, in dem sie wohnte, war äußerlich hübsch anzusehen, innen jedoch so schlicht wie Mya es gewohnt war. Ihre neuen Eltern auf den ersten Blick gleichgültig und unnahbar. Es mochte sein, dass andere Pflegekinder das große Los zogen, so wie es die Motivationsvideos versprachen, die auf den Fluren der Jugendbehörden in einer Dauerschleife liefen, aber bei Mya war das nicht der Fall. Deshalb hatte sie die Hoffnung bereits aufgegeben und schwieg jedes Mal, wenn sich die Betreuerinnen, die ihr mehrmals jährlich einen Besuch abstatteten, nach ihrem Befinden erkundigten. Mya wusste, dass das, was in ihrer Akte stand, aussagekräftig genug war, um die übermäßig freundlichen Damen ungläubig die Stirn runzeln zu lassen, hätte sie ihnen all das erzählt, was in ihrer Pflegefamilie vor sich ging.

Mya besaß ein gestörtes Sozialverhalten. Das war zumindest der Grund, aus dem sie ihre erste Pflegefamilie abgegeben hatte. In dem Bericht war von einer andauernden dissozialen und aggressiven Haltung die Rede, die über Aufsässigkeit, Ungehorsam und Trotz hinausging. Mya drehte das Radio lauter, um die Worte aus ihrem Kopf zu verdrängen.

Nicht zum ersten Mal fragte sie sich, was aus ihr geworden wäre, wäre sie in einer ganz normalen Familie aufgewachsen. Wütend schlug sie mit der Hand auf das Lenkrad, um die Wut herauszulassen, die sie jedes Mal überkam, wenn sie sich der Ungerechtigkeit ihres Lebens bewusst wurde.

»Hör auf damit!«, ermahnte sie sich selbst und ließ San Jose hinter sich.

Schon brach die Dämmerung herein und Mya war froh darüber. Sie wollte nicht gesehen werden, wenn sie Salinas erreichte und hatte sich bereits online ein Zimmer im Motel 6 in der Kern Street reserviert. Mya war sich sicher, dass sie dort niemand kannte. In Gedanken versunken, erschrak sie beim Klingeln ihres Handys. Beinahe hätte sie das Lenkrad verrissen und kramte mit einer Hand in ihrer Tasche. Als sie es fand, sah sie in der Hektik nicht auf das Display, sondern antwortete sofort.

»Hallo?«

»Ich bin's, Ben.«

Mya atmete aus. Wer sonst hätte sie anrufen sollen? »Hey, bei dir muss es doch mitten in der Nacht sein. Was ist los?«, erkundigte sie sich.

»Ich wollte nur hören, ob du sicher gelandet bist. Und ob es dir gut geht.«

»Ja, es ist alles in Ordnung.« Sie bemühte sich, das Zittern in ihrer Stimme zu unterdrücken. »Ich bin gerade auf dem Highway. Noch etwa eine halbe Stunde und Salinas hat mich wieder.« Eine Vorstellung, die ihr nicht behagte, doch das wollte sie Benjamin nicht anvertrauen.

»Ich weiß, ich halte mich nicht an meine eigenen Regeln. Wir haben Schluss gemacht, aber mein Kopf will das nicht wahrhaben. Ich mache mir Sorgen um dich.«

»Ich komme klar«, versprach Mya und glaubte plötzlich selbst nicht mehr an ihre Worte. Wer wusste schon, was in der nächsten Woche alles passieren konnte?

»Ruf mich sofort an, wenn irgendwas ist, versprichst du mir das? Ich werde immer versuchen, dir zu helfen.«

»Das mache ich.« Sie schluckte. »Ich danke dir!«

Er erwiderte nichts und Mya ahnte, was in ihm vorging. Sie hasste sich dafür, dass sie ihn aus ihrem Leben ausschloss und sehnte sich danach, anders zu sein und ihm das geben zu können, was er sich unter einer normalen Beziehung vorstellte. Aber das ging nicht.

»Ich melde mich«, sagte sie stattdessen. »Und jetzt schlaf gut!«

»Du auch.« Die Enttäuschung in seiner Stimme war selbst über die vielen tausend Meilen Entfernung nicht zu überhören.

Mya legte auf und rieb sich hektisch die Stirn. Sie musste Benjamin jetzt ausblenden. Kaum war sie zurück in Kalifornien, fühlte es sich an, als hätte ihr Leben in London auf einem anderen Planeten stattgefunden. In einer anderen Galaxie. Trotz all ihrer schlechten Erfahrungen und einer Kindheit, die nie eine gewesen war, spürte sie, wie Kalifornien seine Finger nach ihr ausstreckte. Sie war hier geboren und aufgewachsen, sie kannte die Nebel, die im Winter die Küste einhüllten und die gleißende Sonne, die im Sommer alles verdorrte. Sie hatte im Norden gelebt und im Süden, doch erst Salinas im Monterey County hatte sie derart geprägt, dass sie nun unfähig war, ein normales Leben zu führen. Und die Stadt kam beständig näher.

Mya nahm den Fuß vom Gas und verlangsamte die Geschwindigkeit. An der Straße kündeten Schilder bereits die Weingüter an, die sich im Salinas Valley befanden. Mya hatte nie eines davon besucht. Sie kannte nicht das Salinas der Touristen und der gutbetuchten Bürger, ihr waren lediglich die Wohnwagenparks und die Siedlungen der Arbeiterfamilien bekannt.

Im letzten Licht der schwindenden Sonne heftete sich ihr Blick auf einen vorbeifahrenden Van, in dem sich eine Familie mit drei Kindern befand. Der Vater, der am Steuer saß, lachte, und es sah aus, als würden sie ein Lied zusammen singen. Die Mutter auf dem Beifahrersitz gab den Takt vor. Mya fragte sich augenblicklich, ob ihre leiblichen Eltern noch lebten. Sie wusste, sie war ihnen als Baby einst weggenommen worden. Es seien minderjährige Junkies gewesen, hieß es, vollgepumpt mit Heroin. Ein kleines Wunder, dass Mya ohne bleibende Schäden davongekommen war. Sie sollte Gott danken, hatten ihr die Schwestern in dem christlichen Kinderheim gesagt, in dem sie ihre ersten Jahre verbracht hatte. Doch Mya war nicht gläubig, war es nie gewesen. Sie weigerte sich, an eine gütige Macht im Himmel zu glauben, die zuließ, dass so viele schreckliche Dinge auf der Welt geschahen.

In Momenten wie diesen wünschte sich Mya jedoch, ihre Wurzeln zu kennen. Von wem hatte sie ihre Haarfarbe geerbt, ihre blauen Augen, ihre zierliche Figur? Gab es womöglich Verwandte, die gar nichts von ihrer Existenz wussten? Das, was die meisten Menschen als selbstverständlich hinnahmen, war für Mya ein schwarzes Loch. Sie kannte die Namen ihrer leiblichen Eltern, die ihr mitgeteilt worden waren, als sie volljährig geworden war. Es wäre ihr längst möglich gewesen, einen Antrag bei den Behörden zu stellen, um sie ausfindig zu machen, doch Mya fürchtete die Wahrheit mehr als die Ungewissheit. Was war, wenn sie sie gar nicht kennenlernen wollten oder Mya nicht gefiel, was sie über ihre Eltern herausfand? Ihre Feigheit führte dazu, dass ihre Abstammung weiterhin ungeklärt blieb und Mya in dieser Welt wie ein einsames Atom umherwandern ließ, das sich beständig danach sehnte, sein zugehöriges Element zu finden.

Nachdem sie Prunedale passiert hatte, beschleunigte Mya wieder auf die zugelassene Höchstgeschwindigkeit. Jetzt gab es kein Zurück mehr. Sie kam an der Northridge Mall vorbei, in der sie als Jugendliche bisweilen Dinge gestohlen hatte, die sie sich nicht hatte leisten können. Zweimal war sie dabei festgenommen worden. Eine Tatsache, die ihren Pflegevater zum Gürtel hatten greifen lassen. Es folgten das Walmart Supercenter, das Laurel

West Shopping Center und schließlich die großen Farmflächen zu ihrer Linken.

Salinas war die einzige Stadt, die Mya kannte, die ein riesiges Gebiet an landwirtschaftlicher Nutzfläche in ihrer Mitte beherbergte. Eine 450 Morgen umfassende Anbaufläche für Salat, Erdbeeren und Brokkoli, die vom Krankenhaus, dem Gefängnis, einigen Rodeo-Flächen, einem Trailer-Park und den typischen Mittelklasse-Häusern umrahmt wurde. Seit jeher war dieses Farmland in der Hand mexikanischer Familien, die mit einer der größten Gangs des Landes in Verbindung gebracht wurden.

Mya nahm die Ausfahrt Market Street, bog links ab und folgte der Straße in östlicher Richtung. Kurz darauf bog sie wieder links in die Kern Street ab. Sie stoppte bei In-N-Out-Burger, bestellte sich einen doppelten Cheeseburger, Pommes Frites und einen Erdbeermilchshake, bevor sie weiter zum Motel 6 fuhr, das sich linker Hand der Straße befand. Dort angekommen stellte sie den Motor ab und atmete tief durch. Sie war zurück.

Nachdem sie eingecheckt hatte, schaltete sie als erstes den Fernseher an, kaum dass sie auf ihrem Zimmer war. Sie fürchtete sich vor der Stille. Anschließend setzte sie sich auf das Bett, kreuzte die Beine und aß den mitgebrachten Burger, ohne darauf zu achten, was auf dem Kanal lief, den sie gewählt hatte. Dann ging sie duschen. Sie ließ sich Zeit dabei und genoss das heiße Wasser, das ihren Körper aufweichte. Doch am Ende saß sie wieder auf dem Bett und ihre Gedanken fuhren Karussell. Am liebsten hätte sie sich ins Auto gesetzt, um herumzufahren. Ganz so wie sie es als Jugendliche oft getan hatte. Im Auto hatte sie sich stets frei gefühlt. Aber nach all der Zeit, die vergangen war, wusste sie nicht, wohin sie hätte fahren sollen.

Energisch öffnete sie die Schublade neben dem Bett, schob die obligatorische Ausgabe der Bibel zur Seite und langte nach dem örtlichen Telefonbuch. In London hatte sie sich nicht getraut, im Internet nach Rap und Exx zu suchen. Sie fürchtete, etwas über sie zu lesen, das sie daran gehindert hätte, den Weg in ihre Vergangenheit anzutreten. Doch sie musste nach Salinas. Der Sog, der sie zurückbrachte, war stark. Viel stärker, als ihre Vernunft. Egal, was aus Rap und Exx geworden war, sie musste es vor Ort herausfinden.

»Bitte, bitte!«, flehte sie und blätterte hektisch durch die Seiten. Was war, wenn keiner der beiden mehr in der Gegend lebte?

Ihre Finger flogen über das Verzeichnis. Es gab keinen Eintrag für einen Travis McAlister. Mya biss sich enttäuscht auf die Unterlippe. Bei Exx lief sie schon einmal ins Leere. Nervös setzte sie ihre Suche unter dem Buchstaben D fort. Rory Dawley.

»Rap, wo bist du?«, flüsterte Mya und ihr Blick heftete sich auf einen Eintrag in der Mitte der Seite. Dawley, R. jun., Nacional St., Salinas. Sie tippte die Telefonnummer in ihr Smartphone und starrte auf die Taste mit dem grünen Telefonhörer. Nach einigen Minuten, in denen Mya sich fühlte, als würde in ihrem Inneren ein Erdbeben stattfinden, löschte sie die Telefonnummer wieder. Ziffer für Ziffer. Sie konnte Rap nicht anrufen. Was hätte sie ihm auch sagen sollen?

Stattdessen gab sie seine Adresse in ihr Handy ein und lachte überrascht auf. Der Routenplaner gab an, dass Raps Wohnort nur fünf Minuten von ihrem Motel entfernt lag. Mya atmete tief durch. Sie würde dorthin fahren. Aber nicht heute. Sie redete sich ein, dass sie etwas Schlaf finden musste und warf ihr Handy auf das Nachtkästchen.

NACH EINER UNRUHIGEN NACHT, IN DER SICH MYA IN IHREM Bett herumgewälzt hatte, erwachte sie am nächsten Morgen bereits um kurz nach sieben. Erneut schaltete sie den Fernseher an, zappte durch die Programme und versuchte, sich einen Plan für den Tag zurechtzulegen. Doch so sehr sie sich auch bemühte, sie war zu aufgeregt, um klar denken zu können.

Um neun stand sie endlich auf, ging ins Bad, zog sich an und besorgte sich in der Rezeption des Motels einen Becher Kaffee. Anschließend setzte sie sich ins Auto und fuhr los. Sie brauchte den

Routenplaner nicht mehr, um zu wissen, wo Rap zu finden war. Nun, da sie selbst durch die Straßen cruiste, kam die Erinnerung zurück. In der Nacional Street hatte einst Raps Onkel gelebt. Sie sah das kleine, unscheinbare Haus mit den weiß umrahmten Fenstern vor ihrem inneren Auge. Es befand sich unweit des Central Parks.

Mya ließ sich Zeit, fuhr Umwege und betrachtete die Stadt, die sie vor zehn Jahren verlassen hatte. An diesem Tag herrschte typisches Wetter für Salinas. Der heraufziehende Küstennebel fing sich in den Gabilan-Bergen und hüllte sie in ein softes Licht, während die Sonne bereits auf die Straßen hinunterbrannte. Der Asphalt flirrte, obwohl es noch nicht Mittag war.

Mit einem gehetzten Herzschlag, den sie nicht einmal spürte, wenn sie zu schnell gejoggt war, bog Mya von der Central Avenue in die Nacional Street ein und wurde langsamer. Sie sah das Haus. Es war unverkennbar das von Raps Onkel. Lebte der Freund ihrer Jugend jetzt dort?

Ein schwarzer Ford Pick-Up stand in der Einfahrt. Mya hielt am Straßenrand und starrte das Haus einige Minuten lang an. Dann sah sie ihn. Rap. Er trat aus der Haustür und Myas ganzer Körper begann zu zittern. Sie beobachtete, wie er die Fahrertür des Pick-Ups öffnete und reagierte sofort. Rasch schaltete sie den Motor ihres Wagens aus und stieg aus. Sein Blick streifte sie, bevor er sich auf den Fahrersitz schwang. Mya wollte etwas rufen, aber dann bemerkte sie, dass er wieder ausstieg. Prüfend sah er zu ihr hinüber. Mya erwiderte seinen Blick. Tapfer ging sie auf ihn zu, auch wenn sie glaubte, die Knie würden unter ihr nachgeben.

»Was zum Teufel?«, hörte sie ihn ungläubig rufen, während er sich erstaunt durch die blonden Haare fuhr, die er als lässigen Undercut trug. »Mya?«

Sie nickte und wollte am liebsten losrennen, um ihm um den Hals zu fallen, doch in diesem Moment lugte ein kleiner Junge durch die Haustür in Raps Rücken. Mya erstarrte.

Rap runzelte die Stirn und sie erkannte, dass er nicht so erfreut darüber war, sie zu sehen, wie sie es sich gewünscht hatte. Ihr Blick flog zwischen dem alten Freund und dem kleinen Jungen hin und her.

»Das ist eine ziemliche Überraschung«, sagte Rap schließlich und kam ihr entgegen. »Was tust du hier?«

»Ich war in der Gegend«, antwortete sie vage.

Dem kleinen Jungen folgte eine attraktive Frau, die sie kritisch beäugte. Das markant geschnittene Gesicht und die lange, dunkle Lockenmähne zeugten von ihren lateinamerikanischen Wurzeln.

Mya lächelte entschuldigend. »Ich wollte nicht stören«, murmelte sie und trat den Rückzug an.

Was hatte sie sich nur gedacht? Es war Sonntag, der Tag der Familie. Warum hatte sie geglaubt, dass Rap keine Familie hatte? Nur weil sie sich selbst beständig dagegen wehrte?

»Warte!« Rap war nun bei ihr und warf der Frau in seinem Rücken einen Blick über die Schulter zu. Diese hob selbstbewusst das Kinn und Mya starrte peinlich berührt zu Boden. Sie fühlte sich wie ein Eindringling.

»Es ist verdammt lange her.« Rap vergrub die Hände in den Hosentaschen. »Willst du reden?«

Sie nickte zaghaft und er fixierte sie noch immer voller Erstaunen. »Komm mit!«

Obwohl das unangenehme Gefühl zunahm, folgte sie dem Freund ins Innere des Hauses.

»Ich bin Lisa, Rorys Ehefrau«, stellte sich die attraktive Latina vor, als Mya eintrat. Sie trug nun ein Mädchen auf dem Arm, kaum jünger als der Bub, den Mya bereits gesehen hatte.

Bevor Mya dazu kam, etwas zu erwidern, fügte Lisa hinzu: »Ich weiß, wer du bist. Wir waren auf derselben High School. Vermutlich erinnerst du dich nicht.« Ihr Blick ließ erahnen, dass sie sich sehr wohl erinnerte und dass es nichts Gutes war.

»Das hier sind Ruben und Katia.« Die Latina schob ihre Kinder vor sich, als seien sie kleine Trophäen.

Mya bemühte sich um Begeisterung. »Ihr seid so hübsch«, flüsterte sie, immer noch aufgewühlt von der Tatsache, dass Rap inzwischen Vater war.

»Das haben sie von ihrer Mutter geerbt!« Rap schob sich zwischen Mya und Lisa und gab seiner Frau einen Kuss. »Lässt du uns alleine?«, hörte Mya ihn auf Spanisch flüstern und Lisa rollte mit den Augen. Es war offensichtlich, dass sie nicht erfreut über den überraschenden Besuch war.

Dennoch nahm sie die Kinder bei der Hand und führte sie aus dem Haus. Bevor sie endgültig ging, warf sie Mya einen weiteren warnenden Blick zu und rief: »Ich gehe Einkaufen. Denk an unser Picknick heute Nachmittag, *cariño*!«

Rap nickte und starrte Mya an, während die Tür hinter seiner Frau ins Schloss fiel. Sie verharrten, bis das Motorengeräusch des Ford Pick-Up verklungen war. Dann zog er Mya heftig in seine Arme.

»Willkommen in Salinas«, hörte sie ihn heiser flüstern.

Mya spürte Tränen hinter ihren geschlossenen Augenlidern, obwohl sie seit Jahren nicht mehr geweint hatte. Ihre Vergangenheit umgab sie plötzlich wie ein starkes Summen und sie war wieder das unsichere Mädchen, das bei ihren Freunden Trost und Halt suchte. Alles kam wie ein Bumerang zu ihr zurück. Jedes Gefühl, jede Sehnsucht und jede ihrer unzähligen Ängste. Viel zu schnell ließ Rap sie los und bot ihr in der Küche einen Sitzplatz an.

»Kaffee?«, fragte er.

»Gerne.« Mya beobachtete, wie er den letzten Rest aus der Maschine in eine der Tassen schüttete, die auf der Ablage darüber standen. Er reichte sie ihr. Sein Blick fand sie erneut und sie sah das Misstrauen darin. Er fuhr sich über seinen gestutzten Vollbart.

»Darf ich fragen, was du hier tust? Du warst zu lange fort, als dass du einfach hier auftauchst, weil du gerade in der Gegend bist.«

Die vergangenen Jahre hatten den Freund härter werden lassen. Seine blauen Augen waren argwöhnisch zusammengekniffen und sie bemerkte Narben an seiner Stirn und den Wangenknochen, die sie nicht kannte. Definierte Muskeln zeichneten sich unter dem schwarzen T-Shirt ab, das er trug, und auf seinen Armen, die er vor der Brust verschränkt hielt, prangten inzwischen zahlreiche Tattoos.

»Ich muss eine Aussage machen. Man hat die Leiche meines Pflegevaters gefunden.«

»Ich weiß.« Seine Kiefermuskulatur zuckte auffällig. »Ich hätte nicht gedacht, dass sie dich finden würden.« Er zögerte. »Wo lebst du jetzt?«

»In London.«

»Das London in England?« Er lachte hart auf. »Das ist nicht gerade um die Ecke. Weshalb hast du dein sicheres Versteck verlassen?«

»Naja, ich dachte ...« Sie stockte. »Ich meine, ich wollte nicht ...« Mya gab auf und Raps Grinsen wurde tückisch.

»Du hast dich doch nicht etwa um uns gesorgt, Mya? Denn das kann ich mir kaum vorstellen, nachdem du eines Tages einfach verschwunden bist.«

»Man hat mich damals einer anderen Pflegefamilie zugeteilt. Ich musste Salinas verlassen!«

»Und du hast es nicht für nötig gehalten, uns das zu erzählen? Nach allem, was wir ...« Er brach ab. »Verdammt!« Unbeherrscht schlug er mit der Faust gegen das Eckregal zu seiner Rechten. Das Klirren von Geschirr war zu hören und Mya zuckte zusammen.

»Ich konnte es euch nicht sagen!«, platzte es aus ihr heraus. »Ihr wart meine Familie, aber was hätte aus uns werden sollen?«

»Etwas anderes, als anschließend aus uns geworden ist«, hielt er ihr wütend entgegen. »Wir Drei waren stark, Mya, wir hätten zusammen fortgehen können. Wir hätten einen Weg gefunden!«

Sie schüttelte den Kopf. »Ich wollte euch nicht noch mehr zur Last fallen.«

»Denkst du das wirklich?« Er sah sie lauernd an. »Oder wolltest du nur deinen Arsch retten? Immerhin warst du beinahe volljährig. Du hättest abhauen können. Zurückkommen.«

Mya schwieg betroffen. Im Nachhinein hatte sie sich oft gefragt, warum sie still und heimlich verschwunden war. Ihr Leben war zu dieser Zeit so verwirrend gewesen, schmerzhaft bis in jede Faser ihres Körpers, und gleichzeitig so hoffnungsvoll und angefüllt mit Dingen, die sie niemals zuvor gefühlt oder getan hatte. Ihr Zentrum bestand einzig aus Rap und Exx, zwei Jungs an der Grenze zu einem gefährlichen Dasein, vor dem sie sich bisweilen gefürchtet hatte.

»Wie hätten wir zu dritt leben sollen?«, suchte sie nach einer Erklärung. »Eine Frau und zwei Männer …«

»Als hätte uns das in dieser abgefuckten Gesellschaft je gestört.« Rap verzog den Mund. »Du bist abgehauen, Mya, und egal, welchen Grund das hatte, du hättest nicht zurückkommen sollen. Eine Entscheidung zu treffen heißt in unserer Welt, sie durchzuziehen. Wie auch immer die Konsequenzen aussehen. Es hat dich jahrelang nicht gekümmert, wie es uns geht, und diese Gleichgültigkeit hättest du dir bewahren sollen.«

Mya schwieg. Sie wollte all das nicht hören. Stattdessen sah sie sich um und trank ihren Kaffee. Das Haus war klein, ganz so wie sie es in Erinnerung hatte, aber es war hübsch eingerichtet. Auf dem Tisch standen Blumen und alles sah sauber und ordentlich aus. Bis auf die Kinderspielsachen, die überall herumlagen. Mya deutete darauf. »Geht es dir jetzt nicht besser? Du bist Vater, das sollte dich stolz machen.«

Rap versteifte sich. »Ich saß lange im Knast und als ich rauskam, traf ich Lisa. Sie blickt auf drei Generationen aktiver Gangmitglieder zurück und wollte raus aus der ganzen Scheiße. So wie ich. Mein Onkel hat mir das Haus vererbt und seitdem versuchen wir, das Beste aus unserem Leben in Salinas zu machen.«

»Warum bist du hiergeblieben?«

»Vielleicht aus demselben Grund, aus dem du gegangen bist.«

Erneut starrten sie einander an und Mya hatte das Gefühl, als würde das Haus um sie herum zerbröckeln. Sie sah die alte Hütte im Wald vor sich, spürte Raps Hände auf ihrem Körper und hörte Exx' vertraute Stimme in ihrem Ohr.

»Wo ist er?« Die Frage hing in der Luft und Mya wurde bewusst, dass sie bis jetzt nicht daran gedacht hatte, dass Exx auch tot sein könnte. Ihr stockte der Atem. »Hat er ebenfalls eine Familie?«, hakte sie nach, um den ungeheuren Gedanken zu verdrängen.

Rap ließ sie eine Weile schmoren, bevor er erwiderte: »Exx ist kein Familienmensch. Hast du das vergessen?«

Mya schüttelte den Kopf und hoffte, dass er weitersprechen und ihr endlich erzählen würde, was mit ihrem gemeinsamen Kumpel geschehen war. Doch Rap starrte aus dem Fenster.

»Lebt er noch?«, stellte sie schließlich die bange Frage.

Raps Aufmerksamkeit kehrte zu ihr zurück. »Er sitzt im Monterey County Gefängnis ein. Das ist eine lange Geschichte.«

»Erzähl sie mir.«

»Auf keinen Fall.« Er räumte demonstrativ ihre halbvolle Tasse vom Tisch. »Mach deine Aussage bei der Polizei und dann schieb wieder ab. Je weniger du weißt, umso besser für uns alle.«

»Gibt es etwas, das ich der Polizei sagen soll?« Sie sah ihn flehentlich an.

»Die Wahrheit?« Seine Stimme triefte vor Sarkasmus.

»Dass meine besten Freunde diesen Drecksack von einem Pflegevater erschossen und ihn dann neben dem Highway entsorgt haben?«

Zum ersten Mal wirkte Rap amüsiert. »So ähnlich. Du solltest allerdings nicht unerwähnt lassen, dass du ihn wegen einer vorgetäuschten Autopanne auf einen abgelegenen Parkplatz gelockt hast.«

»Das meinte ich nicht!« Mya rieb sich die Stirn. Raps Verhalten war anstrengend. »Gibt es irgendetwas, das ich wissen müsste? Wurdet ihr bereits verhört?«

Er atmete genervt aus. »Du willst es nicht anders, oder?« Seine Stimme wurde lauter. »Du bist ganz geil darauf, wieder in dieses Scheißloch von Salinas zurückzukehren, habe ich recht? Soll ich es dir gleich hier auf dem Küchenboden besorgen, damit wir's hinter uns bringen und du wieder fühlst, wie es damals war?«

»Blödes Arschloch!« Mya stand auf. »Ich will euch helfen, verdammt!«

Grob packte er sie am Arm und zerrte sie zu sich heran. Sein Gesicht war nur wenige Zentimeter von dem ihren entfernt und

Mya spürte die Wut, die er auf sie hatte. Zehn Jahre waren eine lange Zeit, um negative Gefühle zu entwickeln.

»Ich weiß nicht, weshalb ich gegangen bin, aber ich bin zurückgekommen und ich werde nicht gehen, bevor ich nicht ein paar Dinge wieder gutmachen kann«, flüsterte sie.

Rap schüttelte den Kopf. Langsam erst, dann heftiger. »Ich will dich nicht mehr in meinem Leben«, sagte er gepresst.

»Dann sag mir, was ich tun soll und ich verschwinde.«

Er lockerte seinen Griff. »Du machst deine Aussage und gehst?«

Mya nickte und Rap wurde ruhiger. »Was ich dir jetzt erzähle, wirst du nicht weiter hinterfragen, hast du verstanden?«

Mya machte einen Schritt zurück und sah ihn auffordernd an. Er schien kurz zu überlegen, bevor er mit gesenkter Stimme zu sprechen begann: »Vor einigen Jahren startete das FBI eine Initiative, um die Nuestra Familia Organisation zu zerschlagen.«

Mya wusste, wovon er sprach. Salinas war seit jeher dominiert von mexikanischen Einwanderern, von denen die meisten einer mafiaähnlichen Gemeinschaft angehörten, die sich Nuestra Familia nannte. Es hieß, die Köpfe dieser Organisation operierten aus dem Pelican Bay State Gefängnis in Oregon, von wo sie ihre Strukturen und Unterhändler in Salinas steuerten. Es ging dabei vornehmlich um den Handel mit Waffen und Drogen. Als Mya in Salinas gelebt hatte, hatte sie einiges davon mitbekommen. Man kam gar nicht umhin, die Jugendlichen zu übersehen, die der Gang angehörten.

»Das Ganze entwickelte sich langsam, gewann dann aber immer mehr an Fahrt. Einige Leute begannen zu plappern, wie das eben so ist. Viele der Mächtigen wurden ans Messer geliefert und das FBI jubelte. Doch die Gesetze der Straße folgen ihren eigenen Regeln. Wenn du den Kopf der Schlange abschlägst, dann kommen automatisch andere, die sich in das Machtvakuum reindrängen. Und wir Iren waren ganz groß darin.«

»Du warst in einer Gang?«

»In einem Motorrad-Club«, korrigierte Rap.

»Verstehe.«

»Das war die Idee von Exx. Es erschien ihm lukrativer als

unsere täglich wechselnden Jobs. Außerdem gingen uns die Braunen mit ihrem ständigen Geballer und ihren Revieransprüchen auf die Nerven. Andauernd musste man aufpassen, nicht in die falsche Straße zu fahren oder nachts in einen ihrer Deals hineinzuplatzen. Als sie sich dann auch noch ausgerechnet unsere Hütte als Lagerplatz für ihre illegalen Waffen ausgesucht haben, wurde es Exx zu bunt. Er traf sich immer häufiger mit Mitgliedern der Green Army aus dem Contra Costa County. Irgendein Kumpel von ihm trug deren Kutte und Exx wurde ebenfalls Mitglied. Er versorgte die Jungs mit Informationen über die Situation in Salinas und begann mit deren Unterstützung, hier ein Geschäft aufzuziehen. Nach und nach übernahm die Green Army in dieser Region Anteile der schwächer werdenden Nuestra Familia. Natürlich wurde das nicht gerne gesehen, doch mehr sage ich dazu nicht. Exx sitzt momentan nur wegen schwerer Körperverletzung im Gefängnis, aber logischerweise will man ihm noch zusätzliche Taten anhängen. Sollte herauskommen, dass er etwas mit dem Mord an deinem Pflegevater zu tun hat, dann stehen seine Karten schlecht, bald wieder auf freien Fuß zu kommen.«

»Was das Geschäft der Green Army schwächen könnte«, mutmaßte Mya.

»Das habe ich nicht gesagt.«

»Trägst du die Kutte noch?«

»Du sollst diese Informationen nicht weiter hinterfragen. Je weniger du weißt, umso besser.«

Mya presste die Lippen aufeinander und Rap murmelte: »Glaub mir, Mya, es ist sicherer so. Du bist zu einem sehr ungünstigen Zeitpunkt zurückgekommen.«

Sie musterte ihn und versuchte, in dem Mann, der ihr gegenüberstand, jenen Jungen wiederzuerkennen, den sie geliebt hatte. Und es vielleicht immer noch tat.

»Ich mag tausende Kilometer entfernt gelebt haben, aber habe euch nie vergessen«, entfuhr es ihr und Rap spannte kaum merklich seine Muskeln an.

»Du hättest es tun sollen.« Er gab ihr mit einer Handbewegung zu verstehen, dass es Zeit war zu gehen.

Mya ging unschlüssig in den Flur und wünschte sich, er würde seine ablehnende Haltung ihr gegenüber ablegen. Aber hatte sie nicht genau das erwartet?

Rap begleitete sie zur Haustür und öffnete sie. »Pass auf dich auf, Mya«, verabschiedete er sich, ohne sie anzusehen.

»Du auch.« Sie drehte sich um und ging, obwohl es sie mehr Überwindung kostete als zuvor, als sie das Haus betreten hatte. Am liebsten hätte sie sich umgedreht, um zu sehen, ob er ihr hinterherblickte und ob sich auf seinem Gesicht irgendwelche Gefühle abzeichneten. Aber sie tat es nicht.

Three

Sie war wieder da. Rory wischte mit einer Hand über den von Feuchtigkeit beschlagenen Badezimmerspiegel und starrte sich selbst ins Gesicht. Er hatte geduscht. Zum zweiten Mal an diesem Tag. Er wusste, dass er damit Lisas Misstrauen erregte, die gerade erst vom Einkaufen zurückgekommen war. Ihre Wut war förmlich durch die Tür zu spüren, doch es war ihm egal. Er wollte nicht mit ihr reden. Er wollte vergessen. Wenn er gekonnt hätte, hätte er sich die Erinnerungen an Mya aus dem Kopf geschossen. Aber sie saßen dort. Lebendig. Heimtückisch. Fordernd.

Sie hatte ihn Rap genannt. Diesen Spitznamen hatte er seit zehn beschissenen Jahren nicht mehr gehört. Rory atmete bewusst ein und aus. Noch immer war er nicht abgetrocknet und das Wasser perlte von seinem durchtrainierten, tätowierten Körper ab. Das schwarze Kleeblatt schien auf seiner Haut zu glühen. Es saß direkt oberhalb seines Herzens. Aufgestaute Gefühle zuckten durch sein Innerstes, machten ihn unruhig. Am liebsten hätte er jemanden geschlagen.

»Ich hätte sie ficken sollen«, murmelte er, fuhr sich durch die feuchten Haare und merkte, dass er hart wurde. Bei Gott, genau das hatte er gewollt. Das hatte er immer gewollt, doch dann war es mehr geworden. Es war eine sonderbare Verbindung entstanden, eine vage Hoffnung, die ihn in all der Scheiße um ihn herum an etwas glauben ließ, was er längst aufgegeben hatte. Mya. Er hatte ihren Namen nie wieder aussprechen wollen.

»Komm raus!« Lisa hämmerte gegen die Tür.

Rory presste die Lippen aufeinander. Er hatte keine Lust auf eine Auseinandersetzung mit seiner Frau, doch ihr mexikanisches Temperament war nicht zu unterschätzen.

»Wäscht du dir ihren Muschigeruch vom Körper?«, ätzte sie und klopfte erneut.

Rory riss die Tür auf. »Nicht vor den Kindern, verdammt!«

Lisa sah an ihm herunter, musterte seinen erigierten Schwanz. »Hast du's ihr besorgt?«

Er griff nach ihrem Arm und zog sie ins Innere des winzigen Badezimmers. »Nicht vor den Kindern«, wiederholte er gefährlich leise.

»Die sind bei den Nachbarn!« Aufgebracht kämpfte sie gegen ihn an. »Ich wollte nicht, dass sie ihren Vater beim Herumvögeln erwischen.«

»Keine Sorge, ich kann mich beherrschen.« Er ließ sie los und versuchte, sich zu beruhigen.

Sofort war ihre Hand an seinem Penis. Sie umschloss ihn und ihre Finger fanden seine Eier. Sie presste ihre manikürten Nägel hinein. Es war unangenehm.

»Du willst die kleine Schlampe, das ist kaum zu übersehen. Seit wann ist dieses Miststück wieder in der Stadt?«

»Ich weiß es nicht.« Er bewegte sich nicht, sah ihr ruhig in die Augen. Lisa und er führten eine zerstörerische Beziehung. Obwohl er nicht jedes Detail ihrer Vergangenheit kannte, ahnte er, dass sie in ihrem Leben schon viel Brutalität gesehen hatte. Sie neigte selbst dazu. In der einen Sekunde konnte sie anschmiegsam wie ein Kätzchen sein, in der anderen nahm sie ein Küchenmesser zur Hand, um ihre Argumente zu untermauern. Er hatte nicht nur eine Narbe von ihren Auseinandersetzungen zurückbehalten.

»Wirst du sie ficken?«

»Nein.«

Ihre Hand begann, sich auf und ab zu bewegen. Sie fuhr gekonnt mit dem Daumen über seine Eichel, stimulierte ihn. »Meine Familie wird dir die Kehle durchschneiden und dich als Dünger auf den Erdbeerfeldern verstreuen, wenn ich ihnen sage, dass du mich betrügst«, flüsterte sie.

»Das weiß ich.« Rory beobachtete jede ihrer Bewegungen. Er wusste, was kommen würde. Jede noch so kleine Auseinandersetzung mit Lisa endete mit Sex. Rabiatem Sex. Er kannte es nicht anders und schämte sich manchmal dafür, dass seine Kinder auf diese Art gezeugt worden waren. Dennoch erregte es ihn.

Mya. Erneut schoss ihm der Name durch den Kopf.

»Was ist?« Lisas Daumen wurde energischer. »Hat sie dich erschöpft?«

»Nein«, knurrte er, packte ihre Hand und drehte ihr den Arm mit einer raschen Bewegung auf den Rücken.

Lisa lachte gurrend, ihre Pupillen weiteten sich vor Erregung. Sie kam nur, wenn er grob zu ihr war. Zärtlichkeiten waren nichts, wofür seine Frau etwas übrig hatte. Mya dagegen …

Ungehalten über seine eigene Schwäche, legte Rory die Finger um Lisas Kehle. Wie konnte man etwas wollen, was man eigentlich verabscheute, fragte er sich und sah ihre Zunge, mit der sie sich auffordernd über die sinnlichen Lippen leckte.

»Besorg's mir so, wie du es ihr besorgt hast«, krächzte sie, schob ihr Kleid nach oben und zog ihren pinkfarbenen Tanga zur Seite. Rory sah nach unten. Ihre rasierten Schamlippen glänzten feucht und enthüllten die pralle Klitoris. Er spürte, wie das Pulsieren zurückkehrte und mit ihm die ersehnte Härte.

Impulsiv drehte er Lisa um, drängte sie gegen das Waschbecken und riss ihr mit einem Ruck den Slip weg. Der Stoff zerriss und Lisa stöhnte auf. Sie umklammerte das Waschbecken, reckte ihm erwartungsvoll ihren Hintern entgegen. Er knetete ihre Pobacken, strich mit dem Finger über ihre nasse Öffnung.

»Was wird das?«, zischte Lisa. Im Spiegel sah er ihr wutverzerrtes Gesicht. »Seit wann bist du solch ein Schlappschwanz?«

Rory verengte die Augen und stieß brutal in sie. Ihre heiße Vagina umschloss ihn und er trieb seinen Schwanz bis zum Anschlag in sie hinein. Einmal, zweimal. Klatschend prallten ihre Körper aufeinander.

Lisa lachte auf, spreizte ihre Beine noch weiter. Rory umklammerte mit einer Hand ihre Schulter, mit der anderen hielt er ihre Hüfte. Bei jedem seiner Stöße knallte Lisas Stirn gegen die Fliesen. Sie ächzte und er wurde automatisch langsamer.

»Hör nicht auf, du lahmarschiger Ire!« Ihre Blicke trafen sich im Spiegel. »Sonst ficke ich demnächst wieder Mexikaner.«

Er wollte sie beschimpfen, ihr sagen, was für ein krankes Flittchen sie war, aber er schwieg, obwohl er wusste, dass seine ordinären Worte sie nur zusätzlich angetörnt hätten. Stattdessen beschleunigte er sein Tempo, gab ihr, was sie verlangte, ohne weitere Rücksicht zu nehmen. Er hielt sie fest, damit sie ihm nicht mehr entkommen konnte, hörte ihre Schreie und stieß so grimmig in sie, dass er glaubte, er müsse sie irgendwann aufreißen. Der Akt glich mehr einer Vergewaltigung als einvernehmlichem Sex, und Rory vermied es, ihr Gesicht ein weiteres Mal im Spiegel anzusehen.

Kurz bevor er kam, spürte er die Kontraktionen in ihrem Inneren, sah ihre zuckenden Schultern und hörte das langgezogene Seufzen, das ihm signalisierte, dass sie endlich ihren Orgasmus hatte. Länger hätte er auch nicht mehr durchgehalten. Nicht an diesem Tag. Nicht nachdem, was er erlebt hatte.

Ein letztes Mal trieb er seinen Schwanz in Lisa, bevor er dem Kribbeln nachgab und die kurzen Sekunden des Höhepunkts schweigend und mit gesenktem Kopf genoss. Anschließend ließ er sie los und beobachtete, wie sie sich abwandte, als wäre nichts geschehen. Kein Kuss, keine Umarmung. Für Lisa war Sex Aggressionsabbau. Es war beinahe wie bei den Bonobos, diesen Affen, von denen er in der Schule gehört hatte.

»Lass mich allein!« Sie sah ihn auffordernd an. »Ich will mich waschen.«

Er verließ das Bad, ging ins Schlafzimmer, zog sich an und

schlenderte nach draußen. Ruben und Katia spielten mit den Nachbarskindern in der Auffahrt. Er beobachtete sie eine Weile. Dann stellte sich Lisa neben ihn.

»Weshalb tust du uns das an?«, fragte sie leise.

Er sah sie an und bemerkte Tränen in ihren Augen. Die schlechte Stimmung war verflogen, die Verzweiflung wieder allgegenwärtig.

»Wir haben es doch gut«, flüsterte sie. »Wir bemühen uns, ein normales Leben zu führen. Zeit, um zu arbeiten, Zeit, um zu überleben, Zeit, um die Kinder großzuziehen. Willst du das alles aufs Spiel setzen wegen dieser kleinen Hure?«

Er wollte ihr sagen, dass nichts an ihrem Leben normal war. Dass es das auch nie sein würde. Welche Zukunft hatten Kinder schon in dieser Stadt? Mit Eltern, die zwischen Justiz, Gangs und illegalen Geschäften zuhause waren.

»Habe ich euch nicht immer beschützt?«, fragte er ohne sie anzusehen.

Sie schnaubte. »Wenn meine Familie es wollte, wärst du längst tot.«

Nun richtete er den Blick auf sie. »Wenn mein Club es wollte, du ebenfalls.«

Sie starrten einander an. Rory sah als erster zur Seite und ging zu seinem Motorrad.

»Was ist mit unserem Picknick?« Lisa stemmte die Hände in die Hüften.

Er schüttelte verständnislos den Kopf. »Richte deiner Familie meine besten Grüße aus«, erwiderte er, nahm den Helm von der Lenkstange und setzte ihn auf. Lisa zeigte ihm den Mittelfinger und er schwang sich wortlos auf seine Harley. Das vertraute Knattern der Dyna Super Glide ging ihm durch und durch. Mit einem letzten Blick auf seine Kinder fuhr er davon.

Eine halbe Stunde später bog er in die Einfahrt von

O'Reilley's Customs ein, einer Werkstatt für Harley Davidson Motorräder am Stadtrand von Gilroy, unweit des Outlet Centers. Das Gebäude war unscheinbar, die Kundschaft bunt gemischt. Laute Heavy-Metal-Musik dröhnte aus den Boxen über den Hof. Einige der Mechaniker hoben lässig zwei Finger zum Gruß, als er vorüberfuhr, um seine Maschine hinter der Werkshalle zu parken. Kaum hatte er das Motorrad abgestellt, kam Duncan auf ihn zu. Er war der Sergeant-at-Arms des Contra Costa County Chapters der Green Army, die linke Hand des Präsidenten, Cringe Callahan. An diesem heißen Nachmittag trug er nur ein fleckiges Unterhemd unter seiner Lederkutte und grinste, wobei seine Silberkronen zwischen dem dichten Bart hervorblitzten.

»Hey, Rory, ich hätte nicht gedacht, dich heute zu sehen. Es ist Sonntag.«

»Zeit für die Familie.« Rory klatschte den Kumpel ab und kramte in der Seitentasche der Harley nach seiner Kutte.

»Du weißt, es wird Ärger geben, wenn dich Cringe ohne die Farben des Clubs erwischt.«

»Dann sollte er aufhören, sich im Santa Clara County zu verstecken und endlich bis nach Salas vorstoßen.«

Duncan lachte auf. »Zu viele Braune dort, Bruder, zu viele Braune.«

»Die mich aufschlitzen, wenn ich anfange, am helllichten Tag alleine in Schwarz-Grün durch Salas zu fahren.«

»Hast ja recht, Mann.« Duncan kaute auf einem Stück Trockenfleisch herum. »Wie läuft es mit Travis?«

»Er sollte noch diese Woche rauskommen. Die haben nichts gegen ihn in der Hand.«

»Es heißt, das Mädchen aus der Familie von Walt Chandler sei wieder in der Stadt. Könnte sie uns mit ihrer Aussage gefährlich werden?«

Rory zog seine Kutte über und zuckte die Schultern. »Die wird keine Probleme machen.«

»Und da bist du dir sicher, weil …«

»Ich mich darum kümmern werde«, vollendete Rory den Satz

und sah Duncan fest in die Augen. Dieser nickte kaum merklich. Er fixierte Rory wie eine Schlange ihr Opfer.

»Du weißt, dass Cringe nervös ist. Die Braunen geben sich nicht geschlagen und unser Deal mit den Chinesen ist in Gefahr.«

»Keine Sorge! Travis und ich haben das im Griff.«

»Dieses beschissene Salas ist ein Drecksloch, das die Nuestra Familia niemals aufgeben wird. Wir haben verdammt viele Brüder dort verloren und das wird uns das Genick brechen, wenn wir nicht aufpassen. Du weißt, dass der stellvertretende Bundesstaatsanwalt seine Zelte in Gilroy aufgeschlagen hat, um uns zu überwachen. Wenn man uns eine Komplizenschaft mit den Triaden nachweisen kann, dann wird man einen RICO Fall daraus machen.«

»Das weiß ich.« Rory war genervt. Dieser Tag ging genauso weiter, wie er begonnen hatte. Schon seit Jahren hatte das FBI die Green Army auf ihrer Beobachtungsliste. Doch bisher konnten ihnen niemals Machenschaften des organisierten Verbrechens nachgewiesen werden, was natürlich vor allem daran lag, dass die Bundesbehörden es auf die großen Fische abgesehen hatten. Der sogenannte RICO Act, ein Bundesgesetz zur Bekämpfung und Verurteilung von kriminellen Vereinigungen, war einst dazu gedacht gewesen, der amerikanischen Mafia das Handwerk zu legen. Inzwischen wandte man es auch auf alle anderen mafiösen Organisationen an. Motorrad-Clubs standen dabei jedoch eher an unterster Stelle, selbst wenn die Green Army als OMC galt, als Outlaw Motorcycle Club.

»Sie wollen an die Triaden ran, nicht an uns«, beruhigte er Duncan, aber dieser zog eine Augenbraue nach oben.

»Manchmal siehst du unser Geschäft etwas zu locker, Bruder. Wir stocken das Waffengeschäft mit der RIRA nicht einfach auf, nur um es dann wieder versiegen zu lassen. Travis hat uns Salas als den Umschlagplatz für unser Business angepriesen. Dabei sollte es auch bleiben. Wenn die Triaden merken, dass sich uns ein stellvertretender Bundesstaatsanwalt an die Fersen geheftet hat, könnten sie sich zurückziehen. Das darf unter keinen Umständen passieren, hast du verstanden, Rory? Unsere Lager sind randvoll mit AR 15,

Sik 551, AKs, Glocks, FN57 ...« Er machte eine bedeutungsvolle Pause. »Das Zeug muss raus und frisches Geld fließt dafür in unsere Kasse. Travis hat das eingefädelt und er muss das durchziehen. Sind wir da einer Meinung?«

Rory nickte. Er mochte Duncan. Der Typ war ein loyaler Kerl, aber manchmal hatte er etwas Belehrendes an sich.

»Dein Frauchen weiß ja hoffentlich nichts von unseren Geschäften?«, hakte Duncan nach. »Nicht, dass sie uns an die Familia verpfeift.«

»Lisa hat mit der Familia abgeschlossen.« Rory musste bei dieser Aussage beinahe lachen. Nach dem heutigen Streit war es gut möglich, dass Lisa vor lauter Eifersucht Dinge zu ihren Eltern sagte, die ihnen allen zum Verhängnis werden konnten.

»Dann sorg dafür, dass es dabei bleibt!«

»Du gehst mir mit deinen Predigten allmählich auf den Sack«, knurrte Rory und boxte Duncan kameradschaftlich gegen die Schulter.

»Ich mag dich, Bruder.« Duncan verzog den Mund. »Wär mir nicht recht, wenn dir etwas zustößt. Hat in letzter Zeit zu viele von uns erwischt. Salas ist ein Fluch.«

»Ein Fluch, der viel Geld bringt.«

»Verdammt richtig! Dann kann das Treffen heute Abend stattfinden?«

Rory nickte und Duncan machte eine auffordernde Kopfbewegung. »Lass uns reingehen.«

Rory folgte ihm in den niedrigen Anbau, der sich gegen das Hauptgebäude schmiegte. Das hier war nicht das Clubhaus des Chapters, in dem die Bilder der Mitglieder hingen und der Versammlungstisch stand, an dem der enge Kreis seine Entscheidungen traf. Das befand sich in San Ramon, im Herzen des Contra Costa Countys, etwa zwei Stunden von Gilroy entfernt. Die Harley-Werkstatt war nur eine Art Außenposten, die nächstgelegene Möglichkeit, um in Salinas zu operieren, ohne von den Mexikanern ständig ins Visier genommen zu werden. Wirklich sicher waren sie hier dennoch nicht. Erst vor drei Monaten hatten vorbeifahrende Autos auf die Werkstatt geschossen und einen Brandsatz geworfen. Ein Kunde war dabei tödlich verletzt und drei weitere schwer verwundet worden. Nur deshalb hatten sie überhaupt die Aufmerksamkeit der Polizei und später der Bundesstaatsanwaltschaft erlangt. Nun wühlten die gemeinsam mit dem FBI, dem ICE und dem ATF in ihren Angelegenheiten und hofften, sie ebenso wie die Nuestra Familia zu Fall zu bringen.

Rory ließ sich in eines der verschlissenen Ledersofas sinken. Der Raum war düster, roch nach abgestandenem Zigarettenqualm, schalem Alkohol und dem süßlichen Parfüm der beiden Mädchen, die sich hier ständig herumtrieben. Er kannte nicht einmal ihre richtigen Namen. Für die meisten war die Blonde nur Titty, weil sie riesige Möpse hatte, die andere wurde Foxy genannt, wegen ihrer kirschroten Locken. Ihre Schamhaare waren ebenso rot wie ihre enge Ritze, die sie gerne zur Schau stellte. Selbst jetzt putzte sie im kurzen Ledermini die Bar, ohne ein Höschen zu tragen. Rory hätte von seiner Position aus den besten Einblick gehabt, doch er sah bewusst in die andere Richtung.

»Bourbon?« Duncan sah zu ihm herüber. Rory nickte.

Titty brachte ihm kurz darauf das gut gefüllte Glas und rutschte neben ihn. Obwohl er sie nie fickte, wusste Rory, dass sie verdammt fähig darin war, ihm einen Blowjob zu verpassen. Aber ihm war nicht danach. Er hatte genug von diesem Tag.

»Wie geht es Travis?«, fragte Titty mit einer Stimme, die ihn an ein zehnjähriges Mädchen denken ließ.

»Bestens.« Er leerte das Glas in einem Zug und gab es ihr zurück.

Brav ging sie los, um Nachschub zu holen. Als sie zurückkam, sah sie ihn mit kokettem Augenaufschlag an. »Hat Travis nach mir gefragt?«

»Nein«, knurrte er und wedelte mit der Hand, damit sie abzog. Sie tat es widerspruchslos, wie alles, was man hier von ihr verlangte. Hätte er sie um einen Blowjob gebeten, wäre sie sofort auf die Knie gefallen, hätte seinen Schwanz herausgeholt und ihre vollen Lippen darum gelegt. Titty und Foxy waren jedermanns Mädchen, auch wenn sie hofften, eines Tages zur *Old Lady* zu werden, der festen Freundin oder im besten Fall Ehefrau eines Klubmitglieds. Und Titty hatte sich dafür ausgerechnet Travis ausgesucht.

Rory lehnte sich zurück und schloss die Augen. Er sah Mya. Ihr plötzliches Auftauchen an diesem Morgen ließ ihn nicht mehr los. Er fragte sich, ob ihre körperlichen und seelischen Narben, die ihr dieses Arschloch Walt zugefügt hatte, inzwischen verheilt waren. Vermutlich nicht. Er hatte in ihren Augen jenen Schmerz gesehen, der ihm nur allzu vertraut war. Trotz der zehn Jahre, die vergangen waren, hatte Mya nichts von ihrer Anziehungskraft auf ihn verloren, dessen war sich Rory nun bewusst. Sie war noch immer der Mensch, den er mehr beschützen wollte als irgendjemand sonst.

Als Travis sie zum ersten Mal in die Hütte im Wald mitgenommen hatte, ahnte Rory nicht, was sich daraus entwickeln würde. Er und Travis waren schon seit Kindertagen beste Freunde gewesen. Eigentlich waren sie mehr als das. Sie waren Brüder ohne miteinander verwandt zu sein. Sie hatten gemeinsam so viel Bullshit durchgestanden, dass sie ein starkes Band zusammenhielt, das aus Gewalt und Leid geknüpft worden war. Doch mit Mya kamen Gefühle dazu, die er nicht definieren konnte. Nicht definieren wollte.

Rory rieb sich die Stirn. Nie wieder hatten sich Travis und er eine Frau geteilt. Wenn er genauer darüber nachdachte, erschien es einfach absurd. Sie waren derart hetero, dass sie sich nicht einmal an einer Transe vergehen würden, selbst wenn sie der einzige weitere Mensch auf einer einsamen Insel wäre. Doch mit Mya war es anders gewesen. Sie schuf eine Verbundenheit, die aus den besten Kumpeln Rory und Travis einen funktionierenden Big Twin machte. Sie liefen so rund wie der berühmte Zweizylinder-Motor einer Harley, wenn Mya bei ihnen war. Sie fickten, aber sie taten es mit Leidenschaft. Dabei ging es nicht darum, jegliche Perversitäten auszuleben, sondern es ging um Lust, Befriedigung und darum, sich gegenseitig aus dem Abgrund ihres jämmerlichen Daseins zu reißen. Keiner tat dem anderen weh, keiner schämte sich, keiner verhielt sich egoistisch. Sie gaben und sie nahmen. Es war gut. Es war fantastisch. Rorys Atem beschleunigte sich, als er an das erste Mal dachte.

Mya kam zu ihnen, um sich abzureagieren. Auch wenn sie nicht viel darüber sprach, wussten sie Beide, was bei ihr daheim abging. Es war dasselbe alte Lied, das überall durch die Straßen von Salas hallte. Häuslicher Missbrauch und sexuelle Übergriffe waren an der Tagesordnung und obwohl es die Polizei ignorierte, war Walt Chandler kein unbeschriebenes Blatt. Aber in Salas verpfiff man sich nicht gegenseitig bei den Bullen. Man regelte die Dinge selbst. Und wenn man das nicht konnte, dann hielt man sein Maul. Mya hatte die Gesetze der Straße schnell begriffen, genauso wie die Tatsache, dass sie Rory und Travis vertrauen konnte. Sie waren verrückt nach ihr. Nicht nur, weil sie hübsch war, sondern weil sie faszinierend wirkte. Sie war kein weinendes, hilfloses Mädchen, das sich in sein ausweglosess Schicksal fügte, nein, sie war wütend. Und wenn sie wütend war, sah sie noch schöner aus. Rory brachte ihr das Schießen bei und für Mya schien es heilsam zu sein, eine Waffe in der Hand zu halten.

Auch an diesem Tag kam sie zum Schießen vorbei und Rory und Travis sahen ihr dabei zu. Sie wirkte aufgelöst, schrie ihren Zorn heraus und hielt schließlich mit leergefeuertem Magazin inne. Schwer atmend sah sie zu ihren Freunden herüber.

»Ich weiß nicht, was ich ohne euch tun würde. Ihr seid die einzigen Menschen, die mir seit langer Zeit etwas bedeuten«, sagte sie und strich sich die dunklen Haare aus dem Gesicht.

Rory ging zu ihr. Er wollte sie küssen, ihr die Qualen ihrer Seele nehmen und endlich selbst Erlösung finden. Bereits seit einem Vierteljahr holte er sich nachts einen runter, während er dabei an Mya dachte. Travis' Gesichtsausdruck nach zu urteilen, erging es ihm ähnlich. Doch sie waren Kumpel. Da war es Ehrensache, dass sie ihre Freundschaft niemals wegen einer Frau gefährden würden. Sie sprachen zwar nicht darüber, aber keiner von ihnen hatte Mya je bedrängt oder sein Interesse ihr gegenüber bekundet.

An diesem Tag jedoch lehnte sich Mya gegen Rory, kaum dass er neben ihr stand. Die Wärme ihres Körpers ließ ihn erstarren. Es war nicht so, dass er noch unerfahren war. Ganz im Gegenteil. Seine Jungfräulichkeit hatte er bereits mit Zwölf an die fette Nachbarin seiner Eltern verloren. Myas Nähe brachte ihn dennoch aus dem Konzept. Er wollte sie. Allerdings auf eine andere Art, die er sich selbst nicht erklären konnte, und das machte ihn nervös.

»Wenn ich bei euch bin, bekomme ich endlich wieder Luft«, murmelte Mya und Rory nahm ihr die Waffe aus der Hand.

Vorsichtig legte er den Arm um sie und warf Travis einen Blick zu. Der Freund kam näher, die Augen zu zwei Schlitzen verengt, und für einen kurzen Moment glaubte Rory, er würde ihm einen Kinnhaken verpassen. Doch dann griff Mya nach Travis' Hand und Rory erkannte, dass der Kumpel ebenso erstarrte wie er selbst. Es war, als würde sie Drei ein Stromschlag treffen, der sie zugleich lähmte und elektrisierte.

»Ich verstehe nicht, was das ist«, hörte er ihre leise Stimme. »Ich denke ständig an euch. Ihr macht mich stark, aber gleichzeitig habe ich Angst vor meinen Gefühlen für euch. Vor dem, was ich will. Vor dem, was ich mir nachts in meinen Träumen wünsche.«

Das hatte er ebenfalls und wechselte einen Blick mit Travis. Sie schienen ein stummes Gespräch miteinander zu führen. Tausendmal hatten sie das bereits getan. Bei Autodiebstählen, Überfällen, Schießereien, in dem verfluchten Jugendgefängnis. Sie verstanden sich ohne Worte, selbst in dieser Situation. Mya würde keinem von ihnen gehören. Sie funktionierten nur zu dritt. Rory schluckte die Zweifel hinunter und beobachtete, wie Travis sich vorbeugte und Mya küsste. Vorsichtig, dann immer heftiger. Rory hörte ihr Seufzen, spürte, wie sie sich mit einer Hand in seinen Rücken krallte, und wurde sofort steif. Er lehnte seine Stirn gegen ihren Kopf, schloss die Augen und beschloss, sich auf die Sache einzulassen, egal wie merkwürdig er sich in diesem Moment dabei fühlte.

Bis zu jenem Zeitpunkt hatte er noch nie etwas für die Mädchen und Frauen empfunden, die er flachgelegt hatte. Sie waren allesamt Objekte gewesen, um seine Lust zu befriedigen, und er spielte gerne mit ihnen. Über die Zeit hatte er gelernt, neben seinem Schwanz auch seine Finger zu benutzen. Er war jung, aber Gerüchten zufolge machte er das hervorragend. Es hieß, er fickte wie ein Großer. Er war ein Beobachter, liebte es, Frauen so zu stimulieren, dass sie sich ihm völlig hingaben und ihren Orgasmus herausschrien. Dann erst trieb er es mit ihnen. Er mochte es am liebsten im Doggy-Style und das hart und schnell. Das funktionierte besser, wenn die Frauen feucht und rallig waren. Das Geräusch, das sein Schwanz in einer nassen Vagina auslöste, turnte ihn an. Sobald er dran war, vergaß er seine Partnerin. Er sah sich gerne selbst dabei zu, verlor sich im Rhythmus und der Ekstase. Sie von hinten zu nehmen, gab ihm ein Gefühl der Überlegenheit. Er wollte den Frauen nicht ins Gesicht sehen, wenn er seine Triebe auslebte. Rory mochte keine Intimität, aber er mochte Sex und auf diese Weise bekam er, was er wollte.

Doch bei Mya war es kein Spiel. Sie sollte nicht erregt sein, um ihm Freude zu bereiten und er wollte sie nicht einfach ficken. Verunsichert fuhr er mit den Händen über ihren Körper, berührte dabei Travis und wusste nicht, wie er damit umgehen sollte. Aber Mya zog sie beide mit sich. Sie fielen auf den harten Waldboden, ohne sich darum zu kümmern. Rory glaubte, noch niemals in seinem Leben eine derartige Erektion gehabt zu haben. Sein Schwanz schien jeden Moment zu explodieren. Mya lag seitlich vor ihm, ihren Rücken gegen seine Brust gepresst, ihr kleiner fester Po rieb sich an seinem Schoß. Travis küsste sie, als gäbe es kein Morgen, während seine Hände bereits unter ihrem T-Shirt verschwanden. Mya stöhnte und erregte Rory damit umso mehr. Rasch öffnete er die Knöpfe ihrer Jeans, dann der seinen. Travis half ihm, sie vollständig zu entkleiden und der Anblick ihrer Nacktheit traf Rory. Sie war so klein und zierlich und wirkte zwischen ihm und Travis, der noch komplett angezogen war, völlig verloren. Er war kurz davor, sich abzuwenden, als sie ihre Hand um seinen Schwanz legte. Scharf zog er die Luft zwischen den Zähnen ein und sah auf sie herab.

»Ich will euch beide«, murmelte sie. Ihre Pupillen waren geweitet, sodass ihre Augen beinahe schwarz wirkten. »Schlaft mit mir.«

Rory und Travis wechselten einen erneuten Blick. Es war befremdlich, den besten Kumpel derart erregt zu sehen, doch Myas Hand sorgte dafür, dass es Rory mit einem Mal egal war. Er presste die Pobacken zusammen, um nicht sofort zu kommen.

Travis drehte Myas Kopf zu sich und küsste sie intensiver als zuvor, während er bestimmt ihre Beine auseinander drückte. Mit dem Handballen massierte er ihre Schamlippen und Mya hob auffordernd ihr Becken. Rory hielt die Luft an. Der Anblick erregte ihn dermaßen, dass er es kaum noch aushielt. Sanft umklammerte er Myas Finger, die seinen Zustand nur verschlimmerten, damit sie sie nicht mehr bewegen konnte.

»Er will dich ficken«, hörte er Travis sagen und Mya sah Rory an.

»Das will ich auch«, erwiderte sie beinahe tonlos, bevor sie die Augen genießerisch schloss, als Travis ihren Hals küsste und mit der Hand über ihren Bauch hinauf zu ihren kleinen Brüsten wanderte. Ihre Beine blieben gespreizt, ermöglichten Rory den Blick auf ihre süße, deutlich erregte Vagina. Er streifte seine Jeans und die Shorts ab, zog sich das Shirt über den Kopf.

Travis löste sich von Mya. »Nimm sie, Bruder«, sagte er heiser, rutschte von ihr ab, um sich selbst zu entkleiden. Das ließ sich Rory nicht zweimal sagen. Er legte sich auf Mya und sie umschlang ihn sofort mit den Beinen. Ihr Blick war herausfordernd und sie biss ihn in die Schulter, als er tief in sie eindrang. Zum ersten Mal in seinem Leben vögelte er in der altmodischen Missionarsstellung. Er atmete Myas Geruch ein, küsste sie, spürte sie und bewegte sich in ihr. Es war nicht hart und schnell, sondern hitzig und voller Hingabe. Ihre Hände waren ineinander verschränkt und er hob sie über ihren Kopf und hielt sie da, während er den Takt vorgab.

Irgendwann war Travis wieder da. Sie küssten sie nun beide und Rory schwanden die Sinne. Er richtete sich auf, zog sich zurück und beobachtete, dass Travis Mya von hinten zu sich heranzog. Er schob die Hände unter ihre Kniekehlen und spreizte sie weit.

»Bring's zu Ende, Bruder.« Sie sahen einander in die Augen, bevor sie sich auf Mya konzentrierten.

»Du gehörst uns«, flüsterte Travis ihr ins Ohr, während sich Rory darum kümmerte, dass sie zum Orgasmus kam. Er wusste, was er tun musste. Es war eine Kombination aus kräftigem Stoßen und Innehalten, kreisenden Bewegungen und tiefer Penetration. Sein Daumen fuhr über ihren Kitzler und Mya zuckte hilflos in Travis' Armen. Ihr anschließender Höhepunkt vermischte sich mit dem seinen und es war genau jene Befreiung, die er sich erhofft hatte. Sie keuchte und weinte gleichzeitig, riss sich los, um Rory zu küssen, der ihre Tränen trocknete. Dann drehte sie sich um, setzte sich auf Travis' Schoß und führte langsam seinen Schwanz in sich ein. Rory umarmte sie von hinten, erlebte ihre erneute Erregung und Travis' ungezügelte Stöße als wären es seine eigenen. Er hielt Mya, feuerte Travis mit rauen Bemerkungen an und erfuhr den Orgasmus seiner Freunde, als hätte er selbst einen weiteren.

Als sie anschließend erschöpft nebeneinanderlagen und in den wolkenlosen Himmel über sich sahen, wusste Rory, dass ab diesem Zeitpunkt nichts mehr so sein würde wie zuvor.

Er öffnete die Augen und blinzelte sich in die Realität zurück. Mya war wieder da und er würde nicht zulassen, dass sie zwischen die Fronten geriet.

Four

Den Nachmittag verbrachte Mya in Rollick's Internet Café nur einige Straßen von Rorys Haus entfernt. Sie trank dort einen Kaffee nach dem anderen und recherchierte im Netz. Raps Ansprache hatte ihr zugesetzt und obwohl er ihr geraten hatte, die Informationen nicht weiter zu hinterfragen, wollte sie wissen, was es mit der Nuestra Familia und der Green Army auf sich hatte.

Aufmerksam durchstöberte sie Zeitungsartikel und fand Anhaltspunkte zu den Verbrechen, die kürzlich in Salinas stattgefunden hatten, und die man den Anhängern der Gangs zuschrieb: Fünf tote Green-Army-Mitglieder im letzten Monat, die aus einem vorbeifahrenden Wagen erschossen worden waren, sowie drei zufällige Zivilopfer. Im Monat zuvor gab es neun Tote, die allesamt die roten Farben der Nuestra Familia trugen. Alles spielte sich im Gebiet von Chinatown ab und die Medien spekulierten, dass es sich um einen Bandenkrieg handelte, dessen Beweggründe vermutlich die Vorherrschaft über das Waffen- sowie das Heroin- und Meth-Geschäft waren. Es hieß, dass vermehrt Mitglieder der Green Army in die Salinas Region drängten, um die bis dahin dort ansässige

Nuestra Familia abzulösen, deren Macht seit der FBI-Operation vor einigen Jahren schrumpfte. Ganz so wie Rap es angedeutet hatte.

Mya vertiefte ihre Suche und fand heraus, dass der Green Army Motorcycle Club etwa 2.000 Mitglieder umfasste. Gegründet wurde er in den 1960er Jahren von ehemaligen IRA-Kämpfern und unterteilte sich mittlerweile in zwanzig Chapter in zwölf Ländern. Der Patch auf ihrer Kutte zeigte einen grinsenden Totenkopf, dem ein Kleeblatt aus dem Mundwinkel hing. Die Farben des Clubs waren schwarz und grün und das amerikanische Justizdepartement führte den Club auf seiner Liste für organisierte Verbrechen und brachte sie mit der RIRA, der Real IRA, einer irischen Terrororganisation, in Verbindung. In den letzten Jahren war besonders das Chapter aus dem Contra Costa County wegen illegalen Waffen- und Drogenhandels, Schutzgeld-Erpressung und Prostitution in die Schlagzeilen geraten.

Mya lehnte sich zurück und starrte aus dem Fenster. Sie war nicht sonderlich verwundert über die Entwicklung von Rap und Exx, wusste sie doch, dass ihre beiden Freunde stets krumme Sachen gedreht hatten, um an Geld zu kommen. Aus den Erzählungen war ihr bekannt, dass sie bereits als Zehnjährige nachts auf den Feldern der Mexikaner Erdbeeren gepflückt und diese dann in der Nachbarschaft verkauft hatten. Ein gefährliches Unterfangen, das ihnen auch den Tod hätte einbringen können. Später klauten sie Autos, die sie an Kriminelle vertickten, die damit Überfälle begingen, und handelten im kleinen Rahmen mit LSD. Das brachte ihnen einige Jahre im Preston Jugendgefängnis ein. Es war der beschissenste Ort, um einzusitzen, und hatte die beiden nur noch mehr auf die schiefe Bahn gebracht. Anschließend waren sie von Waffen besessen gewesen und ja, sie hatten diese auch benutzt. Mya schloss die Augen.

Sie sah das widerwärtige Gesicht ihres Pflegevaters vor sich, spürte seine groben Hände auf ihrem Körper und roch seinen üblen Atem. Entsetzt schlug sie die Augen wieder auf und bemühte sich, ruhig zu bleiben. Am liebsten hätte sie ausgespuckt, um zu verdeutlichen, dass sie den Tod dieses Mannes nicht bereute, auch wenn sie seitdem nicht mehr derselbe Mensch war. Sie fragte sich, wen Rap und Exx noch getötet hatten und ob diese Leute ebenso schlecht gewesen waren.

Schon kurz nach ihrer Ankunft in Salinas vor zehn Jahren hatte Mya gelernt, dass die Stadt aus verschiedenen Schichten bestand und jede von ihnen ihre eigene Sprache und ihre eigenen Regeln hatte. In Salinas schien es an der Tagesordnung zu sein, dass man Gesetze brach. Es gab eine brutale Subkultur, die für all jene Sinn machte, die darin lebten. Wer nichts hatte, der nahm sich eben, was er kriegen konnte und ließ es sich auch nicht wieder wegnehmen. Aufgrund ihrer bisherigen Erfahrungen hatte Mya verstanden, warum sich die Dinge so entwickelten, wie sie es taten. Sie rebellierte selbst gegen das System, das sie beständig in neue Pflegefamilien gab, ohne sich die Mühe zu machen, hinter deren Fassade zu blicken. Aus diesem Grund war Mya nur zu gerne bereit gewesen, das Gesetz in ihre eigenen Hände zu nehmen als es soweit war.

Aber während der letzten Jahre, in denen sie fernab von Salinas in einem völlig anderen Umfeld gelebt und Menschen wie Benjamin kennengelernt hatte, fragte sie sich immer öfter, wie es dazu hatte kommen können. Und sie begann, ihr eigenes Gewissen zu fürchten, das ihr beständig vorwarf, dass sie womöglich mit einem Mord davonkam.

Ungeduldig winkte Mya die Bedienung heran, bezahlte für die drei Stunden am Computer und die fünf Cappuccino, die sie getrunken hatte. Es war kurz nach drei Uhr am Nachmittag und Mya stieg wieder in ihr Auto. Sie musste das Kleeblatt komplett machen!

Mit diesem Entschluss fuhr Mya zum Monterey County Gefängnis. Sie parkte vor den lehmfarbenen Gebäuden mit den langgezogenen Fenstern und blickte auf den großzügig, in Rollen angebrachten S-Draht über dem massiven Absperrungszaun. Niemals zuvor war sie in einem Gefängnis gewesen.

Mit selbstbewusstem Gesichtsausdruck ging Mya zur Anmeldung und gab an, dass sie gerne Travis McAlister besuchen würde. Die Wärterin am Empfang tippte den Namen in ihren Computer, und es schien eine Ewigkeit zu dauern, bis sie nickte. Mya füllte ein Formular aus und folgte einem anderen Wärter den Gang hinunter. Dabei stieg ihr die unangenehme Mischung aus Desinfektionsmitteln, rostigem Stahl und alten Socken in die Nase. Sie ließ die vorgeschriebene Personenkontrolle in Form von Abtasten sowie Metalldetektor über sich ergehen und wurde schließlich in einen Besucherraum geführt, dessen Luft so stickig war, dass Mya husten musste. Der Wärter bedeutete ihr, zu warten und sie setzte sich an einen der Tische. Außer ihr war nur eine mexikanische Familie anwesend. Die Kinder spielten Fangen und die Frau redete kontinuierlich auf den bulligen Mann in Gefängniskleidung ein, der ihr gegenübersaß.

Mya beobachtete das Paar eine Weile lang, bevor sie auf den Tisch starrte, dessen Oberfläche fettig glänzte. Es kam ihr vor, als könnte sie all die tragischen Geschichten, die sich in diesem Raum abgespielt hatten, förmlich spüren. Sie hörte das Schlagen von schweren Eisentüren und das Klackern von Riegeln. Mya glaubte, von der Realität in eine der so beliebten CSI-Serien katapultiert worden zu sein, die nun an ihr vorüberzog. Wie eine unbeteiligte Zuschauerin beobachtete sie die Dinge, die hinter den Fenstern des Besucherraums vor sich gingen. Die Schlüssel, die jeder Wärter an einem Bund bei sich trug, sahen unnatürlich groß aus. Sie wirkten für Mya beinahe belustigend, so als gehörten sie nicht in diese Welt, sondern in einen Comic, wie etwa zu Caspar, dem Geist.

Das Gefühl bereits Stunden zu warten machte sich in Mya breit, als die Tür plötzlich aufging und jemand über den Zementboden schlurfte. Mya drehte den Kopf und erblickte Exx. Ein Aufseher führte ihn hinein und seine Augen fanden die ihren. Er zögerte augenblicklich, aber der Wärter schob ihn voran. Mya spürte, wie Exx sie fixierte, während er immer näher kam. Die Intensität seiner Ausstrahlung nahm sie einmal mehr gefangen. Geschmeidig setzte er sich zu ihr an den Tisch und wartete, dass der

Wärter ihm die Handschellen abnahm. Dabei ließ er sie nicht aus den Augen. Sein Bart war länger, als sie ihn in Erinnerung hatte, und er trug sein Haar zu einem unordentlichen Knoten gebunden.

»Hey«, begrüßte sie ihn schüchtern, nachdem der Aufseher gegangen war.

»Mya.« Die Art, wie er ihren Namen aussprach, verursachte ihr eine Gänsehaut. Er war völlig ruhig und ohne jegliche Gefühlsregung.

Darin waren ihre beiden Freunde gut geworden, dachte Mya bei sich. Sie hatten gelernt, ihr Innerstes selbst komplett abzuschotten.

»Wie geht es dir?« Sie konnte den Blick nicht von ihm abwenden.

»Der gleiche Scheiß, nur ein anderer Tag.«

Mya nickte und wunderte sich, dass er keine Fragen an sie hatte. Ein peinliches Schweigen breitete sich aus.

»Rap hat mir erzählt, dass du hier bist«, versuchte sie, ein Gespräch in Gang zu bringen.

Exx' Gesicht zeigte keinerlei Regung. Nach einer Weile erwiderte er: »Du warst nicht mutig genug, auf Wiedersehen zu sagen, aber du hast immerhin den Mumm, erneut hallo zu sagen. Das hatte ich nicht erwartet.«

»Ich weiß.« Mya blinzelte nervös. »Ich bin hier, weil ich eine Aussage machen muss. Es geht um das Verschwinden meines Pflegevaters.«

Ohne seine Stimmlage oder Sitzhaltung zu verändern, sagte Exx: »Du weißt, wo du hier bist, Mya. Diese Unterhaltung endet jetzt.«

Ihr Blick streifte die Kameras und die Aufseher im kleinen Überwachungsraum neben der Tür. Sie verstand. »Wir müssen nicht darüber reden. Ich wollte dich einfach nur sehen, das ist alles.«

»Weshalb?«

Mya schluckte. Exx war eine noch härtere Nuss als Rap. »Weil ich wissen wollte, wie es dir geht.«

Er zog eine Augenbraue nach oben. »Hervorragend wie du siehst.«

Die Unterhaltung erstarb erneut. Mya rutschte auf ihrem Stuhl herum, während Exx sie nicht aus den Augen ließ.

»War's das?«, fragte er nach einer Weile und sah sich nach dem Wärter um.

Myas Hände krampften sich ineinander. Sie wollte eine Chance bekommen. »Orange-weiß-gestreifte Klamotten stehen dir echt überhaupt nicht«, bemerkte sie deshalb hilflos, um zu verhindern, dass Exx einen der Sicherheitsbeamten rief, um wieder abgeführt zu werden.

Der Hauch eines Lächelns umspielte seine Lippen und die dunklen Augen wurden für einen kurzen Moment weicher. »Scheiße, Mya, ich hatte dich komplett aus meiner Erinnerung gestrichen. Es ist nicht gut, dass du wieder da bist.«

»Das höre ich heute nicht zum ersten Mal.«

»Hm.« Sein eindringlicher Blick ging ihr durch und durch. »Du solltest aufhören, in der Vergangenheit zu wühlen. Alles ist anders und das ist gut so. Hätten wir damals so weitergemacht, wären wir Drei dem Untergang geweiht gewesen.«

»Rap hat genau das Gegenteil behauptet.«

»Weil er schon immer daran geglaubt hat, dass man Dinge ändern kann. Aber alles, was dir im Leben passiert, bereitet dich nur auf das vor, was du zu tun hast. Ist es nicht so, Mya?«

Seine Worte schnürten ihr die Kehle zu. »Ich weiß es nicht«, flüsterte sie.

»Doch, du weißt es. Du bist gegangen, um nicht gemeinsam mit uns abzustürzen, und das war richtig. Das alles hier ist gegen deine Natur, sieh das endlich ein.«

»Ich kann aber nicht aufhören an euch zu denken.«

»Dann bist du dümmer, als ich angenommen habe.« Die Unnahbarkeit kehrte in seine Mimik zurück und ließ Mya frösteln.

»Ich bin gekommen, um meine Aussage zu machen und ich werde euch nicht hängenlassen. Wir haben das gemeinsam angefangen und wir werden es gemeinsam beenden«, erklärte sie bestimmt, doch Exx reagierte nicht.

»Hast du noch dein Tattoo? Das mit dem Kleeblatt?«, hakte sie nach, um ihm eine Reaktion zu entlocken.

Er sah sie unverwandt an. »Ja, das habe ich noch. Lustigerweise ist es vielfältig einsetzbar, weißt du. Mein Club benutzt es und hier im Knast steht es für die Anhänger der Aryan Brotherhood. Ein wahrer Glücksgriff, dieses Kleeblatt.«

Die arische Bruderschaft war Mya ein Begriff. Sie bezeichnete eine Gang, die hauptsächlich in Gefängnissen existierte und mit den Ansichten des Nationalsozialismus sympathisierte. Es ärgerte sie, dass Exx ihr gemeinsames Symbol für derartige Vereinigungen missbrauchte.

»Das bist du nicht«, sagte sie bestimmt. »Ich kenne dich.«

Abrupt veränderte sich seine Stimmung. Die angespannte Ruhe schlug in Aggression um. »Hör auf damit, Mya«, presste Exx zwischen den Zähnen hervor. »Du kanntest mich gerade einmal drei Jahre. Du hast also keine Ahnung, wovon du redest. Das Schlechte wohnt in uns allen. Es kommt immer nur darauf an, ob man dagegen ankämpfen will oder es sich zunutze macht, um sich seinen Teil der Welt zu erobern.«

Mya spürte Tränen aufsteigen, bereits zum zweiten Mal an diesem Tag, und bemühte sich vergeblich, sie fortzublinzeln.

»Du solltest jetzt gehen.« Exx hob die Hand, um den Wärter heranzuwinken. Wortlos ließ er sich die Handschellen anlegen, erhob sich und wurde abgeführt.

Mya sah ihm hinterher und wischte die Tränen fort. Erst, als ein Aufseher sie auffordernd ansah, stand sie ebenfalls auf, um ihm zu folgen. Wie in Trance ließ sie sich durch die Gänge führen, nahm Jacke, Handtasche und Handy an sich, die sie aus Sicherheitsgründen hatte zurücklassen müssen, und kehrte dem Gefängnis den Rücken.

Draußen angekommen, lehnte sie sich gegen ihr Auto, um durchzuatmen. Sie fühlte sich ausgelaugt. Ihr Wiedersehen mit Rap und Exx hatte ihr vor allem eines vor Augen geführt: Ihre Gefühle für die Beiden hatten sich nicht verändert. Obwohl die Freunde sich bemüht hatten, sie zu verschrecken und trotz der Jahre, die ins Land gegangen waren, wusste Mya, dass ihr Band noch bestand. Das Kleeblatt gab es noch, denn es war einst aus Begierde und Blut geschmiedet worden.

Bei Sonnenuntergang saß Mya auf der Motorhaube ihres Wagens und starrte in die Ferne. Sie befand sich auf dem einsamen Parkplatz kurz vor dem Toro County Park südlich von Salinas. Hierher hatte sie ihren Pflegevater an einem regnerischen Frühsommerabend gelockt. Mya fröstelte. Seit jenem Tag war sie nicht mehr hier gewesen. Kurz nach ihrer Ankunft war sie einige Zeit über das Gelände gestreift und es erschien ihr plötzlich, als wäre alles erst gestern geschehen.

Ihr Pflegevater Walt Chandler war ein fauler, jähzorniger und ungepflegter Mann gewesen, der tagein tagaus in einem fleckigen Unterhemd und ausgebeulten Militärhosen vor dem Fernseher saß. Er brüllte seine Frau Sarah an, die ihm nichts recht machen konnte, und zog sich den Gürtel aus der Hose, wenn er seinen Worten Nachdruck verleihen wollte. Kam wichtiger Besuch ins Haus, wie etwa die Fürsorge, dann wurde aus Walt, dem Fiesling, Walt, der Schleimer. Mehr als einmal musste Mya miterleben, wie ihr Pflegevater ohne mit der Wimper zu zucken die Wahrheit verdrehte und sein Gegenüber mit seinem falschen Charme bezirzte. Es war widerlich.

Noch viel widerlicher war allerdings, was Walt tat, wenn seine Frau Sarah sonntags zur Kirche ging und die drei leiblichen Kinder mit sich nahm. Dann nämlich fühlte er sich bemüht, Mya das Wort Gottes beizubringen, das sie sich weigerte zu erlernen.

Das erste Mal passierte es, als Mya gerade einmal drei Monate bei ihrer neuen Familie war. Walt setzte sich zu ihr, legte seine Hand auf ihren Oberschenkel und flüsterte: »Der Herr schaut auf die Menschenkinder, dass er sehe, ob jemand klug sei und nach Gott frage.«

Mya verstand nicht, was er meinte und rückte von ihm ab. Sie hatte instinktiv gelernt, ihrem Pflegevater aus dem Weg zu gehen.

»Du gehst nicht zur Kirche, mein Kind, das ist nicht gut«, fuhr er fort und seine Augen wanderten über ihren Körper.

»Ich habe keine Lust dazu«, entgegnete sie trotzig und wollte aufstehen, doch er war schneller. Sein brutaler Griff, mit dem er sie am Arm festhielt, tat ihr weh.

»Wir sind ein gläubiges Haus«, knurrte Walt. »Wer bei uns lebt, der sollte das Wort Gottes kennen.«

Mya versuchte, sich aus seiner Umklammerung zu winden, aber Walt war stärker.

»So spricht der Herr: Wenn du dich zu mir hältst, so will ich mich zu dir halten.« Seine Hand umschloss ihren Hals. »Die Furcht des Herrn ist der Weisheit Anfang.«

»Lass mich los!« Mya hustete und würgte trocken.

»Ich werde dich Demut lehren, liebste Tochter, sei unbesorgt.« Sein Atem drang an ihr Ohr und Mya spürte, dass er seine andere Hand zwischen ihre Beine schob.

Sie versuchte, ihn zu beißen, trat und schlug um sich. Das Nächste, was sie wahrnahm, war ein harter Schlag gegen ihren Kopf. Als sie wieder zu sich kam, lag sie unter Walt, nackt und wehrlos, während er grunzte wie ein brunftiger Stier. Sie glaubte, innerlich zu zerreißen. Es war nicht das erste Mal, dass sie Sex hatte, doch das erste Mal, dass sie dazu gezwungen wurde und es fühlte sich entsetzlich an. Der Schmerz nistete sich tückisch in ihrem Unterleib ein und quälte sie mit jedem seiner Stöße. Ekel, Scham und Wut überkamen Mya. Sie wollte schreien, doch bevor ein Laut aus ihrer Kehle drang, drückte Walt erneut zu und Mya schwieg bis er fertig war.

Anschließend zog sie sich zitternd an, stürmte aus dem Haus und verkroch sich einige Straßen weiter unter einer Veranda. Dort weinte sie sich die Seele aus dem Leib. Die Polizei fand sie in den frühen

Morgenstunden. Sie wurde aufs Revier gebracht und verhört, doch der wachhabende Officer war Walts Cousin und Mya wurde sofort wieder in die Obhut ihrer Pflegefamilie gegeben. Keiner machte sich Gedanken über ihr geschwollenes Gesicht, die zerrissene Kleidung oder ihr verwirrtes Gestammel. Niemand ordnete eine Untersuchung an und Mya genierte sich zu sehr, um darauf zu bestehen. Einzig Sarah musterte sie besorgt, als Mya über die Schwelle trat, bevor ihre Augen in Walts Anwesenheit wieder jenen leeren Ausdruck annahmen, den Mya kannte. Von diesem Tag an ging Mya jeden Sonntag zur Kirche.

Aber Walt hörte nicht auf, ihr nachzustellen. Nur einen Monat später erwachte Mya nachts, als er sich zu ihr ins Bett legte. Sie wollte schreien, doch Walt reagierte sofort.

»Ich bringe dich um, wenn du einen Ton sagst!«, fuhr er sie an und Mya glaubte ihm seine Drohung aufs Wort.

Sie hatte inzwischen von den Nachbarn gehört, dass Sarah im letzten Jahr auf der Intensivstation gelegen hatte. Angeblich, weil sie über das Skateboard ihres Jüngsten gefallen war. Doch Mya wusste es besser. Kein Sturz konnte einem auf diese Weise das Nasenbein brechen, die Rippen, den linken Arm und die Finger der rechten Hand. Von den ausgeschlagenen Zähnen und den Malen am Hals, von denen die Leute sprachen, einmal ganz abgesehen. Aber Sarah war bei ihrer Version der Geschichte geblieben und die Polizei ermittelte nicht weiter.

Schlaftrunken und mit klopfendem Herzen blieb Mya liegen und ließ ihren Pflegevater gewähren. Das ging noch fünf weitere Nächte so und Myas Nerven lagen blank. Am Ende der Woche ertappte sie Exx in der Schule dabei, wie sie sich hinter dem Gebäude übergab.

»Was ist bei dir daheim los?«, fragte er und Mya glaubte zu sehen, dass er bereits wusste, was sie bewegte. Sie war in den letzten Tagen jedem aus dem Weg gegangen und hatte die blauen Male an ihren Handgelenken durch langärmelige Pullover zu verdecken versucht. Missbrauch war in Salinas nichts Außergewöhnliches.

Mya erwiderte nichts, wischte sich den Mund ab und fragte Exx nach einer Zigarette.

Er sah sie an, doch es lag kein Mitleid in seinem Blick. Eher so etwas wie Hass.

»Ist das schon öfters vorgekommen?«, erkundigte er sich und gab ihr Feuer.

Mya inhalierte den Rauch bis sie glaubte, daran zu ersticken, und schüttelte den Kopf. Sie wollte nicht zugeben, dass sie zu schwach war, um sich gegen die Übergriffe zu wehren. In diesem Moment erscholl die Klingel, die den Unterrichtsbeginn signalisierte.

»Mein Kumpel und ich treffen uns heute in einer Hütte im Wald. Magst du mitkommen?« Exx musterte sie und Mya glaubte, er könnte ihr bis auf den Grund ihrer Seele blicken. Es erschreckte sie, doch sie merkte, dass sie nickte.

»Alles klar, dann bis später! Ich hole dich ab.«

Mya fragte sich, woher er wusste, wo sie wohnte, aber kaum war sie von der Schule zuhause, schon fuhr Exx in seinem verrosteten Dodge Ram vor ihrem Haus vor und stieg aus. Rap, der mitgekommen war, blieb im Wagen sitzen. Mya kannte ihn bisher nur vom Sehen.

»Wer ist das?« Walt schoss auf die Veranda und es war amüsant zu beobachten, dass er zu Exx aufblicken musste.

»Ich hole Mya ab«, sagte dieser mit gefährlichem Unterton, was Walt verunsichert blinzeln ließ.

»Zum Abendessen muss sie daheim sein«, insistierte Walt und trat einen Schritt zurück, während sich Exx nicht von der Stelle bewegte. Mya eilte zu ihm und fühlte sich zum ersten Mal in ihrem Leben wahrgenommen und beschützt.

Der Freund geleitete sie zum Auto. Als sie losfuhren, warf Mya einen triumphierenden Blick auf Walt, der wie vom Donner gerührt vor der Haustür stand, und wusste, dass sie ab sofort nicht mehr alleine war.

So ging das erste Jahr vorüber und Walts Übergriffe wandelten sich. Er schien zu wissen, wer Rap und Exx waren und sah davon ab, Mya weiterhin zum Sex zu zwingen. Es war nun ihre Hand, die ihm Vergnügen bereiten musste, wenn Sarah mit den Kindern außer

Haus war. Mya sprach nicht darüber und starrte in den Fernseher, während sie Walt befriedigte. Jeder in dieser Stadt schien zwei Leben zu haben. Eines, das daheim stattfand und über das man schwieg, und eines, das man draußen mit seinen Freunden verbrachte. Sie lebte ausschließlich für das zweite.

Doch dann nahmen Sarah und Walt weitere Pflegekinder auf, zwei Mädchen mexikanischen Ursprungs im Alter von zehn und vierzehn Jahren, deren Eltern wegen Mordes hinter Gittern saßen. Es war Mya ein Rätsel, wie die Behörden einer Familie wie der von Walt ihr Vertrauen schenken konnten, aber nichtsdestotrotz taten sie es.

Schon beim ersten gemeinsamen Abendessen fiel Mya auf, wie Walt die Älteste der Beiden anstarrte und ihr Magen wurde zu einem harten Klumpen. Sie suchte Walt daraufhin freiwillig auf, um ihm die Hose aufzuknöpfen und hoffte, das würde ihn davon abbringen, Hand an Alyssa und Regina zu legen, aber sie täuschte sich. Bereits zwei Wochen später bemerkte sie, dass Alyssa Walt mit demselben Blick des Ekels musterte, der Mya nur allzu vertraut war.

»Was macht er mit dir?«, fragte sie das Mädchen daraufhin unverblümt, kaum dass sie unter sich waren.

Die Älteste zuckte zusammen, nur um dann in Tränen auszubrechen.

»Fasst er dich an?« Alyssa nickte. »Hat er Sex mit dir?« Das Mädchen erstarrte und presste die Lippen aufeinander, aber für Mya war das Antwort genug. Noch am selben Tag passte sie Walt in der Garage ab und hielt ihm ein Küchenmesser an den Hals, das sie kurz vorher entwendet hatte.

»Lass die Mädchen in Ruhe!«, zischte sie und sah, dass Walt grinste.

»Was soll das, du kleines Miststück? Glaubst du, du kannst mir Angst machen?« Mit einer blitzschnellen Bewegung, die Mya nicht hatte kommen sehen, wirbelte er herum, drehte ihr den Arm hinter den Rücken und entwendete ihr das Messer.

Der Schmerz war übermächtig, aber Mya wehrte sich nach Leibeskräften. »Du Scheißkerl! Du krankes Schwein, ich bring dich um!« Ihr Gebrüll schlug in ein plötzliches Aufheulen um, als ihr Gelenk knackte.

»Leg dich nicht mit Walt an«, murmelte der Pflegevater in ihren Nacken und sie spürte, dass er die Knöpfe ihrer Jeans öffnete.

»Nein!« Mya bäumte sich auf. Die Ungerechtigkeit und sein widerliches Verhalten machte sie zur Furie, aber Walt war stärker. Er drückte sie gegen die Werkbank und zerrte ihr die Jeans über die Knie.

»Du Flittchen, ich werde dir zeigen, was ich mit aufsässigen Weibern wie dir anstelle!« Sie spürte das Messer an ihrem Bauch. Er ritzte sie und zwang ihr mit seinen Knien die Beine auseinander. Dann drang er brutal in sie ein.

»Das ist für deinen Ungehorsam! Und das für deine falschen Freunde. Fickst du sie, du Luder? Ich werde dich lehren, was es heißt, die Falschen zu ficken!« Wieder und wieder stieß er zu, während die Klinge des Messers sie an Bauch, Brüsten und Armen ritzte. »Und wenn du jemandem davon erzählst, dann gnade dir Gott, du dreckiges Stück Scheiße! Ich werde dir die Eingeweide herausschneiden, hörst du mich?«

Mya schrie auf vor Schmerzen, bevor sie die Lippen fest aufeinanderpresste. Sie wusste, dass es Walt noch mehr antörnte, wenn sie wimmerte. Während er sein krankes Spiel fortsetzte, sammelte sich der Hass in ihrer Kehle. Walt verdiente den Tod und sie schwor sich, dass er ihn finden würde!

Am Abend desselben Tages fuhr sie zur Hütte ihrer Freunde. Sie hatte geduscht und ihre Wunden notdürftig versorgt, aber als sie aus dem Auto stieg und durch den Wald ging, war es unübersehbar, dass sie Schmerzen hatte. Ihr gesamter Körper tat ihr weh. Sie blutete, nicht nur aus den Schnittwunden. Tapfer hielt Mya die Tränen zurück, doch als sie Exx erblickte, schlug die Erinnerung des Nachmittags über ihr zusammen.

»Was zum Teufel ...?« Er starrte auf ihr T-Shirt, auf dem sich bereits wieder Blutflecke gebildet hatten.

»War das Walt?« Rap hob Mya hoch und trug sie ins Innere der Hütte. Sie konnte nicht sprechen, die unterdrückten Tränen nahmen ihr beinahe die Luft zum Atmen. Sie fühlte sich schmutzig, missbraucht, hilflos und gleichzeitig so zornig wie noch nie zuvor in ihrem Leben. Schluchzend sah sie dabei zu, wie Exx vorsichtig ihr T-Shirt hochhob. Sein Gesicht verzog sich beim Anblick der Wunden. »Dafür wird der Dreckskerl büßen!«, murmelte er.

Rap stand daneben und lud seine Waffe. »Lass uns gehen«, sagte er zu seinem Kumpel.

»Nein«, entfuhr es Mya und sie hielt Exx am Arm fest. »Ich will es sehen. Wir machen es gemeinsam!«

Five

❧

Am nächsten Morgen fuhr Mya zum Polizeirevier in Salinas, um ihre Aussage zu machen. Es war Montag und sie war erst einen Tag zurück in ihrer alten Heimat, aber es fühlte sich an, als wäre sie bereits seit Wochen hier.

Benjamin hatte erneut versucht, sie zu erreichen, doch Mya war nicht an ihr Handy gegangen. Sie wusste einfach nicht, was sie ihm sagen sollte. Er hatte einen Schlussstrich unter ihre Beziehung gezogen und egal, was sie ihm erzählte, es würde ihn nur einmal mehr verletzen. Sein Leben in London war ein anderes, war es schon immer gewesen. Niemals zuvor war Mya dieser Unterschied so deutlich bewusst geworden wie nach ihrer Rückkehr nach Salinas.

Auf dem Weg zum Polizeirevier sah sie einige Jugendliche auf den Straßen, die allesamt rote T-Shirts und die charakteristischen Kappen mit dem weißen N trugen. Jeder normale Tourist wunderte sich vermutlich, warum in Kalifornien so viele Leute Fans der Nebraska Cornhuskers Football-Mannschaft waren, aber Mya wusste es besser. Das weiße N auf rotem Grund passte perfekt zu den Norteños, der Straßengang, die im Namen der Nuestra Familia unterwegs war. Sie standen jetzt mittlerweile an jeder Ecke und bewachten ihr Revier.

Mit einem mulmigen Gefühl fuhr Mya auf den Parkplatz vor dem Salinas Police Department. Sie hatte keinen Termin vereinbart und fragte sich augenblicklich, ob Walts Cousin noch dort arbeitete. Ihr Blick schweifte über das einstöckige weiße Gebäude mit dem blau abgesetzten Zierstreifen unterhalb des Flachdachs. Sie atmete tief durch, schloss das Auto ab und ging hinein. Im Inneren empfing sie eiskalte Luft. Die Klimaanlage arbeitete auf Hochtouren. Mya fröstelte und sah sich um.

»Kann ich Ihnen helfen?«, fragte ein Beamter hinter dem Tresen gleich neben dem Eingang und sah sie aufmerksam an.

Mya holte das offizielle Schreiben aus ihrer Umhängetasche und reichte es dem Polizisten. »Ich bin wegen einer Aussage hier«, erklärte sie.

Er überflog den Brief und zog die Augenbrauen nach oben. »Ich bin nicht vertraut mit dieser Angelegenheit, aber ich werde nachfragen. Wenn Sie bitte hier warten würden?«

Mya nickte und setzte sich. Sie sah den Polizisten durch das Büro laufen und mit diversen Kollegen sprechen. Alle sahen zu ihr hinüber und Myas Nervosität wuchs.

Dann kehrte der Beamte zu ihr zurück. »Es tut mir leid, aber dieses Anliegen entzieht sich unserer Hoheit. Sie müssen sich im Sheriff's Office melden. Das steht hier unten im Kleingedruckten. Es befindet sich in der Natividad Road. Wissen Sie, wo das ist?«

»Ja, das weiß ich.« Mya stand auf und nahm den Brief zurück. »Vielen Dank!«

Sie verließ das Gebäude und hatte dabei das Gefühl, als würden ihr das gesamte Department hinterherblicken. Rasch setzte sie ihre Sonnenbrille auf, sperrte das Auto auf und fuhr davon.

Eine Viertelstunde später, auf der anderen Seite der Stadt, direkt neben dem Gefängnis, parkte Mya den Wagen erneut. Sie fragte sich, was Exx gerade tat, bevor sie den Blick von dem inzwischen vertrauten Gebäudekomplex abwandte und in das Sheriff's Office ging.

Dort wiederholte sich die gesamte Prozedur bis Mya schließlich in ein Büro geführt wurde. Sie wartete eine halbe Stunde, dann trat eine untersetzte Dame in beige-brauner Uniform ein, die einen dermaßen kräftigen Händedruck besaß, dass Mya zusammenzuckte.

»Miss Mya Munroe, habe ich recht? Ich bin Sheriff Coroner Judith T. Mason. Es freut mich, dass Sie den Weg zu mir gefunden haben.«

Mya musterte die Frau, deren Gesicht scheinbar nur aus Augen zu bestehen schien. Niemals zuvor hatte Mya jemanden getroffen, dessen Augäpfel dermaßen aus den Höhlen traten, wie es bei Sheriff Mason der Fall war.

»Freut mich ebenfalls«, erwiderte Mya und bemühte sich, ihr Gegenüber nicht allzu intensiv anzustarren. Stattdessen konzentrierte sie sich auf den Sheriffs-Stern, der unübersehbar auf Judith Masons linker Brust prangte.

Diese studierte die Unterlagen, die sie mitgebracht hatte. Über ihnen kreiste ein Ventilator und Mya fragte sich, warum es im Sheriff's Office keine Klimaanlage zu geben schien.

»Sie sind hier wegen der Aussage bezüglich Walt Chandler. Ist das richtig?«

»Das ist richtig.«

Die Glubschaugen widmeten sich weiterhin der Akte und Mya versuchte, ihren Fuß ruhig zu halten, der nervös auf und ab wippen wollte. Es dauerte weitere fünf Minuten, bevor sich Judith Mason aufrecht hinsetzte und Mya aufmerksam ansah. »Sind Sie damit einverstanden, dass ich Ihre Aussage aufzeichne?«

Mya fragte sich, ob sie nicht vielleicht doch einen Anwalt hätte konsultieren sollen und fühlte sich augenblicklich von ihrer eigenen Naivität überrollt.

»Das ist in Ordnung«, erwiderte sie schließlich und redete sich ein, dass sie nichts zu verbergen hatte. Dennoch spürte sie, wie ihr der kalte Schweiß ausbrach.

»Gut.« Sheriff Mason holte ein Aufzeichnungsgerät aus der Schublade, schaltete es ein und nannte Ort, Datum und das Aktenzeichen. Dann wandte sie sich wieder an Mya.

»Ich werde zunächst Ihre Personalien abfragen. Nur der Vollständigkeit halber. Sagen Sie bitte Ja, wenn die Angaben stimmen und Nein, wenn etwas davon falsch ist.«

»Okay.« Mya räusperte sich.

»Ihr Name ist Mya Eloise Munroe und Sie wurden am 28. Juni 1990 in Castroville geboren. Ihre Eltern sind Frances Munroe und Rene Carnero, beide minderjährig und drogenabhängig bei ihrer Geburt. Sie verbrachten die ersten Jahre bei den Schwestern der ›Liebenden Hirten‹ in San Francisco, bevor sie 1996 zu ihrer ersten Pflegefamilie, den Athertons, nach Sacramento kamen. Richtig soweit?«

»Ja.« Mya zog sich der Magen zusammen. Ihre Kindheit so kurz und prägnant zusammengefasst zu bekommen, war befremdlich.

»Aufgrund der Scheidung der Athertons übernahm Sie 1999 die Familie Fawley, ebenfalls aus Sacramento, wo Sie bis zum Frühjahr 2001 blieben. Wegen einiger Differenzen kamen Sie dann zurück zu den ›Liebenden Hirten‹ nach San Francisco, bevor im Sommer 2005 schließlich die Familie Chandler in Salinas Ihre Vormundschaft übernahm. Nach dem Verschwinden von Walt Chandler im Jahr 2007 siedelten Sie im Februar 2008 zur Familie Young nach Lompoc über, mit der Sie kurz vor Erreichen Ihres achtzehnten Lebensjahres nach Portland im Bundesstaat Maine umzogen. Irgendwelche Fehler bis hierhin?«

»Nein, die Angaben sind korrekt.« Mya schluckte.

Sheriff Mason nickte. »Dann haben wir das geklärt. Kommen wir nun zu Ihrer Zeit im Hause der Chandlers. Sind Sie bereit, Mya?«

»Ja, das bin ich.«

»Gut. Wie Sie dem Schreiben entnehmen konnten, geht es um das Auffinden des Leichnams von Walt Chandler im Juli 2017 am Highway 101 einige Meilen südlich von Paso Robles. Wie bereits erwähnt, verschwand Ihr ehemaliger Pflegevater im November 2007 unter noch ungeklärten Umständen. Seine sterblichen Überreste wurden inzwischen eindeutig identifiziert und die forensischen Untersuchungen ergaben, dass er vermutlich an den Folgen von mehreren Schussverletzungen starb. Eine Kugel durchschlug seinen frontalen Gehirnlappen, zwei weitere trafen vermutlich Herz und Lunge. Sind Sie mit diesen Untersuchungsergebnissen vertraut?«

»Nein!«, entfuhr es Mya und Sheriff Mason blickte auf.

»Entsetzen Sie diese Details? Tut mir leid, ich bin schon fertig.« Sie legte die Papiere wieder zurück auf den Stapel und blätterte in weiteren Unterlagen. »Ihrer Aussage aus dem Jahr 2007 entnehme ich, dass Ihr Pflegevater freitags immer zum Bowling mit seinen Freunden fuhr. Offenbar war das auch am Tag seines Verschwindens der Fall, nur dass er nie im Bowlingcenter eintraf. Sie gaben weiterhin an, dass Sie an diesem Abend nicht zuhause waren, sondern sich im Studio 13 ein Tattoo haben stechen lassen. Diese Aussage wurde von uns überprüft und bestätigt. Nachdem aber nun der Leichnam von Walt Chandler aufgetaucht ist, haben wir den Fall wieder aufgerollt.« Sheriff Mason sah Mya an und schloss die Akte. »Ich bin mir im Klaren darüber, dass etwas mehr als zehn Jahre zwischen dem Verschwinden von Walt Chandler und dem heutigen Tag liegen, aber können Sie mir sagen, ob Sie sich zusätzlich zu Ihren damaligen Angaben an irgendwelche ungewöhnlichen Ereignisse aus dem Jahr 2007 erinnern, Mya? Sie haben damals ausgesagt, Ihr Pflegevater sei kein netter Mensch gewesen und Sie könnten nicht ausschließen, dass er Feinde gehabt hat, auch wenn Sie keine benennen konnten. Ist das noch immer Ihre Meinung?«

»Ja, das ist sie.«

»Nennen Sie mir bitte Gründe dafür!«

»Er war …« Mya stockte. Sie wusste nicht, welche Details sie erzählen durfte und welche sie womöglich verdächtig machen würden. Die riesigen Augen des Sheriffs durchbohrten sie. »Er war ein gemeiner Mistkerl«, entfuhr es ihr.

»Erklären Sie mir das bitte etwas näher.«

»Er war aufbrausend. Ungeduldig. Leicht reizbar. Er tat alles aus Berechnung.«

Sheriff Mason runzelte die Stirn. »Ist das so? Ich hörte, er war sehr gläubig.«

»Wenn er das war, dann hat Sarah für ihn mitgebetet. Er ging niemals zur Kirche.«

»In den Unterlagen der Jugendbehörde steht, die Familie Chandler erziehe ihre Pflegekinder gemäß dem christlichen Glauben. War das nicht so?«

Beinahe hätte Mya aufgelacht, aber sie beherrschte sich. »Diese Aussage galt nicht für Walt Chandler«, antwortete sie.

»Das heißt, er lebte nicht nach den christlichen Werten?«

»Ganz gewiss nicht!«

»Was meinen Sie damit?«

»Dass Walt innerhalb seiner Familie leicht die Hand ausrutschte.«

»Hat er sie je geschlagen?«

Mya bemühte sich, dem Blick von Judith Mason standzuhalten. »Ja, das hat er.«

»Warum haben Sie uns das nicht bereits kurz nach seinem Verschwinden erzählt?«

»Ich habe mich nicht getraut. Walt hatte einen Cousin bei der Polizei, der alle seine Ausrutscher unter den Tisch fallen ließ. Wie hätte ich annehmen sollen, dass mir jemand glaubt?«

Sheriff Mason machte sich einige Notizen. »Hat er seine Frau Sarah ebenfalls geschlagen?«

Mya überlegte, ob sie Sarah damit in Schwierigkeiten bringen konnte und zögerte.

»Könnten Sie bitte meine Frage beantworten?« Sheriff Mason deutete auf das Aufzeichnungsgerät.

»Ja, das hat er«, erwiderte Mya.

»Was ist mit seinen leiblichen Kindern und den zwei anderen Pflegekindern?«

»Das weiß ich nicht«, wich Mya aus.

»Sie meinen, Sie haben das nicht mitbekommen?«

»Nein.«

»Warum nicht?«

»In Anbetracht der häuslichen Situation war ich nicht oft zuhause. Nur, wenn es nötig war.«

»Wo waren Sie, wenn Sie außer Haus waren?«

»Ich habe mich mit meinen Freunden in der Gegend herumgetrieben. Mal da, mal dort.«

»Wer waren Ihre Freunde?«

»Was hat das mit dem Verschwinden von Walt zu tun?«, hakte Mya nach und wurde mit einem kritischen Blick bedacht. Ihr rutschte das Herz in die Hose.

»Wer waren Ihre Freunde?«, wiederholte Sheriff Mason.

Mya nannte einige Namen, die ihr einfielen, ließ die von Rap und Exx jedoch außen vor.

»War Travis McAlister auch einer Ihrer Freunde?«, erkundigte sich Sheriff Mason unbeirrt.

»Ich kannte Travis, ja.«

»Sie kannten ihn? Was heißt das?«

»Er ging mit mir auf dieselbe High School.«

»Hatten Sie eine Beziehung mit ihm?«

»Nein«, log Mya und schaffte es, Judith Mason dabei weiterhin in die Augen zu sehen.

»Laut der neuesten Aussage von Walt Chandlers Ehefrau Sarah kamen Travis McAlister und sein Freund Rory Dawley recht häufig zu ihrem Haus, um Sie abzuholen. Sarah gab auch an, dass Walt Angst vor den Beiden hatte. Er muss einmal gesagt haben, dass es ihn nicht wundern würde, wenn sie ihm eines Tages auflauerten, um ihn fertig zu machen.«

»Weshalb hätten sie das tun sollen?« Mya verspürte Wut gegen Sarah. Kaum war ihr Mann tatsächlich tot und nicht länger vermisst, schon plapperte die dumme Kuh drauflos. Dabei hatte sie es Mya und ihren Freunden zu verdanken, dass ihr tägliches Martyrium endlich endete.

Sheriff Mason verzog den Mund. »Die Fragen stelle ich, Mya. Deshalb sagen Sie mir doch bitte, in welcher Beziehung Sie zu Travis und Rory standen.«

»Wir waren Freunde.«

»Jetzt also doch. Nun gut, und denken Sie, dass es einer der

Beiden oder womöglich Beide gemeinsam auf Walt abgesehen hatten?«

»Nein.«

»Wie können Sie sich da so sicher sein?«

»Weil es keinen Grund dazu gab.«

»Sie haben angegeben, dass Walt sie geschlagen hat. Vielleicht wollten sich Ihre Freunde rächen?«

»Walt hat auch seine eigene Ehefrau geschlagen. Wer sagt Ihnen, dass Sarah nicht ebenfalls Grund zur Rache gehabt hätte?«

Sheriff Mason lächelte nachsichtig. »Sie dürfen mir glauben, wir ziehen alle Möglichkeiten in Betracht. Allerdings sitzen Sie jetzt hier und wie ich Ihrer Akte entnehmen kann, waren Sie in Ihrer Jugend kein Kind von Unschuld. Mehrmaliger Ladendiebstahl, Hausfriedensbruch, Erregung öffentlichen Ärgernisses, Körperverletzung.«

»Das meiste davon wurde wegen Geringfügigkeit nicht weiter verfolgt«, stellte Mya klar.

»Auch das kann ich sehen, aber es sagt mir, dass Sie Probleme hatten, Mya, und ich möchte wissen, ob diese Probleme mit Walt Chandler zu tun hatten.«

»Wenn Sie meine Akte gelesen haben, dann wissen Sie, dass meine sogenannten Auffälligkeiten nicht erst begannen, als ich nach Salinas kam. Ich hatte Probleme, doch gewiss nicht erst wegen Walt Chandler. Das habe ich Ihnen bereits 2007 gesagt und schon damals hat es niemanden interessiert. Pflegekinder werden in diesem Staat einfach herumgereicht. Man sieht in ihre Akten und macht sich ein Bild von ihnen, aber nach den Gründen fragt nie irgendjemand«, erwiderte Mya verbittert.

Sheriff Mason schürzte nachdenklich die Lippen. »Ich verstehe Ihren Groll, doch nun haben wir eine Leiche, Mya. Ihnen ist hoffentlich bewusst, was das bedeutet. Wir ermitteln nun nicht mehr wegen des Verschwindens einer Person, sondern wegen Mordes. Es sieht so aus, als wäre Walt regelrecht hingerichtet worden und da verstehen wir keinen Spaß. Die Verbrechensrate in Salinas ist während der letzten Jahre stark angestiegen. Diese

Tatsache verunsichert nicht nur die Polizei vor Ort, sondern mittlerweile auch die Bundesbehörden. Im Jahr 2007 war Ihr Pflegevater einfach nur ein Mann, der spurlos verschwand und den niemand wirklich leiden konnte, aber 2018 ist er unter Umständen eines der Opfer, die auf das Konto von Travis McAlister gehen. Ihre beiden Freunde, Travis und Rory, sind größere Fische, als Sie sich vielleicht vorstellen können, Mya. Machen Sie nicht den Fehler, sie beschützen zu wollen.«

Sie ließ die Worte wirken und Stille senkte sich über den Raum.

»Travis und Rory waren an jenem Freitag den ganzen Tag mit mir zusammen. Wir waren zuerst in der Hütte im Wald nahe des Toro County Parks und später im Studio 13«, durchbrach Mya das Schweigen. »Wir haben uns alle das gleiche Tattoo stechen lassen. Ein Kleeblatt oberhalb des Herzens. Das können Sie gerne überprüfen.«

»Sie müssen sehr gute Freunde gewesen sein, wenn sie sich das gleiche Tattoo stechen ließen.« Sheriff Mason nickte bedächtig. »Wir werden das nachprüfen. Ist es müßig zu fragen, warum Sie nicht bereits damals erwähnten, dass sie mit ihren Freunden an jenem Tag im Studio 13 waren?«

»Es erschien mir nicht wichtig und es hat mich niemand gefragt. Sagte der Tätowierer nicht, dass wir zu dritt da waren?«, fragte Mya unschuldig.

»Nein.« Sheriff Mason wirkte gereizt. »Gibt es sonst noch etwas, dass Sie mir sagen wollen?«

»Nein, ich habe alles gesagt.«

»Dann hätte ich noch eine Frage: Haben Sie Travis und Rory seit Ihrer Ankunft gesehen?«

Mya erstarrte. Bis gerade eben hatte sie sich sicher gefühlt, doch nun bewegte sie sich auf dünnem Eis. Jeder konnte zumindest überprüfen, dass sie Exx gestern im Gefängnis besucht hatte. Sie durfte nicht lügen.

»Ja, das habe ich«, antwortete sie mit fester Stimme.

»Ich stelle es mir aufregend vor, zwei Freunde von der High School nach Jahren wiederzusehen. Sie hatten sich sicher viel zu erzählen«, entgegnete Sheriff Mason mit unergründlichem Blick. Dann stand sie auf. »Es hat mich gefreut, Mya. Wann fliegen Sie wieder nach Hause?«

»Nächsten Samstag.« Mya stand ebenfalls auf und schüttelte der Frau mit den Augen groß wie Kronkorken die Hand.

»Wir kontaktieren Sie, sollten wir weitere Fragen haben«, sagte diese und begleitete Mya zur Tür. »Bis dahin wünsche ich Ihnen noch einen angenehmen Aufenthalt in Salinas.«

»Danke.« Mya ging beherrscht über den Flur. Sie fühlte sich, als wäre sie einen Marathon gelaufen.

Kaum hatte Mya das Büro des Sheriffs verlassen, setzte sie sich ins Auto und fuhr los. Sie verließ die Stadt und folgte dem Monterey Salinas Highway in Richtung Küste. Salas, wie die Bewohner Salinas nannten, erdrückte sie zusehends. Überall stieß sie auf Spuren ihrer Vergangenheit, die ihr Gewissen auf den Prüfstand stellten. War es richtig, was sie getan hatte? War die Welt ohne Walt Chandler eine bessere geworden oder hatte sie sich durch seinen Tod zum gleichen Monster gemacht, das er gewesen war?

Mya hatte das Gefühl, über all diesen Grübeleien langsam verrückt zu werden. Deshalb suchte sie Abstand. Sie fuhr nach Monterey und von dort den 17 Mile Drive die Küste entlang. Irgendwann ließ sie ihr Auto stehen und ging an einen der Strände hinunter. Sie roch das Meer, hörte die Wellen und legte sich auf den Rücken in den Sand, um tief durchzuatmen. In dieser Welt zwischen Golfplätzen, Naturwundern und schicken Villen kamen ihr die Vorgänge in Salinas unbedeutend vor. Sie fühlte sich wie eine jener Hausfrauen, die abends beim Kochen den Fernseher einschalteten und zwischen Zwiebelschneiden und Salat putzen die neuesten Nachrichten verfolgten. Drei Tote hier, fünf Verletzte dort, zwei Schießereien, ein Einbruch. All das zog tagtäglich an den Unbeteiligten dieses Staates vorüber, ohne dass sie sich

Gedanken darüber machten. Besorgnis überkam sie erst, wenn die Kriminalität sich an den Grenzen ihrer direkten Nachbarschaft abspielte.

Mya spürte den Sand, den ihr der Wind ins Gesicht trieb, und seufzte. Sie kannte beide Welten. Die der Unbedarften, die auf der Sonnenseite des Lebens standen, und die der Gestrauchelten, die bereits als Kinder Dinge hörten und sahen, die sie blind für die Sonne machten. Wohin gehörte sie?

In diesem Moment klingelte ihr Handy und ohne auf das Display zu sehen, wusste Mya, dass es Benjamin war. Dieses Mal ging sie ran.

»Hey, ich bin's. Wie geht es dir? Ich hab mir Sorgen gemacht. Du bist nie rangegangen und hast auch nicht zurückgerufen.« In seiner Stimme war ein Anflug von Panik zu hören.

»Es geht mir gut«, beruhigte ihn Mya. »Ich musste einige organisatorische Dinge erledigen und war heute Vormittag bei der Polizei, um meine Aussage zu machen.«

»Wie lief es? Geht es dir gut?«

Mya lachte und hoffte, dass sie Benjamin damit die Sorgen nehmen konnte. Es behagte ihr nicht, wenn er seine Furcht um sie derart offen zeigte, denn sie war nicht gut darin, die Starke zu spielen. Nicht nach diesem Verhör und all den Dingen, die ihr durch den Kopf gingen.

»Es ist alles in Ordnung«, zwang sie sich zu sagen.

»Da bin ich erleichtert! Ich hatte diese irrsinnige Vorstellung, dass man dich festnehmen würde.«

»Nein, es lief bestens. Und nun sitze ich am Strand von Monterey und genieße den Blick auf das Meer.«

»Hast du deine Freunde schon gesehen?«

Mya schwieg. Sie verstand nicht, warum Benjamin es förmlich darauf anlegte, sich selbst Schmerzen zuzufügen.

»Tut mir leid«, fügte er sofort hinzu. »Ich bin ein solcher Idiot!«

Das war er, doch sie wollte es ihm nicht auch noch unter die Nase reiben. »Hör zu«, erwiderte sie. »Es ist nicht einfach für mich, wieder hier zu sein. Du bist etwas Besonderes, Benjamin, und es tut mir leid, was ich dir mit dieser Geschichte antue. Aber mach es nicht unnötig kompliziert.«

»Du hast recht«, murmelte er geknickt. »Mach dein Ding. Ich werde dich nicht mehr anrufen. Versprochen.«

»Okay, mach's gut.« Sie legte schweren Herzens auf.

Am liebsten hätte sie geschrien, um all ihren seelischen Ballast loszuwerden. Ihre Probleme wuchsen ihr über den Kopf und sie fand keine Lösung. Mya sprang auf und rannte los. Zurück in ihrer Vergangenheit war sie weiter weg von ihrer Zukunft als jemals zuvor.

Six

Auf dem Weg zum Hotel hielt Mya an einem Liquor Store an und kaufte sich eine Flasche Bourbon Whisky. Sie wollte vergessen. Vergessen, was ihr einst widerfahren war, was sie getan hatte und wonach sie sich sehnte. All das war unrecht.

Zurück im Motel sank sie auf ihr Bett, griff nach der Fernbedienung und befreite die mitgebrachte Flasche aus der braunen Papiertüte. Die ersten Schlucke glaubte Mya noch, der billige Whisky würde ihr Speiseröhre und Magen verbrennen, aber schon bald wurde es besser. Eine Stunde später starrte sie in den Fernseher, berauscht vom Alkohol, der ihre Glieder schwermachte und ihre Gedanken endlich zum Stillstand brachte. Das Zimmer drehte sich und Mya rülpste. Es war eine Ewigkeit her, dass sie sich bewusst weggeknallt hatte. Das Gefühl war angenehm. Genauso wie Mya es sich vorgestellt hatte. Ihre Sorgen lösten sich auf, sie fühlte sich leicht und unbeschwert. Dann hörte sie das Klopfen an ihrer Zimmertür.

»Wer ist da?«, rief sie und bemühte sich, klar zu sprechen.

»Ich bin's, Rory.« Er zögerte. »Rap.«

»Hau ab!«

»Lass mich rein, Mya. Bitte!«

Mya nahm einen weiteren Schluck aus der Flasche und stand auf. Der Boden schien zu trudeln und Mya hielt sich am Nachtkästchen ein.

»Ich komme«, lallte sie. An der Tür angekommen, bekam sie beinahe das Schloss nicht auf. Als sie es endlich geschafft hatte, öffnete sie die Tür und starrte Rap an. »Was willst du?«

»Scheiße, bist du etwa betrunken?« Der Freund lugte an ihr vorbei ins Zimmer. »Mach den bescheuerten Fernseher leiser! Sehnst du dich nach Aufmerksamkeit oder was?«

»Was geht's dich an?« Sie trat zur Seite und ließ ihn rein. Rap schaltete den Fernseher auf Stumm.

»Du trägst die Kutte der Green Army«, bemerkte Mya und plumpste zurück aufs Bett. »Ich dachte, du wolltest wegen deiner Familie damit aufhören.«

»Hab ich nie gesagt.« Er nahm die Whiskyflasche an sich und begutachtete den verbliebenen Inhalt. »War die voll?«, fragte er naserümpfend.

»Worauf du dich verlassen kannst.«

Rap schüttelte den Kopf. »Weshalb betrinkst du dich?«

»Weshalb kommst du mich besuchen?«

»Ich wollte mit dir reden.«

»Haben wir das nicht schon getan?«

»Mya!« Er setzte sich neben sie und sie griff nach der Flasche in seiner Hand. Sanft hielt er ihren Arm fest. »Hör auf damit. Du weißt, dass dir davon schlecht wird.«

»Vielleicht bin ich nicht mehr die Mya von früher. Vielleicht habe ich inzwischen gelernt zu trinken.«

Er lächelte. »Du hast dich leider gar nicht verändert.«

Sie sah ihn an. Sein Gesicht drehte sich, das gesamte Zimmer fuhr Karussell. Sie hielt sich die Hand vor den Mund. »Mir ist übel!«

Ehe sie sich versah, zerrte Rap sie ins Bad. Gerade noch rechtzeitig, bevor sie sich übergeben musste. Der Whisky schoss nur so aus ihr heraus. Mya hustete.

»Ich hasse es, recht zu haben«, hörte sie Rap in ihrem Rücken sagen. Er hielt ihre Haare und Mya schämte sich.

»Sorry«, röchelte sie.

»Ist nicht das erste Mal, dass wir das miteinander durchmachen.« Sie spürte, wie er ihr die Schultern massierte.

Mya hielt sich an der Kloschüssel fest. Ihre Arme und Beine zitterten unkontrolliert. Sie würgte und würgte, bis ihr Magen vollständig leer war. Ihr gesamter Körper war ein einziger Krampf.

»Besser?«, erkundigte sich Rap nach einer Weile. Als sie nickte, zog er sie auf die Füße. »Dann wasch dich jetzt.«

Mya wankte zum Waschbecken und spuckte hinein, bevor sie den Wasserhahn aufdrehte. Im Spiegel sah sie ihr jämmerliches Gesicht. Die Wimperntusche war völlig verschmiert und Speichel lief ihr übers Kinn. »Scheiße«, murmelte sie und hielt den Kopf unters kalte Wasser.

Zehn Minuten später schlich sie zurück ins Zimmer. Rap lag mitsamt Schuhen auf ihrem Bett. Er hatte die Arme im Nacken verschränkt und lachte über eine Comic-Serie, die im Fernsehen lief. Sein Blick heftete sich auf sie.

»Du siehst echt erbärmlich aus«, kommentierte er ihren Zustand.

»Hm.« Trotz dreimaligem Zähneputzen hatte Mya immer noch einen säuerlichen Geschmack auf der Zunge. Sie schüttelte sich angewidert und setzte sich neben Rap aufs Bett.

»Okay, was willst du mir sagen?«

Er seufzte und zog sie zu sich heran. »Das hat Zeit bis später. Komm her!«

Mya legte den Kopf an seine Schulter und schloss die Augen.

Als sie wieder aufwachte, war es stockdunkel im Zimmer. Erschrocken fuhr sie hoch.

»Ich bin da.« Er lag noch immer neben ihr. »Ich wollte dich nicht wecken«, flüsterte er.

»Solltest du nicht längst daheim sein?« Mya hatte das Gefühl, als müsse sie sich erneut übergeben und legte sich rasch wieder hin.

Sie hörte ihn leise lachen. »Du hast dich böse weggeschossen,

Kätzchen.« Beim Klang ihres alten Spitznamens wurde es Mya warm ums Herz.

»Das ist mir echt peinlich.«

»Geht's dir besser?«

»Ja, ein wenig. Danke, dass du bei mir geblieben bist.«

»Ehrensache.«

Mya versuchte, im Dunklen sein Gesicht auszumachen. »Was wolltest du mir vorhin sagen?«

Rap drehte sich zu ihr und die Kutte, die er noch immer trug, knirschte. »Dass du vorsichtig sein sollst. Diese Stadt hat Augen. Sie sieht alles. Und sie weiß, wer zu wem gehört. Wenn du versuchst, uns zu schützen, dann wird das nicht ohne Folgen bleiben.«

»Was soll das heißen?«

Sie spürte seinen Finger an ihrer Schläfe. »Bäng«, sagte er.

Mya zuckte zurück. »Willst du mir Angst einjagen?«

»Ja, dann bist du vorsichtiger.«

»Ich habe nur meine Aussage gemacht.«

»Das hoffe ich, denn selbst die verdammte Polizei kämpft auf unterschiedlichen Seiten.«

»Was soll das heißen, Rap? Führt ihr einen beschissenen Krieg? In was habt ihr euch da reinziehen lassen?«

»Die Dinge haben sich eben entwickelt.«

»Nichts entwickelt sich einfach so. Außerdem bist du in voller Montur in mein Hotelzimmer gelaufen. Dein Motorrad steht vor draußen vor der Tür. Wie viel deutlicher kann man ein Zeichen setzen?« Sie legte ihm nun ebenfalls den Finger an die Schläfe. »Willst du, dass es Bäng macht? Willst du mich auf diese Art loswerden, damit ich endgültig aus deinem Leben verschwinde?«

Er stieß abrupt den Atem aus und es klang empört. »Red keinen Scheiß!«, grollte er. »Heute ist der Präsident mit mehreren Brüdern der Green Army in der Stadt. Das ist der einzige Grund, warum ich die Kutte trage. Außerdem steht mein *Prospect* draußen Wache.«

»Dein was?«

»Mein *Prospect*. So nennt man neue, potentielle Mitglieder, die sich erst einmal beweisen müssen, bevor wir sie aufnehmen.« Seine dunkle Stimme bohrte sich bis in ihr Innerstes.

»Ach ja, ich hatte ganz vergessen, dass du jetzt in einem Motorradclub bist!« Mya war sich Raps Anwesenheit überdeutlich bewusst und sie gestand sich ein, dass er sie in der anonymen Dunkelheit mehr verwirrte als jemals zuvor. »Warum hängst du dann bei mir rum und bist nicht bei deinen *Brüdern*?« Sie betonte das Wort, um ihn zu provozieren. Er ging nicht darauf ein.

»Du hältst dich von uns fern, so wie ich es dir bereits gesagt habe. Und ...« Er hielt inne und führte ihre Hand an seinen Hosenbund. Myas Herz begann zu rasen. Doch anstatt tiefer vorzudringen, ließ er sie eine Waffe umfassen, die in einem Halfter an seinem Rücken steckte. »... du nimmst die hier!«

Mya zog die Hand zurück. »Eine Pistole? Bist du völlig irre, Rap? Glaubst du im Ernst, ich renne mit einer Waffe herum?«

»Ja, das glaube ich.« Sie spürte seinen Atem auf ihrem Gesicht. »Und es ist keine Pistole, sondern ein Revolver. Die sind besser als die halbautomatischen Waffen, weil sie keine Patronenhülsen am Tatort zurücklassen.«

»Ist mir scheißegal! Ich werde ganz sicher keinen Revolver bei mir tragen.«

»Früher haben dich Waffen erregt. Schon vergessen?«

Sie schwieg und er fuhr fort: »Du musstest ja unbedingt zurückkommen, um deine Aussage zu machen, Mya. Und das bedeutet, dass du jetzt nach unseren Regeln spielst. Wir können nicht die ganze Zeit auf dich aufpassen, verstehst du? In der Green Army hebt man seine Freunde nicht über seine Brüder, das ist nun einmal so.« Er nahm erneut ihre Hand und führte sie zurück an das Holster. Der Knopf schnappte auf und er zwang sie, die Waffe an sich zu nehmen. »Tu nicht so, als ob dir das fremd wäre.«

»Ich will das aber nicht mehr.«

»Lass mich raten, das ist der Grund, warum du eine Whisky-Orgie gefeiert hast. Du hast Schiss, weil du gesehen hast, was aus uns geworden ist.«

»Nein, ich habe getrunken, um zu vergessen«, erwiderte Mya

beinahe tonlos und umklammerte den Revolver. »Wir haben einen Mann umgebracht, Rap. Ich komme damit nicht klar.«

Er lehnte seine Stirn gegen die ihre. »Hätten wir es nicht getan, hätte er mit seinen sadistischen Spielchen weitergemacht und am Ende wärst du vielleicht dabei drauf gegangen. Er ist tot, aber du lebst noch. Das ist alles, was zählt.«

»So einfach ist das?«

»In Salas schon«, murmelte er und streichelte ihre Hand, die die Waffe umklammerte. Mya spürte jähe Hitze, die von ihrem Arm auf direktem Weg in ihren Unterleib schoss. Sie wollte ihn. Es war nicht richtig und doch sehnte sie sich danach. War sie vielleicht deswegen zurückgekommen? Um mit dem Feuer zu spielen?

»Du hättest uns nicht suchen dürfen«, hörte sie ihn sagen. »Es war einfacher, dich zu hassen, solange du fort warst.«

»Du hast mich gehasst?«

»Mit jeder Faser meines Körpers.« Seine Finger wanderten ihren Oberarm hinauf und sie musste sich auf die Unterlippe beißen, um nicht aufzustöhnen.

»Hass ist uns in Salas vertraut. Er ist das einzige, worauf man sich verlassen kann, denn er ist nicht vergänglich. Ganz im Gegenteil, er wächst, wird zu einem Monster und frisst dich auf.« Seine Stimme wurde zu einem Flüstern, während seine Lippen ihr Ohr streiften. Seine Finger erreichten ihren Hals und legten sich darum. Mya erstarrte.

»Du hast uns im Stich gelassen«, brummte Rap. »Und das hat mich beinahe umgebracht.«

»Ich wollte nicht ...«

»Scht!«, unterbrach er sie und sie spürte seine raue Wange an der ihren. Seine Finger drückten warnend zu.

»Erst, wenn du etwas verlierst, wird es zum Wichtigsten, was du je hattest. Kennst du dieses Gefühl, Mya?«

Sie nickte und merkte, dass er seinen Griff lockerte. Seine Finger zogen weiter, fuhren über ihren Mund. Mya öffnete ihn und saugte an ihnen. Raps Atem beschleunigte sich.

»Ich hasse dich noch immer. Dieses Mal, weil du wieder hier bist«, murmelte er und küsste sie.

Mya hatte nur darauf gewartet und seufzte, als sie Raps Zunge spürte. Es war lange her, aber das Gefühl war dasselbe. Alle ihre Nervenenden schienen sich gleichzeitig zu entzünden. Raps Hände griffen gierig nach ihrem Gesicht und ihre Körper drängten ungestüm aneinander. Mya krallte sich in seine Jacke und fühlte, wie ihr Innerstes aufbrach. Er schmeckte nach Zigarettenrauch und sie spürte unter seiner unbekannten Maske den altvertrauten Freund aus Teenagertagen. Mit fliegenden Fingern nahm er ihr den Revolver aus der Hand, befreite sich aus seiner Kutte, legte eine weitere Waffe zur Seite und zog ihr das T-Shirt über den Kopf. Schwer atmend küsste er ihren Hals. Mya schwanden die Sinne. Sie wollte ihn so sehr, dass ihr Körper zu eng für den Ansturm ihrer Gefühle erschien. Ein heißes Kribbeln breitete sich von ihren Lenden über ihre gesamte Haut aus. Hastig riss sie Rap die Boots von den Füßen, bevor sie sich auf ihn setzte. Sie spürte die harten Muskeln und schob begierig sein Hemd nach oben. Seine Haut war glatt und warm. Sie wollte sie riechen und beugte sich nach vorne. Ein leises Lachen entrang sich seiner Kehle und sie wusste, dass er sie am liebsten beobachtet hätte. Das hatte er schon immer gerne getan. Doch dieses Mal hinderte ihn die Dunkelheit daran. Er setzte sich auf und legte die Arme um sie.

»Mya«, kam es kratzig aus seinem Mund, bevor er sie erneut küsste. Er tastete über ihren Bauch, erfühlte ihre Narben.

»Sie sind noch da«, sagte er.

»Das werden sie immer sein.« Mya wand sich auf ihm, spürte seinen harten Schwanz und wollte sich von ihrer Hose befreien, doch Rap hielt sie bestimmt fest. Er gab gerne vor, in welcher Geschwindigkeit sie sich liebten. Die Erinnerungen daran erregten Mya zusätzlich. Unendlich langsam öffnete er die Knöpfe ihrer Jeans. Mya keuchte, als er dabei die empfindliche Haut oberhalb ihres Schambeins berührte.

»Dieses Mal wirst du nicht abhauen«, sagte er und schob seine Finger in ihren Slip.

Mya schrie auf vor Lust. Sie kannte sein Spiel, das er gerne bis zur Ekstase trieb. Irgendwann hatte er gelernt, es gut zu tun. Es hervorragend zu tun.

Er tauchte in ihre Feuchte ein und Myas Unterleib zog sich beinahe schmerzhaft zusammen. Sie biss sich in die Hand, um nicht sofort zu kommen. Seine Finger waren geschickt, umrundeten ihre Klitoris, stupsten sie, rieben sie, erzeugten einen Rhythmus, der erregender war, als Mya es in Erinnerung hatte. Sie wollte seinen Neckereien entkommen und gleichzeitig wollte sie, dass er härter in sie stieß. Dass er sie nahm, bis sie sich unter ihm auflöste.

Sein heißer Atem drang an ihr Ohr. »Lass dich gehen, Mya«, sagte er. Befahl er.

Seine Finger wurden schneller. Sie spürte das Kribbeln, das sich in ihrem Becken ansammelte. Nichts war mehr wichtig. Einzig ihre Existenz in Raps Armen war von Bedeutung. Es war, als wenn ein Damm in ihrem Inneren brach und eine prickelnde Flut freisetzte. Wimmernd wand sie sich auf Raps Schoß, der ihr Zucken mit weiteren Fingerspielen begleitete und sie unaufhörlich dem Orgasmus entgegenpeitschte. Ihr gesamter Körper verkrampfte sich, bevor sich alles an einem Punkt versammelte. Sie riss erstaunt die Augen auf, während der Höhepunkt sie überflutete und sich bis hinauf in ihre Wirbelsäule fortsetzte. Ihre Oberschenkel zitterten unkontrolliert und Rap zog seine Hand zurück. Er küsste ihre plötzlichen Tränen fort, füllte mit seiner Zunge ihren Mund aus und legte sie auf den Rücken.

Behutsam befreite er sie von ihrem BH, der Jeans und ihrem Slip, bevor er sich seinen restlichen Klamotten entledigte. Dann legte er sich auf sie. Mya bebte noch immer.

»Bist du deswegen zurückgekommen?«, fragte er, ohne sich zu bewegen.

Sie spürte seinen nackten Körper, das Heben und Senken seines Brustkorbs, seine angespannten Muskeln, seinen heißen Schwanz, der gegen ihre Schamlippen drängte. Alles war vertraut und doch erschreckend intensiv. Niemals zuvor hatte sie einen derart heftigen Orgasmus erlebt.

»Ich wollte wissen, ob ich noch zu Gefühlen fähig bin«, flüsterte sie. »Ich habe mich abgestorben gefühlt. Tot. Als sei ich blutleer.«

»Das bist du nicht.« Kaum hatte er es ausgesprochen, drang er wild in sie ein und Mya glaubte, erneut zu explodieren.

Rap erstickte ihre hilflosen Laute mit einem stürmischen Kuss, während er sie noch weiter ausfüllte. Myas Finger gruben sich in das Laken und sie ließ sich von seinen kräftigen Stößen davontragen. Unnachgiebig hielt er ihre Pobacken umklammert und dirigierte sie in Position. Wellen der Verzückung durchzuckten ihren Körper und sie genoss sein Gewicht und das Gefühl seiner Haut auf der ihren.

Nach all der langen Zeit fanden sie sich und schlossen erneut den Kreis, der seit ihrer Jugend bestand. In diesem Moment gab es keinen Benjamin und keine Lisa, keinen Mord und keine Gang. Es gab einzig sie Beide in einem dunklen Motelzimmer in Salinas.

Mya schrie auf, als Rap sie hitzig umschlang und ihre Beine energisch noch weiter spreizte, um tiefer in sie einzudringen. Ihre Körper wurden zu einer Einheit und sie hielt sich heftig atmend an seinen Schultern fest, während er sie mitriss und sie mit den gekonnten Bewegungen seines Beckens um den Verstand brachte. Ihre Lenden zuckten bereits in der gleichen Intensität wie zuvor, doch Rap bewies Ausdauer. Wieder und wieder stieß er zu, bescherte ihr zwei weitere Orgasmen, bevor er aufstöhnte und sein Gesicht in die Kuhle ihres Schlüsselbeins presste. Sein Körper spannte sich und er erschauerte. Die wohlige Wärme erfüllte Myas gesamtes Sein und spülte alle Zweifel der letzten Tage augenblicklich fort. Nach Atem ringend kämpfte sie mit ihren Empfindungen.

»Fuck, für dich lohnt es sich noch immer zu sterben«, hörte sie Rap keuchen.

»Sag das nicht!« Sie umfasste sein Gesicht und küsste ihn. »Ihr müsst damit aufhören, Rap, bitte.«

Er schüttelte den Kopf. »Wir haben ein one-way-ticket in die Hölle erworben. Aussteigen ist keine Option, Mya.«

»Aber deine Kinder …«

Er entzog sich ihr unvermittelt und rollte zur Seite. »Warum zum Teufel sprichst du jetzt von meinen Kindern?«

Mya biss sich reumütig auf die Unterlippe. Ihre plötzliche Rücksichtnahme kam zu spät. Selbst wenn sie früher daran gedacht hätte, wäre sie nicht in der Lage gewesen, Rap abzuweisen. Es hatte passieren müssen, sie wusste es.

»Ihr müsst Salinas verlassen«, beharrte sie.

»Um was zu tun? Handwerker zu werden? Oder Steuerberater?« Er knurrte aufgebracht. »Glaubst du wirklich, dein Leben ist mit unserem vergleichbar, Mya?«

Sie konnte ihm nicht antworten. Nackt und aufgewühlt von dem, was gerade geschehen war, lag sie neben ihm und spürte die gefährliche Spannung, die sich zwischen ihnen entwickelte. Besänftigend fuhr sie mit ihrem Finger über seine Lippen. »Ich kenne euch. Ihr seid so viel mehr als diese Kutte.«

Er küsste sie heftig und Mya spürte, dass ihre Erregung noch nicht abgeklungen war.

In diesem Moment klopfte es an der Tür und Rap sprang so schnell auf, dass Mya beinahe vom Bett gefallen wäre. Hastig zog sie die Bettdecke über sich. Er griff nach seiner Waffe, die auf dem Nachtkästchen lag, entsicherte sie und pirschte zum Vorhang. Vorsichtig lugte er nach draußen und ließ die Glock sinken.

»Was gibt es?«, zischte er.

»Wir sollten los. Es ist nicht mehr sicher«, hörte sie eine unbekannte Stimme antworten.

»Ich komme!« Rap ließ den Vorhang ein Stückchen offen und suchte seine Klamotten im einfallenden Licht der Außenbeleuchtung zusammen.

Mya beobachtete ihn dabei und zog sich das Bettlaken bis zum Kinn hoch. Sie erhaschte einen Blick auf das Tattoo in Form eines Raptoren, das auf seinem Rücken prangte, und sah das schwarze Kleeblatt direkt über seinem Herzen. Es verschwand, als er sich das T-Shirt überstreifte. Seine Augen fanden die ihren und er setzte sich neben sie.

»Wenn man diese Kutte trägt, dann übernimmt man Verantwortung. Es geht um Ehre und um Bruderschaft. Aber man ist kein freier Mann mehr. Vielleicht frei, weil man aus dem Gefängnis raus ist, aber nicht frei von der Green Army. Das solltest du wissen, Mya.« Er küsste sie nicht, sondern drückte ihr erneut den Revolver in die Hand, der neben dem Bett gelegen hatte. »Den behältst du, solange du dich in Salas aufhältst, verstanden? Und keine Sorge, die Seriennummer wurde unkenntlich gemacht.«

Widerwillig nahm Mya die Waffe an sich. »Sehr beruhigend.«

Er langte in seine Jackentasche und warf ihr kommentarlos eine Schachtel Patronen aufs Bett.

Mya starrte sie ungläubig an. »Sehe ich dich wieder?«

Rap verneinte. »Je weniger man uns in Verbindung bringt, desto besser.« Ehe sie etwas erwidern konnte, war er zur Tür hinaus.

Mya legte sich den Arm über die Augen und lauschte auf das typische Grollen der startenden Harleys. Es war drei Uhr nachts und sie fragte sich, was gerade mit ihr geschehen war.

AM NÄCHSTEN MORGEN FUHR MYA IN DEN NÄCHSTGELEGENEN Supermarkt. Sie gierte nach Obst und Süßigkeiten. Auf dem Weg dorthin, behielt sie die Straße im Auge, um kein Motorrad zu verpassen, das sie passierte, aber sie sah nur Autos. Sehnsucht machte sich in ihr breit, dabei war es nicht so, dass sie ihrer Nacht mit Rap übermäßige Bedeutung zuschrieb. Sie hatte geahnt, dass es dazu kommen würde, wenn sie alleine waren. Nur Rap und Exx hatten je diese sexuelle Anziehungskraft auf sie ausgeübt. Bei ihnen hatte Mya niemals an Walts Berührungen gedacht und jenen Ekel gespürt, der ihr bei späteren Beziehungen oft in die Quere gekommen war. Im Gegenteil. Rap, Exx und Mya waren wie Magnete, die sich anzogen. Es schienen physische Kräfte zu sein, die auf sie wirkten. Deswegen hatte Mya gewusst, dass Rap sie irgendwann besuchen würde. Genauso wie sie wusste, dass seine letzten Worte kein Abschied gewesen waren. Er war da, auch wenn sie ihn nicht sah.

Schwungvoll fuhr sie auf den Parkplatz des Supermarktes und suchte sich eine Lücke. Nachdem sie den Motor ausgeschaltet hatte, schweifte ihr Blick zum Eingang. Sie erstarrte. Die drei jungen Männer, die dort abhingen, trugen allesamt die Farben der Norteños. Mit klopfendem Herzen suchte sie in ihrer Handtasche nach dem Revolver. Sie nahm Raps Warnung ernst, auch wenn sie sich bemühte, sich deswegen nicht verrückt zu machen. Mit fliegenden Fingern kontrollierte sie, ob genügend Patronen in der Trommel waren. Dann steckte sie die Waffe wieder ein und stieg aus.

Hinter dem Schutz ihrer Sonnenbrille behielt sie die Gangmitglieder im Blick, während sie sich betont locker einen Einkaufswagen holte. Diesen schob sie wie ein Schutzschild vor sich her und näherte sich dem Eingang. Die Männer musterten sie, doch keiner machte Anstalten, ihr den Weg zu versperren. Mit übertriebenen Gesten traten sie zur Seite und Mya ging an ihnen vorbei. Aber erst, als sich die automatischen Türen hinter ihr schlossen, beruhigte sich Mya ein wenig. Sie schob sich ihre Sonnenbrille ins Haar und beschleunigte ihre Schritte.

Zwischen Bergen von Zitronen, Orangen und Äpfeln blieb sie stehen und beobachtete unauffällig den Eingang. Niemand folgte ihr. Sie war erleichtert und spürte, wie die Anspannung wich. Dann widmete sie sich ihren Besorgungen. Doch gerade, als sie in die Abteilung bog, in der es Süßigkeiten gab, stutzte sie. Eine junge Frau kam ihr entgegen und Mya blieb stehen.

»Alyssa?«, fragte sie und registrierte sofort den erschrockenen Gesichtsausdruck der Mexikanerin.

»Wer sind Sie?«, setzte diese an, aber dann weiteten sich ihre Augen. Schmatzend verarbeitete sie den Kaugummi in ihrem Mund zu Brei und sah sich misstrauisch um.

Bevor Mya etwas erwidern konnte, zischte Alyssa: »Bleib mir bloß von der Pelle, hast du verstanden?«

Verwundert über die ruppige Art folgte Mya ihrer einstigen

Patenschwester, die sich eilig davon machte. »Was ist los? Hey, bleib doch mal stehen!«

Alyssa warf ihr einen warnenden Blick zu, aber Mya gab nicht auf. Sie verfolgte die junge Frau durch zwei weitere Abteilungen, bevor diese endlich anhielt. »*A la mierda!*«, murmelte sie und zog Mya in eine Ecke. »Was ist in dich gefahren? Arbeitest du für die Bullen?«

»Für die Bullen? Wie kommst du denn darauf?« Mya wollte die Leidensgenossin von einst am liebsten umarmen, aber deren starre Körperhaltung hielt sie davon ab.

»Weil jeder andere weiß, dass er mich besser nicht anquatscht.«

Mya runzelte die Stirn und Alyssa fuhr fort: »Ich bin Paquis Frau.«

»Wer zum Teufel ist Paqui?«

In schierem Erstaunen hörte Alyssa für einen Moment auf, Kaugummi zu kauen und starrte Mya an. »Wie lange warst du fort, Baby?«

»Zu lange wie mir scheint. Was ist los? Freust du dich gar nicht, mich zu sehen?«

»Wieso sollte ich? Wir kannten uns gerade mal ein paar Monate, bevor du das Glück hattest, aus Salas fortgehen zu können. Regina und ich wurden einer anderen Familie nur ein paar Straßen weiter zugeteilt. Angeblich um uns nicht so weit von unseren leiblichen Eltern fortzuschicken.«

»Wie geht es deiner Schwester?«

»Sie ist tot. Schon seit ein paar Jahren.« Alyssa zuckte mit den Schultern.

Mya konnte nicht glauben, was sie hörte. »Was? Wieso?«

»Gangschießerei, Baby. Wollten eigentlich ihren Alten abknallen, haben aber aus Versehen sie erwischt. Diese Scheiße passiert.«

Mya hielt sich vor Entsetzen die Hand vor den Mund und Alyssa lachte verächtlich. »Bist weich geworden, hab ich recht? Warum bist du hier?«

»Walts Leiche wurde gefunden.«

»Das weiß ich. Ich wurde ebenfalls verhört. Habe geschwiegen.

Ich hoffe, du auch.«

Mya schüttelte den Kopf. »Die Polizei sollte wissen, was er für ein Arschloch war!«

»Wozu? Er ist tot. Wen interessiert's?« Alyssa runzelte die Stirn. »Ach, du Scheiße! Sag mir nicht, du bist gekommen, um diese Aasgeier Rap und Exx zu schützen. Verdammt, Mya, diese dreckigen Iren haben Paqui das Geschäft versaut. Er hält nur die Füße still, weil seine Cousine Lisa Raps Ehefrau ist. Aber wenn er mitbekommt, dass du auf deren Seite stehst, bläst er dir das Hirn weg, um endlich seinen Frust abzubauen.« Sie lugte um die Ecke, als würde sie jemanden suchen.

»Wirst du verfolgt?« Mya sah sich um.

»Ich werde bewacht.« Alyssa stemmte die Hände in die Hüften. »Paqui ist der Regiment Commander von Salas. Das bedeutet, er steuert das gesamte Geschäft dieser Region. Als seine Frau steht mir Begleitschutz zu.«

»Begleitschutz?«

Alyssa schnaubte. »Du bist echt nicht mehr in dieser Welt zuhause, Baby!«

»Erklär's mir! Bitte!« Mya senkte ihre Stimme. Sie spürte Alyssas steigende Nervosität und verstand nicht, was los war.

»Ich gehöre zur Familia, ist das klar? Mein Begleitschutz kann ziemlich schnell zu meinem Exekutionskommando werden. Diese Gang legt mehr von ihren eigenen Leuten um als von ihren Feinden.«

»Warum?«

»Aus Angst, jemand könnte plappern.« Sie wandte sich zum Gehen. »*Adios!*«

»Nein, Alyssa, bitte warte!« Mya hielt sie am Arm fest. »Ich muss wissen, in was Rap und Exx hineingeraten sind.«

»Frag sie selbst!« Die Mexikanerin wehrte sie geschickt ab, bevor sie erstarrte. »*Por dios!*«

Mya spürte einen Schlag gegen die Schulter, als Alyssa spontan die Richtung wechselte und sie dabei fast über den Haufen rannte.

»Geh weg von mir!«, hörte sie die junge Frau zischen. Furcht lag in ihrer Stimme.

Mya sah sich verwirrt um und erblickte einen gefährlich dreinschauenden Mexikaner, der den Gang herunter geschlendert kam. Die rote Kappe mit dem weißen N trug er tief in die Stirn gezogen, unter den weiten Jeans blitzten Cowboystiefel aus Schlangenleder hervor. Den Blick auf sie gerichtet, wusste Mya zunächst nicht, was sie tun sollte. Doch dann löste sie sich aus ihrer Starre und schob mit dem Einkaufswagen geradewegs auf den Kerl mit der roten Kappe zu. Noch während er sich ihr näherte, fragte sie sich, was sie da eigentlich tat und hoffte inständig, dass die Gang nicht derart skrupellos war, ihre Opfer vor den Überwachungskameras des Supermarkts umzubringen.

Doch dann griff er mit einer Hand an seinen Rücken und Mya wusste, dass sie ein Problem hatte. Mit einer schnellen Bewegung gab sie dem Einkaufswagen einen Schubs, sodass er weiter auf den Mexikaner zurollte, während sie in den Gang zu ihrer Linken abbog. Panisch blickte sie sich um. Überdeutlich hörte sie die eintönige Musik aus den Lautsprechern über ihrem Kopf schallen, sah die Kunden mit ausdruckslosen Gesichtern durch die endlos anmutenden Flure schlendern und bemerkte einen Angestellten in ihrer Nähe.

»Helfen Sie mir!«, flüsterte sie ihm im Vorübergehen zu und beschleunigte ihre Schritte. Der Mitarbeiter des Supermarktes starrte sie an, schien die Situation aber nicht zu begreifen.

In diesem Moment bog der Mexikaner um die Ecke, eine Hand noch immer hinter seinem Rücken. Mya trat den Rückzug an. Sie sah Alyssa in einem Parallelgang und warf ihr einen hilfesuchenden Blick zu, doch diese deutete nur mit dem Finger auf sie. »Da ist die Schlampe!«

Mya konnte nicht glauben, dass sich ihre einstige Patenschwester gegen sie stellte und rannte los. Wie ein Kaninchen auf der Flucht hastete sie in Richtung Ausgang, nur um dann abrupt abzubremsen. Die Mexikaner, die draußen vor dem Eingang gewartet hatten, drängten nun ebenfalls ins Innere und teilten sich auf. Ihr Herz setzte einen Schlag aus, ihr Gehirn arbeitete auf Hochtouren. Wo sollte sie hin? Instinktiv warf sie sich zu Boden, suchte Schutz hinter einem Kühlregal. Spanische Worte hallten durch das Gebäude. Sie klangen aggressiv und Mya verstand genug, um zu wissen, dass die Mexikaner auf der Suche nach ihr waren. Einige Kunden verließen bereits fluchtartig den Supermarkt. Mit fliegenden Fingern holte sie den Revolver aus ihrer Tasche. Was zum Teufel tat sie da nur?

»Mya!« Es war die Stimme von Rap. Vorsichtig lugte sie hinter dem Regal hervor und sah den Freund am Eingang stehen. Die automatischen Schiebetüren waren weit geöffnet. Er sah sich suchend um, ging in Richtung der Kassenschalter. Mya nutzte den Moment, um loszulaufen. Atemlos erreichte sie Rap, passte ihre Schritte den seinen an. Sofort ergriff er ihre Hand, zog sie mit sich. Dann blieben sie stehen. Hinter den piepsenden Kassen, den Warteschlangen und den Jugendlichen, welche die Einkäufe der Kunden in Tüten packten, sahen sie Alyssa. In ihrem Rücken baute sich ihr Begleitschutz auf. Vier Mexikaner mit grimmigem Gesichtsausdruck.

»Wir gehen in Richtung Ausgang«, sagte Rap bestimmt und schob Mya voran. »Langsam. Wir wollen nicht zusätzlich Aufmerksamkeit erregen.«

Sie schlüpfte aus den sich öffnenden Schiebetüren und sah, dass Rap ihr rückwärtsgehend folgte. Eine Hand lag an der Waffe in seinem Rücken.

»Hol dein Auto!«, befahl er, ohne sich zu ihr umzudrehen.

»Und dann?« In der Ferne ertönten Polizeisirenen und Mya wurde unruhig.

Rap knurrte. »Tu, was ich sage! Hol das Auto und dann folge mir!« Er deutete auf sein in der Nähe geparktes Motorrad.

Sie nickte, unfähig, seinen Befehl ein weiteres Mal zu hinterfragen. Das hier war Salas und es war gefährlicher als jemals zuvor.

Seven

Travis machte Liegestützen, um Zeit totzuschlagen. Neben den Gangmitgliedern war die Zeit sein größter Feind im Gefängnis. Sie arbeitete gegen ihn, ließ Tage wie Jahre erscheinen und zermürbte ihm damit den Verstand. Obwohl es ihn tröstete, dass er an diesem Tag entlassen wurde, musste er noch weitere drei Stunden in dem winzigen Drecksloch totschlagen.

Man hatte ihm eine Einzelzelle zugeteilt. Das war ungewöhnlich, doch in Anbetracht der Ermittlungen gegen den Green Army OMC nicht verwunderlich. Travis galt als Schlüsselfigur, die der stellvertretende Bundesstaatsanwalt nicht gefährden wollte. Dieser bearbeitete ihn seit kurzem, um gegen den Club auszusagen, aber Travis weigerte sich beharrlich. Er wusste, dass eine Anklage ohne unzureichende Beweismittel keinen Erfolg haben würde und wollte nicht der verfluchte Verräter sein, der dem Staat welche lieferte. Lieber würde er sterben. Was auch noch passieren konnte.

Als er Cringe Callahan, dem Präsidenten des Contra Costa Chapters, den Vorschlag unterbreitet hatte, sein Geschäft auf Salinas auszuweiten, hatte er nicht gedacht, dass sich die Nuestra Familia derart zur Wehr setzen würde. Doch trotz all der umfangreichen Ermittlungen war es dem FBI nicht gelungen, die sogenannte Mesa auszuschalten, die Köpfe der Familia. Die schweren Jungs operierten noch immer aus dem Pelican Bay State Gefängnis in Kalifornien und dem ADAMAX Gefängnis in Colorado heraus. Von dort aus organisierten sie sich, setzten neue Generäle, Kapitäne, Straßen- und Regimentskommandanten ein und bemühten sich, ihrer zerschlagenen Organisation wieder Leben einzuhauchen. Sie muteten wie ein angeschossener Wolf an, der mit hochgezogenen Lefzen wild um sich biss. Die Norteños, die Mitglieder der Straßengangs, waren nervös. Sie ballerten auf alles, was sich in ihre Bezirke wagte, brachten sich zum Großteil sogar gegenseitig um, um an die begehrten Führungspositionen zu gelangen. Salas war mittlerweile ein Sumpf, der jeden in die Tiefe zog, der nicht schnell genug flüchten konnte.

Aus diesem Grund war Travis auch stinksauer, dass Mya zurückgekehrt war. Sie gehörte nicht hierher, hatte es nie getan. Nach allem, was ihr in Salas zugestoßen war, hätte sie das eigentlich selbst begreifen müssen. Travis stand auf und ignorierte das schmerzhafte Ziehen seiner Muskeln. Er hoffte, dass Rory sie dazu bewegte, so schnell wie möglich aus der Stadt zu verschwinden, aber wie er seinen besten Kumpel kannte, würde er sie eher ficken als fortschicken. Travis schnaubte. Sie hatten so viel zusammen durchgestanden, doch an Myas Fortgang wäre Rory beinahe zerbrochen.

Nach einigen Dehnübungen legte sich Travis erneut auf den Boden, diesmal, um Sit-ups zu machen. Die Bewegung tat ihm gut, erlaubte ihm, seine Gedanken in die richtigen Bahnen zu lenken. Weg von Mya. Er verstand nicht, weshalb sie Rory und ihm so wichtig werden konnte. Vor ihrem Auftauchen waren sie wie zwei ordentlich vernietete Stahlträger gewesen. Hart, unbeugsam und eng miteinander verbunden. Aufgewachsen im Las Casitas Complex an der Amarillo Road, wo hauptsächlich irische Arbeiterfamilien wohnten, die auf den San-Ardo-Ölfeldern beschäftigt waren, hatte das Leben sie bereits von klein auf fest zusammengeschweißt. Nachdem Travis' Mutter mit seinen beiden jüngeren

Schwestern abgehauen war, blieb er mit seinem gewalttätigen Vater zurück, der ihn schon als Kind hinaus auf die Straße schickte, um wesentlich ältere Jugendliche zu verprügeln. Er hatte ihm gesagt, das würde ihn stärken und auf die Zukunft vorbereiten. In Wirklichkeit hatte er auf seinen Sohn nur Wetten abgeschlossen, hatte dabei meist gegen ihn gesetzt, um sich Geld für seine Trinkerei zu erspielen. Travis konnte die Frakturen bald nicht mehr zählen, die ihm bei diesen Kämpfen zugefügt worden waren. Die meisten von ihnen waren niemals ärztlich behandelt worden, denn Travis' Familie besaß keine Krankenversicherung. Rorys Mutter kümmerte sich darum. Sie war Altenpflegerin und lebte mit ihrem Mann und den drei Söhnen ein Stockwerk über ihnen. Auch Rorys Vater war ein Säufer, wenn auch nicht so aggressiv wie der von Travis. Ihr verkorkster Alltag, der aus elterlichen Streitereien, Straßenkriminalität und der Sprache der Gewalt bestand, machte Freunde aus ihnen. Brüder.

Sie schworen sich, dem anderen immer zur Seite zu stehen, egal, was das bedeutete. Und sie hatten es getan. Als Travis wegen wiederholten Drogenbesitzes, gefährlicher Körperverletzung und versuchtem Raub zu zwei Jahren Jugendgefängnis in Preston verurteilt worden war, dem Ort, der als die Vorstufe zur Hölle bekannt war, ließ Rory sich ebenfalls erwischen und folgte nur drei Wochen später nach. Zusammen standen sie das durch, ertrugen die Demütigungen der Wärter, die nicht selten auch sexueller Natur gewesen waren, und kämpften gegen die Übermacht der mexikanischen Jugendlichen an. Weder die kotverschmierten Zellen, in denen man die Isolationshaft absitzen musste, noch der kakerlakenverseuchte Fraß, den man ihnen die ganze Zeit über vorsetzte, hatten sie gebrochen. Am Ende verließen sie Preston mit hocherhobenen Köpfen und wussten, dass sie dieser Aufenthalt nur noch stärker und brutaler gemacht hatte. Erst ein mageres, dunkelhaariges Mädchen hatte sie geknackt und sich zwischen sie gedrängt wie flüssiger Stahl. Sie hatte ihre Hohlräume ausgefüllt und ihre Nieten gesprengt.

Travis bemühte sich, ruhig zu atmen, auch wenn er verärgert darüber war, dass sich Mya zum wiederholten Mal in seinem Kopf festsetzte. Sie hatte ihm etwas bedeutet, verdammt! Er riss seinen Oberkörper in die Höhe, obwohl er dachte, seine Bauchmuskeln würden zerreißen. Zwar war er nach ihrem Verschwinden nicht durchgedreht wie Rory, sondern hatte sich bemüht, diese Tatsache hinzunehmen, aber etwas hatte sich verändert. Ihr Geist blieb bestehen und schwebte zwischen ihnen. Und nun war er auferstanden. Das bedeutete nichts Gutes. Man weckte keine Toten, genauso wenig wie man vergessene Gefühle wieder aufwärmte.

Travis sprang mit einem Satz auf die Beine und verübte Boxschläge gegen einen unsichtbaren Gegner. Die dunkle Vorahnung, die ihn verfolgte, seit Mya ihm einen Besuch abgestattet hatte, wurde übermächtig. Im Gegensatz zu Rory sah er die Zusammenhänge, die ihnen das Genick brechen konnten. Der größte Risikofaktor dabei war Lisa, Rorys Frau. Travis konnte sie nicht ausstehen. Er nannte sie nur ›die Irre‹ und in seinen Augen war sie das auch. Sie steckte viel zu tief in der Familia drinnen, als dass sie sich davon hätte lösen können. Nur als Leiche schied man aus der Organisation aus, hieß es, und es war damals sowohl von Lisa als auch von Rory naiv gewesen zu glauben, dass man sie für alle Zeit unbescholten in Salas würde leben lassen. Ihr großes Glück war, dass die Gang zum Zeitpunkt ihrer Heirat viel zu sehr damit beschäftigt gewesen war, ihre Spuren zu verwischen und Mitglieder auszuschalten, die geredet hatten, als dass sie sich um eine ungewollte Heirat geschert hätten. Doch nun, da sich die Situation wieder stabilisierte und Rory als Feind gehandelt wurde, war es nur eine Frage der Zeit bis Lisa sich zu ihrer wahren Familie bekannte. Bekennen musste. Das war keine Entscheidung der Zuneigung, sondern der Abstammung. Einmal Familia, immer Familia. Außerdem war Lisa Paquis Cousine und der war als Regiment Commander von Salas ganz sicher nicht derart loyal, dass er ein Green Army Mitglied in seiner Verwandtschaft duldete. Es herrschte Krieg, auch wenn Rory das noch nicht verstanden hatte.

Unruhig lief Travis in seiner Zelle auf und ab. Es gab viel für ihn zu tun, wenn er draußen war, er wusste gar nicht, wo er beginnen sollte. Soweit er von seinem Informanten gehört hatte, war das Treffen vor zwei Tagen mit den Triaden positiv verlaufen. Sowohl der Übergabeort als auch die Summe waren mit Handschlag besiegelt worden. Nun musste er Cringe nur noch davon überzeugen, der arischen Bruderschaft einen Anteil am Drogenhandel zukommen zu lassen. Die Rechten produzierten Meth in rauen Mengen, waren aber zu klein, um in Salinas Fuß zu fassen. Da sie jedoch die Green Army Brüder im Gefängnis schützten, so wie sie es auch bei Travis und vor Jahren bei Rory getan hatten, war es nur fair, sie zu beteiligen. Ihr Netzwerk reichte bis in die Bundesgefängnisse hinein und man konnte nie wissen, ob man dort nicht irgendwann Schutz benötigen würde. Oder Informationen.

Travis fuhr herum, als er den Schlüssel im Schloss hörte. Ein Wärter öffnete den Zugang, durch den er die Hände strecken musste, um sich Handschellen anlegen zu lassen, bevor er hinausgelassen wurde. Travis krauste die Stirn. Es war zu früh. Er kannte die Rituale der Gefängnisse. Niemand ging hier vor der angekündigten Zeit.

»Du wirst im Verhörraum erwartet«, sagte der Wärter ungeduldig und gab ihm zu verstehen, näherzukommen.

Travis zögerte.

»Mach schon, ich hab nicht ewig Zeit!«

»Ich werde heute entlassen.«

»Erzähl das Mr. Marella.«

Travis grunzte. John Marella war der stellvertretende Bundesstaatsanwalt des Bezirks Nordkalifornien, der das Contra Costa Chapter im Visier hatte. Das war bereits sein zweiter Besuch bei Travis. Sollten das seine Brüder von der Green Army herausfinden, würde sie das misstrauisch werden lassen und er hatte keine Lust, sich deshalb zu rechtfertigen. Verärgert streckte er die Hände durch die Öffnung, ließ sich die Handschellen anlegen und trat hinter die markierte Sicherheitslinie zurück, wo der Wärter ihn sehen konnte.

Erst dann entriegelte dieser das Sicherheitsschloss der Tür. Travis trat auf den Gang mit dem ausgetretenen, grünbraunen PVC-Boden. Seine weißen Turnschuhe quietschten auf dem Untergrund, als er dem Wärter voran in den Besucherblock marschierte. Sie passierten endlose Gänge und Travis erspähte eine Gruppe verfeindeter Mithäftlinge. Allesamt Mexikaner, Norteños. Man erkannte sie an den Sombreros mit der Machete, die auf ihre Hälse tätowiert waren, und an dem Symbol XIV, das für die Zahl 14 stand, weil das N der vierzehnte Buchstabe des Alphabets war. Travis hielt ihren starren Blicken stand, blieb jedoch dicht an der Wand, damit sie ihn durch die Gitterstäbe des Aufenthaltsraumes nicht in die Finger kriegten. Heimtückische Stiche in die Milz, etwa durch eine angespitzte Zahnbürste oder einen Bleistift waren keine Seltenheit. Die Norteños beherrschten das mit tödlicher Präzision und die Wärter bekamen es meist erst mit, wenn das Opfer neben ihnen ohnmächtig wurde. Bei einem Stich in die Milz kam es zu erheblichen inneren Blutungen, jedoch kaum zu äußeren.

Travis passierte den Aufenthaltsraum ohne Vorkommnisse und gelangte schließlich in den äußersten Block des Gefängniskomplexes. Er wusste, dass die beiden Verhörzimmer direkt neben den Besucherräumen lagen. Wortlos ließ er sich hineinführen und nahm auf einem knarzenden Plastikstuhl Platz. Er sah sich unauffällig um. Die Wände waren weiß gestrichen, die Neonröhren an der Decke grell und hinter dem obligatorischen Spiegel spürte er die Blicke der Beamten auf sich gerichtet. Er zuckte nicht mit der Wimper und nahm die Überwachungskameras ins Visier. Solange sie liefen, hatte er nichts zu befürchten. Erst wenn sie abgeschaltet wurden, bedeutete das für gewöhnlich, dass jemand geschmiert worden war, um das zu übersehen, was anschließend geschehen würde. In diesem Moment blinkte das rote Licht der Kameras mehrmals, dann erlosch es. Fuck.

Die Tür ging auf und John Marella trat ein. Travis neigte den Kopf und beobachtete ihn aufmerksam. Marella war speziell. Er trug keinen dunklen Anzug mit Krawatte, wie es Bundesbeamte normalerweise taten, sondern er erschien in Jeans und Lederjacke.

Lässig setzte er sich Travis gegenüber und verschränkte die Finger vor sich auf dem Tisch.

»Ich wollte Sie noch einmal sehen, bevor Sie diese heiligen Hallen verlassen, Mr. McAlister«, begann er und sah Travis ins Gesicht. »Sie waren bei meinem letzten Besuch nicht besonders kooperativ und ich dachte, ich suche noch einmal das Gespräch mit Ihnen.«

Travis schwieg. Er wusste, dass Marella nichts gegen ihn in der Hand hatte, sonst hätte er längst eine Haftverlängerung beantragt.

»Mya Eloise Munroe.« Der Name schwebte im Raum und Travis' Blick bohrte sich in den von Marella. Der stellvertretende Bundesstaatsanwalt grinste. »In der Tat. Sie bedeutet ihnen etwas. Das hätte ich nicht gedacht.«

Travis rief sich zur Ruhe. Er hatte sich aus dem Konzept bringen lassen, verdammt!

»Hat Mya Munroe je von ihren Eltern gesprochen?« Marella beugte sich vor. »Hat sie je erwähnt, dass der Name ihres leiblichen Vaters Rene Carnero lautet?«

Travis sagte der Name nichts und er gab sich desinteressiert, obwohl er sich fragte, welche Spur Marella verfolgte.

»Rene Carnero war ein Kapitän der Nuestra Familia. Er war der Mesa unterstellt und wurde ein FBI-Informant.« Marella schien jedes Wort zu genießen. »Die Familia ließ ihn während der Operation vor einigen Jahren hinrichten. Man fand seine zerstückelte Leiche auf den Gemüsefeldern.«

Travis atmete ganz ruhig. Er hatte gelernt, sich nicht provozieren zu lassen, selbst wenn ihn diese Nachricht beunruhigte. Viel mehr beunruhigte ihn zudem, was Marella damit bei ihm bewirken wollte. Er zögerte nicht, es Travis mitzuteilen: »Mya Munroe ist die Tochter eines Verräters. Glücklicher Zufall, dass sie ausgerechnet jetzt wieder in der Stadt ist.«

»Was hat das mit mir zu tun?«, fragte Travis betont gleichgültig.

»Obwohl wir es Ihnen nicht beweisen können, bin ich mir hundertprozentig sicher, dass Sie etwas mit dem Mord an Walt Chandler zu tun haben, Mr. McAlister. Ich denke, Sie haben dieses

Mädchen geliebt und, wie ich nun zufällig erfahren habe, tragen Sie dasselbe Tattoo. Miss Munroe war etwas unbedacht, was ihre Aussage beim örtlichen Sheriff anging. Die ambitionierte Judith T. Mason ist nicht amüsiert darüber, dass die Green Army auf einmal durch ihren Vorgarten fährt. Sie bekommt intern enorm Druck und will vor allem eines: ihre Stadt schützen. Aus diesem Grund hat sie mich über die Aussage von Miss Munroe informiert. Sie war der Ansicht, die Kleine wolle Ihnen ein Alibi verschaffen, Mr. McAlister. Wie sehen Sie das?«

»Ich muss dazu nichts sagen. Das sind reine Unterstellungen.«

»Gut, dann machen wir mit den Unterstellungen einfach weiter. Sie müssen nur zuhören.« Marellas Grinsen wurde breiter. »Nehmen wir an, Sie haben Walt Chandler vorsätzlich erschossen. Bei Ihren Vorstrafen und Ihrem sozialen Hintergrund bringt Ihnen das bis zu fünfundzwanzig Jahre Knast ein. Oder die Todesstrafe. Hängt von der Jury ab.« Marella musterte Travis. »Ich könnte natürlich auch veranlassen, dass gegen Miss Munroe ermittelt wird und sie in Untersuchungshaft genommen wird. Ich bin mir sicher, sie weiß mehr, als sie zugibt. Vielleicht war sie sogar daran beteiligt?«

Travis zog eine Augenbraue nach oben. »Was sollen die Drohungen? Hätten Sie Beweise in der Hand, würden Sie nicht hier sitzen, um mit mir zu reden.«

Marella rieb seine Handflächen gegeneinander. »Das ist richtig, aber ich bin von einer Bundesbehörde und es ist mir scheißegal, was mit Ihnen oder Ihrem Flittchen passiert. Was mir allerdings nicht egal ist, sind die Bandenkriege, die Salinas erneut erschüttern. Wir haben aufgeräumt. Und das, was nun geschieht, ist verdammt schlechte Presse!«

Daher wehte der Wind. Travis verstand. Marella würde alles tun, um das Ansehen des FBI nicht zu gefährden. Beweismanipulationen waren keine Seltenheit, auch wenn die Öffentlichkeit davon nie etwas erfuhr. »Was wollen Sie?«, brummte er.

»Ich will die Triaden und die Real IRA! Und ich will die Nuestra Familia endgültig ausrotten!« Marella lehnte sich zurück und verschränkte die Arme vor dem Oberkörper.

»Ich weiß nichts über die Triaden, die RIRA oder die Familia.«

»Hören Sie, Mr. McAlister, wir können hier lange sitzen oder nur ganz kurz, aber am Ende werde ich bekommen, was ich will. Mein Druckmittel heißt Mya Munroe und ich habe keine Skrupel, dieses Mädchen für meine Zwecke zu benutzen. Ich werde die Norteños wissen lassen, wer ihr Vater war und dann stecke ich sie mit deren Frauen in einen netten Familienknast. Wie gefällt Ihnen das, Mr. McAlister? Wissen Sie, zu was diese Norteños-Weiber in der Lage sind? Sie quälen ihre Feinde lange und effektiv ohne sie umzubringen. Ich rede hier von Vergewaltigungen durch die Wärter, die auf der Gehaltsliste der Familia stehen, von Folter durch die weiblichen Insassen, Isolationshaft und vielem mehr. Man mag Sie in Preston nicht gebrochen haben, Mr. McAlister, aber ich denke, Ihre kleine Freundin ist nicht so stark. Was meinen Sie? Wollen Sie für ihr Leid oder ihren tragischen Tod verantwortlich sein?«

Travis knirschte mit den Zähnen. Er hatte es verdammt nochmal geahnt! Warum zum Teufel war Mya nur zurückgekommen? Nun steckten sie alle tiefer in der Scheiße als jemals zuvor.

»Was denken Sie, Mr. McAlister?«, bohrte Marella nach. »Sind Sie bereit, mir Einzelheiten zu nennen? Sie müssen Ihre Brüder von der Green Army dabei gar nicht verpfeifen. Zählen Sie mir nur deren Kontakte und die anstehenden Deals auf. Ich will mir die richtig großen Brocken holen.«

In Travis' Kopf überschlugen sich die Gedanken. Er sah Marella an.

»Ich weiß, dass Sie mich in Gedanken verfluchen, Mr. McAlister. Aber so ist es nun mal. Man muss ein Arschloch sein, um Arschlöcher festzunageln.«

Travis spuckte angewidert aus und Marella setzte sofort ein siegessicheres Lächeln auf. »Ich höre, Mr. McAlister.«

ZWEI STUNDEN SPÄTER VERLIEß TRAVIS DAS MONTEREY

County Gefängnis. Er schritt durch das schwere Stahltor, das sich unter lauten Warnsignalen und blinkenden Hinweislampen öffnete, und blieb kurz stehen, als er Rorys Pick-up erblickte. Sein Kumpel war gekommen, um ihn abzuholen. Travis beschleunigte seine Schritte. Er überquerte die Seitenstraße und sie umarmten einander.

»Scheiße, Bro, es ist so gut, dass du wieder draußen bist!« Rory klopfte ihm mehrmals fest auf den Rücken. Sie knufften sich gegenseitig und Travis war kurz davor, etwas zu erwidern, doch dann erstarrte er.

»Was macht sie hier?«, fragte er aggressiver als beabsichtigt. Er sah Mya auf dem Beifahrersitz des Pick-ups zusammenzucken.

Rory senkte den Kopf und Travis begriff. »Habt ihr gefickt?« Er riss die Autotür auf und zerrte Mya nach draußen. »Hast du's ihm besorgt, du dummes Miststück?«

»Was soll denn das?« Rory ging dazwischen und Travis bemerkte, dass Mya bleich geworden war.

»Was ist?«, herrschte er sie an. »Bist du entsetzt darüber, was hier abgeht?« Seine Wut richtete sich gegen Rory. »Was tut sie noch hier? Warum sitzt sie nicht längst im Flieger zurück in das Loch, aus dem sie gekrochen ist?«

Rory hob beruhigend die Hände. »Keine Sorge, Bruder, alles easy. Sie hat Alyssa getroffen und die Norteños haben ihr zugesetzt. Deshalb habe ich sie in Sicherheit gebracht. Raus aus dem Motel.«

»Wohin hast du sie gebracht?«, knurrte Travis und sah Rory schlucken.

»In deinen Wohnwagen.«

Travis musste sich umdrehen, um nicht völlig die Beherrschung zu verlieren. Als er sich wieder einigermaßen im Griff hatte, drängte er Mya energisch zurück in den Wagen und rutschte neben sie auf die durchgehende Sitzbank.

»Fahr!«, befahl er und starrte geradeaus.

Rory lief um die Motorhaube herum, stieg ein und startete den Motor. Sein Blick ruhte auf Travis, doch der knallte nur die Beifahrertür zu und bemühte sich, Mya nicht zu berühren. Er war geladen wie schon lange nicht mehr.

Rory fuhr los, folgte der Natividad Road und anschließend dem Sherwood Drive durch die Anbauflächen der Mexikaner. Der Monterey Salinas Highway brachte sie schließlich aus der Stadt heraus. Schweigend fuhren sie Richtung Süden. Sie nahmen die Ausfahrt 19 und bogen vor der Einfahrt in den Toro County Park auf eine Schotterstraße ab. Über unwegsames Gelände ging es durch verdorrte Grasebenen, ausgetrocknete Flussbetten und sandiges Buschland. In einer Senke brachte Rory den Pick-up zum Stehen. Sie warteten kurz, bis sich die Staubwolke gelegt hatte, dann stiegen sie aus. Travis ging voran. Er trat die Disteln nieder, die zwischen den Bäumen und dem Gestrüpp gewachsen waren und räumte die dürren Zweige zur Seite, die seinen Wohnwagen vor den Blicken der Ranger schützten. Mya hatte alles so hinterlassen, wie sie es vorgefunden hatte, stellte er erleichtert fest.

Mit geübtem Griff öffnete er die sperrige Tür und trat ins stickige Innere. Seine wenigen Sachen befanden sich alle noch an ihrem Platz. Allerdings hatte sie sein Bett gemacht. Er zerwühlte es demonstrativ mit dem Absatz seines Stiefels und ging wieder nach draußen. Dabei begegnete er ihrem forschenden Blick.

»Du kannst nicht hierbleiben«, kommentierte er ihre unausgesprochene Frage. »Wann geht dein Flug?«

»Der Sheriff hat mich gestern kontaktiert. Sie hat mir gesagt, ich soll mich noch länger zur Verfügung halten. Anscheinend gibt es Probleme bei den Ermittlungen.«

Travis schnaubte. »Es gibt keine Probleme. Flieg nach Hause, am besten noch heute.«

Sie wollte widersprechen, er sah es ihr an und schüttelte warnend den Kopf. »Wir wollen dich hier nicht, ist das klar?«

Mya machte einen Schritt rückwärts und stieß dabei gegen Rory, der ihr beruhigend über den Arm strich. Die Vertrautheit zwischen den beiden kotzte Travis an. Sie hatten keine Ahnung, was für ein verheerender Sturm sich über ihnen zusammenbraute und er hatte keine Lust, es ihnen zu erzählen. Es genügte, wenn er

Bescheid wusste. Trotzdem war es das erste Mal, dass er seinem Kumpel etwas verschwieg und das setzte ihm zu. Es verstärkte seine Wut, die er in diesem Moment nicht ablassen konnte.

»Wo ist mein Bike?«, grollte er.

»Steht in meiner Garage.« Rory zögerte. »Was ist los, Exx?«

Seinen Spitznamen zu hören, brachte ihn vollends zum Austicken. Er schoss nach vorne, schubste Mya zur Seite und verpasste Rory einen Kinnhaken. Der Kopf seines besten Freundes flog nach hinten und er sah Blut spritzen. Es war befreiend.

»Du dämlicher Wichser, was denkst du, was du hier tust?« Er schlug erneut zu. Dieses Mal traf er Rory an der Schläfe. Sein Kumpel sackte auf die Knie. Blut troff aus seinem Mund zu Boden. Er wehrte sich nicht.

»Bist du verrückt geworden?« Travis spürte Mya, die nach ihm griff und schüttelte sie ab wie eine lästige Fliege. Dann packte er Rory am Kragen seines Shirts und zog ihn auf die Beine.

»Als sie das letzte Mal gegangen ist, hast du dich kopflos ins Gefängnis geschossen und ich konnte dir nicht zur Seite stehen. Anschließend hast du diese Irre geheiratet und nun soll die ganze Scheiße von vorne beginnen?«, flüsterte er gefährlich leise. Seine Nase berührte beinahe die von Rory. »Sie ist nur eine miese Schlampe mehr, die wir gefickt haben, also reiß dich zusammen!«

Rory schüttelte den Kopf. »Das ist sie nicht und das weißt du, verdammt.«

Travis griff nach unten und zog das kleine Messer aus dem Schaft seines Stiefels, das er mitsamt der anderen Habseligkeiten zurückerhalten hatte, bevor er das Gefängnis verlassen hatte. Mya schrie auf. Travis richtete die Spitze der Klinge auf das Auge seines Freundes.

»Ich schneid's dir raus, damit du sie nicht mehr ansehen musst. Vielleicht geht's dir dann besser«, zischte er und spürte das Adrenalin durch seine Adern pochen. Niemals zuvor war er gegen Rory gewalttätig geworden, doch in diesem Moment ging es mit ihm durch. Dieser Zustand erregte ihn und ekelte ihn gleichzeitig an.

Sein bester Freund rührte sich nicht und Travis spürte den

aufgestauten Zorn wie einen Orkan, der in seinem Inneren wütete. Er wollte Blut sehen. Er sehnte sich förmlich danach.

»Hör auf!« Myas Hände umschlossen seine Faust, die das Messer umklammerte. »Es geht nicht um ihn.« Mit ungewöhnlicher Stärke zog sie seinen Arm zu sich heran, richtete die Klinge gegen ihren Hals. »Es geht um mich.«

Sein Blick fand den ihren. Sie wirkte verstört und er schluckte hart. Dennoch verstärkte er den Druck gegen ihren Hals, beobachtete, wie das Messer ihre Haut ritzte.

»Ich bin gegangen«, sagte sie mit fester Stimme. »Das war falsch. Ich habe euch alleine gelassen und mir damit selbst die größten Schmerzen zugefügt.«

Er sah einen Blutstropfen über ihre Kehle rinnen und verringerte den Druck. Doch Mya hielt seine Hand fest. »Es tut mir leid. Ich wusste nicht, was ich tun soll. Je mehr man von seinen Gefühlen preisgibt, desto mehr Menschen finden Wege, um einen zu verletzen. Ich wollte nicht mehr verletzt werden.«

Er fletschte die Zähne. Ihr dummes Gelaber machte ihn aggressiv. Er hätte sie niemals verletzt und das wusste sie. Am liebsten hätte er sie für diese Aussage geschlagen, aber er konnte es nicht.

»Ich habe geschwiegen und das viel zu lange. Es tut mir leid.« Sie sah ihn bittend an und ein weiterer Blutstropfen zog eine schimmernde Spur über ihren Hals.

Travis entriss ihr seine Hand. Schwer atmend ließ er das Messer zuschnappen. »Schweigen ist der mächtigste Schrei, Mya«, erwiderte er rau.

Sie nickte und legte ihre Finger auf die Stelle über seinem Herzen. Dort, wo sein Hemd das Tattoo mit dem schwarzen Kleeblatt verbarg. »Du hast mich gehört.«

Ihre Stimme war beinahe tonlos und er zog sie einem heftigen Impuls folgend zu sich heran. Es war, als hätte sie nur darauf gewartet, sprang in seine Arme und legte die Beine um seine Taille. Ihr Gesicht schwebte über ihm. Fuck. Zum zweiten Mal an diesem Tag befand er sich in einer Situation, der er am liebsten entkommen wäre. Die ihn tiefer in etwas hineinzog, das schlecht für ihn war und tödliche Konsequenzen haben konnte. Vorsichtig leckte er ihr das Blut vom Hals. Sie vergrub ihre Hände in seinen Haaren und ihr Geruch katapultierte ihn zurück in die Vergangenheit. Er wurde steif und seine Lippen wanderten nach oben. Als er ihren Mund fand, wusste er, dass er verloren hatte.

Rory drängte heran und Travis ließ zu, dass er die Arme um sie beide legte.

»Tut mir leid, Bro«, sagte er und beobachtete, wie Mya ihren Kopf abwandte und nun Rory küsste. Seine Erregung nahm zu. Es war lange her, dass er gefickt hatte und verdammt nochmal, es war zehn Jahre her, dass er es so getan hatte, dass ihm dabei beinahe die Eier detoniert waren.

Vorsichtig trug er Mya ins Innere des Wohnwagens, legte sie auf das zerwühlte Bett, streifte ihr die Schuhe ab und zog ihr bestimmt ihre Jeans mitsamt dem Slip von den Hüften. Sie biss sich auf die Unterlippe und beobachtete ihn dabei. Travis beugte sich vor, küsste ihre Schamlippen und zerteilte sie mit der Zunge. Mya stöhnte auf. Er schmeckte sie und das machte ihn dermaßen an, dass er sich in den Schritt greifen musste, um seinen Schwanz in eine bequemere Lage zu bringen. Normalerweise befriedigte er Frauen, die er bestieg, niemals oral. Er erwartete es andersherum, legte Wert darauf, dass sie seinen Penis bis zum Anschlag in ihren Mund nahmen und geilte sich am Anblick ihrer aufgerissenen Augen auf, wenn sie merkten, dass er länger war als erwartet. Sex war für ihn lebensnotwendig, in etwa so wie die Fahrt durch einen Drive-through, wenn man hungrig war. Man nahm sich, was man brauchte. Egal wann, egal wo, egal wie.

Doch bei Mya überkam ihn das irritierende Gefühl, ihr etwas geben zu wollen. Selbst nach all der Zeit war sie ihm vertraut, reagierte, wie er es gewollt hatte. Seine Zunge umkreiste ihre Klitoris, während er zwei Finger in ihre feuchte Öffnung schob. Gierig hob sie ihm ihr Becken entgegen. Sie war ungeduldig und er mochte das. Rhythmisch begann er in sie zu stoßen, rieb seine Finger an ihrer inneren Muskulatur, während seine Zunge ihr Spiel fortsetzte.

Aus den Augenwinkeln sah er Rory, der sich bereits völlig

entkleidet hinter Mya aufs Bett legte. Er hielt sie für ihn und Travis' Eier zogen sich vor Erregung schmerzhaft zusammen. So hatten sie es immer getan. Es ging ihnen nicht darum, gleichzeitig mit Mya zu schlafen, es ihr gemeinsam so richtig zu besorgen, sondern sie taten es hintereinander wie zwei Krieger, die ihre Beute einvernehmlich untereinander aufteilten. Das waren sie. Brüder in einem verdammten Krieg. Ihre Blicke trafen sich und Rory nickte kaum merklich. Er verstand, wie er es immer tat. Travis wusste, dass ihr Band niemals zerreißen würde, doch mit Mya in ihrer Mitte waren sie verwundbar.

Trotzdem konnte er sich nicht länger wehren. Er spürte ihre Zuckungen, die sich wie Wellen in ihrem Inneren ausbreiteten. Sie kam schnell und heftig und spülte mit der Nässe ihres Orgasmus den letzten Rest seines Widerstands fort. Ihre glasigen Augen waren auf ihn gerichtet und Travis richtete sich auf. Mit hastigen Bewegungen riss er die Knöpfe seiner Hose auf und streifte sie über den Hintern, ohne sie ganz auszuziehen. Er war so geil, dass er sich kaum noch beherrschen konnte. Seine Hände umfassten ihre Hüften und mit einem Ruck zog er sie zur Bettkante. Sie schrien beide auf, als er seinen pochenden Schwanz in sie stieß. Mit den nachfolgenden heftigen Stößen wurde ihm bewusst, wie sehr er das vermisst hatte. Sein Blick schweifte über Myas weit geöffnete Ritze, wanderte über ihren Bauch, die kleinen Brüste, die sich dem Takt seiner Bewegungen anpassten, und ihren Mund, der wie selbstverständlich Rorys Schwanz umschloss. Sein Bruder sah ihn an und zum ersten Mal seit Jahren teilten sie wieder jene Erregung und jene unverständlichen Gefühle für die Frau, die sich ekstatisch zwischen ihnen wand. Travis stieß zu und war sich bewusst, dass er dabei grob war. Ein hitziges Verlangen überkam ihn und Rory entzog sich Mya, um sie zu halten. Sie lehnte an ihm und ihr Blick wanderte zwischen den beiden Männern hin und her.

»Du hättest nicht zurückkommen sollen«, presste Travis hervor, beschleunigte sein Tempo und rieb mit dem Daumen ihre Klitoris.

Mya keuchte. Er wusste, dass sie kurz davor war, erneut zu kommen. Auch er konnte sich nicht länger beherrschen. Er kniff die

Pobacken zusammen, verharrte tief in ihr und wartete auf das erlösende Gefühl. Es dauerte keine Sekunde und war wie das Abfeuern einer Kanone. Stöhnend spritzte er ab, spürte die Hitze und erschauerte. Das Prickeln in seinem Unterbauch hielt länger an als erwartet und als er über Mya zusammenbrach, hörte er sie flüstern: »Ich musste zurückkommen. Ich gehöre euch.«

Eight

Mya saß vor dem Wohnwagen und starrte in die Ferne. Der endlose Wind heulte und wirbelte Sand auf. Es war heiß. Sie trug nur ein Tanktop und Shorts, suchte Schutz unter den vertrockneten Bäumen, deren Äste zu dürr waren, um wirklich Schatten zu spenden. Seit Stunden harrte sie bereits aus, sehnte sich nach einer Dusche und etwas zu trinken. Rap und Exx waren am Vormittag aufgebrochen, um einige Dinge zu erledigen. Sie sagten ihr nicht, was sie vorhatten und ließen Mya einfach zurück. Es ärgerte sie, derart übergangen zu werden. Ihr Mietwagen stand noch immer in der Stadt, während sie hier draußen vor sich hinvegetieren musste. Ihr Mund fühlte sich bereits völlig ausgedörrt an. Exx besaß keinen Kühlschrank, kein fließendes Wasser, keine Toilette. Niemals hätte sie gedacht, dass er derart spartanisch hauste, doch Rap hatte ihr erklärt, dass er seine Zeit meist im Clubhaus des Green Army OMC verbrachte. Das war nicht, was Mya erwartet hatte. Im Grunde wusste sie überhaupt nicht, was sie erwartet hatte. Ernüchterung überkam sie und sie sah zum wiederholten Mal auf die Uhr. Es war kurz vor vier am Nachmittag.

»Verdammt!« Sie sprang auf und legte sich die Hand vor die Augen, um besser gegen die Sonne sehen zu können. Doch alles, was sie erblickte, waren trostlose Einöde, Büsche, Gestrüpp und Hügel am Horizont, die sich aus der flirrenden Steinwüste erhoben. Wütend trat sie gegen einen Stein, dann hielt sie inne, um zu lauschen. Exx hatte ihr gesagt, dass sie vorsichtig sein musste. Parkranger patrouillierten gelegentlich in dieser Gegend. Manchmal auch Jäger, die illegal die Truthähne im Naturreservat schossen. Doch es war nichts Außergewöhnliches zu hören, sie hatte sich getäuscht.

Sie setzte sich wieder und griff nach ihrem Handy. Es gab nicht einmal Strom, um es zu laden, doch der Balken zeigte an, dass der Akku noch zur Hälfte voll war. Vor lauter Langeweile durchwühlte Mya ihre Fotos und blieb an einem Bild von Benjamin hängen. Sie verlor sich in seinem Lachen und merkte, dass sie ihn vermisste. Das überraschte sie. Bei ihm hatte sie nie jene Verbundenheit gefühlt, die sie mit Rap und Exx verband. Nicht jene sexuelle Anziehungskraft, nach der sie sich sehnte wie nach einer Droge. Doch in all dem Chaos der letzten Tage stand Benjamin für Normalität. Für ein Leben außerhalb von Brutalität und Gewalt. Sie hatte geglaubt, zurückgekommen zu sein, um mit ihrer Vergangenheit abzuschließen, aber inzwischen verstand sie, dass sie zurückgekommen war, um herauszufinden, in welche Welt sie gehörte.

Gedankenverloren scrollte sie weiter durch die Fotos. Ihr war nicht bewusst gewesen, wie oft sie Benjamin innerhalb des letzten Jahres fotografiert hatte. Sie betrachtete ihn im Smoking, den er zum Wohltätigkeitsball seiner Firma getragen hatte. Im Jogginganzug während einer Ruderregatta. In Trekkingschuhen, als sie an einem verlängerten Wochenende in Wales eine Wanderung gemacht hatten. War das tatsächlich ihr Leben gewesen? Mya seufzte. Sie spürte den Hauch von Unbeschwertheit, den sie mit Benjamin genossen hatte.

Habe ich mich zu wenig bemüht, fragte sie sich. Habe ich ihm vielleicht gar keine Chance gegeben, weil ich Rap und Exx noch immer liebe? Doch welche Art von Liebe war das? Sie sah auf und starrte auf den schäbigen Wohnwagen, vor dem sie saß. Dann wählte sie spontan Benjamins Nummer. Es war dumm und egoistisch. Sie wusste es, aber sie wollte seine Stimme hören.

»Mya?« Er hörte sich verschlafen an. »Was ist los?«

»Gar nichts. Ich ...« Sie brach ab.

»Bist du in Schwierigkeiten?«

»Nein.« Es klang nicht ehrlich und Mya schlug ihre Stirn gegen den Stamm des dürren Baumes, unter dem sie saß.

»Du rufst mich an, um zu schweigen?« Seine Besorgnis verwandelte sich in Empörung. Mya konnte es hören.

»Ich habe dir nie erzählt, wie es sich anfühlt, in einem Kinderheim aufzuwachsen.«

Er atmete hörbar aus. Vermutlich fragte er sich, was zum Teufel mit ihr los war. Da er nichts erwiderte, fuhr sie fort: »Es kommt der Punkt, an dem man begreift, dass man anders ist als normale Kinder. An dem man feststellt, dass man niemals mit seinen Eltern auf den Spielplatz gehen oder in den Urlaub fahren wird. Man fühlt sich einsam und verstört. Man begreift, dass man zwar kein Waisenkind ist, aber dass sich die eigenen Eltern nicht für einen interessieren. Dass sie lieber Drogen nehmen, als sich um ihr eigen Fleisch und Blut zu kümmern. Das ist das Schlimmste. Und trotzdem wartet man. Jeden Geburtstag hofft man, dass überraschend Mama und Papa zur Tür reinkommen. Doch das passiert nicht und das Warten nimmt kein Ende. Es frisst dich innerlich auf. Als ich älter wurde, kam ich in die Pflegefamilien. Ich wurde zu wildfremden Menschen gebracht, damit das Heim wieder jüngere Kinder aufnehmen konnte. Das mag zunächst nicht schlimm klingen, aber dieses verdammte Heim war der einzige Ort, den ich kannte. Ich hatte Angst, dass mich meine Eltern nicht finden würden, wenn ich von dort wegging. Nächtelang hatte ich Panik. Ich mochte meine Pflegefamilien nicht. Keine einzige von ihnen. Manchmal denke ich, sie gaben mich bereits auf, kaum dass sie mich sahen. Ich war verschlossen und abweisend. Kein Kind zum Liebhaben. Deshalb haben sie mich alle wieder weggegeben, wie einen bissigen Hund. Ich war nicht erwünscht und habe mich nie an irgendwelche Regeln gehalten. Warum auch? Mir hat ja auch nie jemand Sicherheit gegeben und mir gesagt: Du darfst leben, und ich pass auf dich auf! Ganz im Gegenteil. Den meisten war mein Leben egal. Besonders meinen leiblichen Eltern. So ist das bis heute. Vielleicht sind sie sogar tot. Ich weiß es nicht. Und inzwischen versuche ich mir einzureden, dass es mir gleichgültig ist.« Mya bemühte sich, ihre Stimme unter Kontrolle zu bekommen. Sie war aufgewühlt.

»Wow, ich hatte ja keine Ahnung.« Benjamin zögerte. »Das sind heftige Neuigkeiten nachts um halb eins.«

»Tut mir leid.«

»Das muss es nicht! Ich bin nur verwirrt. Ich meine, warum erzählst du mir das jetzt? In all der Zeit während unserer Beziehung hast du das Thema totgeschwiegen.« Er zögerte. »Liegt es an diesen Freunden von dir?«

»Sie waren die Einzigen, die mir je Sicherheit gegeben haben«, erwiderte Mya leise.

»Hm.« Benjamin klang erneut verärgert. »Und was habe ich damit zu tun?«

»Ich will, dass du verstehst.«

»Warum, Mya?«

Ihr fiel keine vernünftige Antwort darauf ein und Benjamin lachte resigniert auf. »Du hast gesagt, ich soll es nicht unnötig kompliziert machen und jetzt stößt du plötzlich eine Tür auf, die mich nach unserer Trennung nichts mehr angehen sollte. Was ist los?«

»Ich musste an dich denken.«

»Hast du ein schlechtes Gewissen, weil du diese Typen vögelst?«

Mya hielt die Luft an. Sie hätte nicht gedacht, dass Benjamin seine Ahnung aussprechen würde.

»Darüber willst du nicht reden, was?« Es klang gehässig. »Ich lerne gerade eine Seite von dir kennen, die mir nicht gefällt. Du magst deine Gründe gehabt haben, nach Salinas zurückzukehren, aber je länger du fort bist, desto mehr wird mir bewusst, wie wenig ich dich kenne. Vielleicht können nur deine sogenannten Freunde dir geben, was du brauchst. Wenn das so ist, dann lass mich einfach in Ruhe.«

»Ich wollte nicht ...«

»Hör auf, dich zu rechtfertigen!«, unterbrach er sie. »Wir haben uns getrennt. Ich habe dich vor die Wahl gestellt und du hast entschieden. Wenn dir was an mir liegt, dann komm zurück und rede mit mir. Über alles. Keine Geheimnisse mehr. Womöglich haben wir dann noch eine Chance. Ich habe keine Lust mehr, zu betteln. Wenn du mich in deinem Leben willst, dann lass es mich wissen. Ansonsten brauchst du nicht mehr hier aufzutauchen.«

Seine barschen Worte trafen sie, auch wenn sie es nicht anders verdient hatte. »In Ordnung«, flüsterte sie.

»Mach's gut, Mya«, verabschiedete er sich und legte auf. Es war das erste Mal, dass er sie abwies. Sie kannte ihn nur verständnisvoll, aber offensichtlich hatte sie den Bogen überspannt.

»Mit wem hast du telefoniert?«

Mya wirbelte herum und presste das Handy gegen ihre Brust. Exx sah sie forschend an, sie hatte nicht gehört, dass er zurückgekommen war. Er warf ihr ein eingeschweißtes Sandwich zu, das sie instinktiv auffing, und stellte einige Flaschen Wasser auf den Boden.

»Wäre ich ein Norteño, wärst du jetzt tot.«

»Wie bist du hierhergekommen?«

»Mit dem Bike. Es steht ein Stück weiter die Straße runter. Den Rest bin ich zu Fuß gegangen. Das Motorengeräusch lässt sich zu leicht verfolgen.« Er verengte die Augen. »Mit wem hast du telefoniert? Mit dem Sheriff?«

»Mit einem Freund aus London.«

»Einem Freund?« Er grinste. »Fickt ihr?«

»Das geht dich nichts an.«

Er setzte sich neben sie auf den staubigen Boden. »Warum bist du nur nach Salas zurückgekehrt, Mya? Du hättest bei deinem Stecher im hübschen London bleiben sollen.«

Sie wollte ihm eine kleben, hielt sich aber zurück. Sie kannte

Exx. Kein Mann konnte sie so dermaßen wütend machen wie er. Und so dermaßen erregen.

»Wo ist Rap?«, fragte sie, um das Thema zu wechseln.

»Bei der Irren.«

Mya runzelte die Stirn. »Du meinst Lisa?«

»Ich meine Rorys irre Frau Lisa, richtig. Ich denke, er muss es ihr heute Nacht ein paarmal besorgen, um sie ein wenig zu beruhigen.«

»Warum bist du dermaßen ekelhaft?«

Exx verzog den Mund. »So bin ich nun einmal.«

»Okay.« Mya sprang auf. »Du willst nicht reden, auch gut. Dann bring mich in die Stadt. Ich brauche eine Dusche und eine Toilette.«

»Negativ.« Exx sah zu ihr auf. »Du bleibst innerhalb meines Radars, solange ich es sage. Erst wenn du mir deine Flugnummer und deine Abflugzeit sagst, werde ich dich von hier fortbringen. Direkt zum Flughafen.«

Mya schnaubte. »Arschloch!«

»Hast du dir selbst eingebrockt.«

»Ich muss scheißen, verdammt!«

Exx lachte. »Schwing deinen blassen englischen Arsch ins Gebüsch, Schätzchen! Aber pass auf die Schlangen auf.«

Sie trat nach ihm und wirbelte dabei Sand auf. »Verflucht!« Er rieb sich die Augen und griff blitzschnell nach ihrem Fußgelenk. Mya versuchte, sich zu befreien, doch er war stärker.

Er verdrehte ihr Bein und zwang sie zu Boden. Herrisch beugte er sich über sie. »Du hast es noch nicht verstanden«, zischte er. »Im Gegensatz zu Rory habe ich kein Mitleid mit dir.«

Seine Nähe machte sie an und sie dachte an die letzte Nacht zurück. Es war, als hätten Rap, Exx und sie all die vergangenen Jahre nachholen wollen. Ihr Innerstes brannte noch immer von ihren zahlreichen stürmischen Spielchen und doch war sie schon wieder bereit für ihn. Sein Atem auf ihrem Gesicht ließ ihr das Blut pulsierend in den Unterleib schießen. Seine Augen fanden die ihren. Sie wirkten brutal, aber Mya hatte keine Angst.

»Ich werde dich nicht ficken«, knurrte er. »Das weißt du ganz genau.«

Mya unterdrückte ein Stöhnen. Sie dachte an die Worte, die er ihr stets ins Ohr flüsterte, wenn sie es taten. Er war verdammt gut im Dirty Talk, doch im Gegensatz zu Rap hatte Exx noch nie mit ihr geschlafen, wenn sie allein gewesen waren. Seine Loyalität gegenüber seinem besten Kumpel war unerschütterlich. Oder brauchte er den besonderen Kick, den ihm nur Raps Anwesenheit geben konnte?

»Ich meine es ernst.« Er sprang auf die Beine und gab ihr mit einer Kopfbewegung zu verstehen, ihm zu folgen. »Ich zeige dir, wo du dich waschen kannst.«

Mya schnupperte automatisch unter ihren Achseln, doch Exx hatte sich bereits abgewandt und verschwand im Gebüsch. Kopfschüttelnd folgte sie ihm. »Was für Schlangen gibt es hier?«

»Hast du etwa Angst?« Er drehte sich amüsiert zu ihr um.

Mya verneinte halbherzig, passte jedoch ganz genau auf, wohin sie trat. Nebenbei packte sie das Sandwich aus und schlang es herunter. Sie hatte schrecklichen Hunger.

Keine fünf Minuten später blieb Exx stehen. »Dein Pool«, sagte er mit boshaftem Unterton.

Sie rümpfte die Nase und betrachtete die trübe Wasserstelle, die sich vor ihr ausbreitete. »Ist das dein Ernst?«

»Besser wird's nicht.« Er setzte sich, stützte die Ellbogen auf den Knien ab und sah sie herausfordernd an.

»Du willst mich vergraulen, habe ich recht?«

»Du sagtest, du brauchst eine Dusche. Das hier ist das Beste, was ich zu bieten habe.«

Mya ging an den Rand des Tümpels und blickte auf die Schlieren im Wasser. »Löse ich mich auf, wenn ich da reinsteige?«

Er lachte verhalten. »Ich denke nicht. Aber lass den Mund zu. Da sind gelöste Salze aus dem Boden drin. Sind nicht besonders gesundheitsförderlich.«

»Warst du schon mal da drin?«

Er nickte. »Ist nicht so schlimm wie's aussieht.«

Mya holte tief Luft und schlüpfte aus ihren Shorts. Dann zog sie sich das T-Shirt über den Kopf und streifte ihren BH ab. Exx ließ sie nicht aus den Augen.

»Kommst du mit?«, fragte Mya und schob sich den Slip über die Taille. Sie wusste, dass ihre Nacktheit ihn erregte und er in seinen Jeans, den schweren Boots und dem karierten, ärmellosen Hemd schwitzen musste. Doch er schüttelte den Kopf.

Langsam stieg sie in den Tümpel. Das Wasser war warm. Zu warm. »Verdammt«, entfuhr es ihr. »Das ist ja wie ein Bad in einem Geysir!«

»Wenn du Luxus willst, dann flieg endlich zurück nach London.«

»Du wiederholst dich. Das wird langweilig.« Sie ließ sich rückwärts hineingleiten und ignorierte den modrigen Geruch, der sie augenblicklich umgab. »Wieso willst du mich unbedingt loswerden?«

Exx saß am Ufer und starrte zu Boden.

»Ist es wegen Rap?«, bohrte sie nach. »Was ist mit ihm passiert, als ich weggegangen bin? Du hast gesagt, er hätte sich ins Gefängnis geschossen und du konntest ihm nicht zur Seite stehen.«

»Ist nicht wichtig.«

»Warum willst du nicht darüber reden?«

»Warum hältst du nicht die Klappe?«

Mya durchschwamm den Tümpel. Je länger sie sich darin aufhielt, desto angenehmer wurde es. Langsam ließ sie sich zu Exx zurücktreiben und blieb bäuchlings am Ufer liegen, während sie das warme Wasser umspülte.

»Mein Freund in London heißt Benjamin. Wir leben zusammen in den Hampstead Heights und sind seit vier Jahren ein Paar ...« Sie stockte. »Wir *waren* vier Jahre lang ein Paar. Bevor ich zu euch geflogen bin, haben wir uns getrennt. Er ist ein netter Kerl, hat einen guten Job ...«

Exx sah auf. »Und?«

»Es war kompliziert. Wegen euch. All die Jahre über wart ihr in meinem Kopf und in meinem Bett.«

»Dein Freund tut mir leid. Armes Schwein. Drei Schwänze sind einer zu viel.«

Mya schnaubte. »Du bist ein echter Arsch geworden!«

»Ich laber dich wenigstens nicht zu. Weshalb schüttest du dein Herzchen bei mir aus? Hast du dem Typen gegenüber ein schlechtes Gewissen, weil du unsere Eier gelutscht hast?«

»Ich weiß es nicht ...« Sie brach ab. »Vergiss es!«

»Reden war nie unser Spezialgebiet, Mya. Das solltest du eigentlich wissen.«

»In was seid ihr da reingeraten? Was hat es mit dem Krieg der Familia und der Green Army auf sich?«

»Man sollte nie Fragen stellen, deren Antworten man nicht ertragen kann.«

»Ich bin nicht blöd, Exx. Das Internet steckt voller Informationen zu den Vorfällen in Salinas.«

Er zuckte die Schultern. »Mehr weiß ich auch nicht.«

»Welche Rolle spielst du in der Green Army? Bist du ein Unterhändler? Rap sagte, du hättest das Geschäft in Salas hochgezogen.«

Abrupt stand er auf. »Wenn du fertig bist, kannst du ja zurück zum Wohnwagen kommen. Du kennst ja den Weg.« Er verschwand zwischen dem Gestrüpp und Mya drehte sich auf den Rücken, um in den Himmel zu starren. Exx war ein harter Brocken. Gegen ihn mutete Rap wie Mutter Theresa an. Er war schon immer der Weichere der beiden gewesen. Der, der sie getröstet hatte, wenn sie verzweifelt war. Exx dagegen war der Macher. Sie schloss die Augen und sah ihn vor sich, wie er die Waffe hob, um Walt in den Kopf zu schießen. Keine Regung zeigte sich in seinem Gesicht, kein Mitleid. Er war so jung und schon ein Killer. Blut spritzte und Walts Kopf flog nach hinten. Erst dann schoss Rap ihm mitten in die Brust. Zweimal. Keuchend riss Mya ihre Augen wieder auf und fixierte eine winzige Wolke, die sich langsam in der sengenden Sonne auflöste.

Auch wenn es ihr unwahrscheinlich erschien, dass es je dazu kam, doch wie hätte sie Benjamin diese Sache erklären sollen? Wie beschrieb man Männer, die einen im einen Moment beschützten und in die Arme nahmen, während sie im nächsten Moment jemandem den Schädel wegpusteten? Dafür gab es keinen Vergleich und keinen sicheren Boden, auf den man sich stellen konnte, um ein derartiges Verhalten zu rechtfertigen. Vor dem Gesetz waren sie Mörder und Mya war zumindest der Beihilfe schuldig. Dennoch war sie ihnen dankbar. Sie hatten getan, was sich Mya niemals getraut hätte und all diese intensiven Gefühle für Rap und Exx machten sie wahnsinnig. Es war jenseits jeder Vernunft. Sie fuhr sich verzweifelt mit den Fingern durch die nassen Haare und stieg aus dem Wasser. Ohne sich abzutrocknen, zog sie sich wieder an und ging zurück zum Wohnwagen. Exx saß auf der Stufe zum Eingang und leerte eine Wasserflasche. Verärgert warf er sie von sich, als Mya näherkam.

»Ich brauche einen Whisky, verdammt.«

Sie ging vor ihm in die Hocke und berührte seine Knie. »Ich danke dir, dass du auf mich aufpasst, aber wenn ich wieder gehen soll, dann schuldest du mir Antworten.«

Er wich ihrem Blick aus. »Antworten sind gefährlich.«

»Euer ganzes beschissenes Leben ist gefährlich.«

»Das ist es!« Er wurde zornig. »Und du machst es nicht besser. Seit du zurückgekommen bist, entwickeln sich die Dinge nicht zum Positiven. Deine Anwesenheit bringt uns alle in Gefahr.«

»Weshalb?«

»Verdammt, Mya, du bist wie ein räudiger Straßenköter. Eine riskante Promenadenmischung.«

»Du sprichst in Rätseln.«

Er holte tief Luft, schien zu überlegen, was er ihr sagen konnte und was nicht. »Was weißt du über deine Eltern?«

Mya verengte die Augen. »Ich kenne ihre Namen, das ist alles.«

»Du hast nie versucht herauszufinden, wo sie sind? Ob sie noch leben?«

»Nein.«

»Warum nicht?«

Mya wich vor ihm zurück. »Weil ich ein Feigling bin. Ich habe auf sie gewartet, aber ich wollte nie herausfinden, warum sie nicht kamen, um mich abzuholen.« Sie zögerte. »Weißt du etwas über sie?«

Exx nickte bedächtig. »Ich bin mir nur nicht sicher, ob du es erfahren solltest.«

»Und deshalb machst du hoffnungsvolle Andeutungen? Was denkst du dir eigentlich?« Die Neuigkeit verunsicherte sie und machte sie gleichzeitig wütend. Aufgebracht boxte sie Exx in den Unterarm. »Du bist mir die Wahrheit schuldig!«

»Ich bin dir gar nichts schuldig, Mya.« Er sah aus, als ob er bereits wieder bereute, das Thema angeschnitten zu haben.

»Weiß Rap davon?«

»Nein«, knurrte er. »Ich weiß es selbst erst seit gestern.«

Mya spürte ihr Herz. Es galoppierte in ihrer Brust auf und davon, ebenso wie ihre Gedanken. All die Jahre, dachte sie, all die Jahre habe ich gehofft, etwas über meine Eltern herauszufinden, und nun war es so weit.

»Du musst es mir sagen«, flüsterte sie. »Ich kann dich nicht zwingen, aber du kennst mich. Du weißt, wie es mir in den Pflegefamilien erging. Wenn dir auch nur ein bisschen an mir liegt, dann erzählst du es mir.«

Exx warf ihr einen eigenartigen Blick zu. »Rene Carnero«, war alles, was er sagte.

Mya nickte. »Er ist mein Vater.«

»Er war dein Vater.«

Die Worte taten weh, obwohl sie nicht einmal die reale Person hinter dem Namen kannte. »Er ist tot?«

»Das ist er.«

Mya rang mit sich selbst. Sie spürte Erleichterung, weil sie nun Gewissheit hatte, warum ihr Vater nie nach ihr gesucht hatte. Andererseits wühlte sie die Erkenntnis auf, dass sie ihn nicht mehr nach seinen Gründen fragen konnte. Danach, warum er und ihre Mutter sich so gleichgültig ihr gegenüber verhalten hatten.

»Dein Vater war Kapitän der Nuestra Familia, aber er stellte sich gegen sie und wurde ein FBI-Informant.« Wieder eine Neuigkeit, die sie erst einmal sacken lassen musste. Mya bemühte sich, das Gehörte zu verarbeiten.

»Was ist mit ihm passiert?«

»Die Familia kam dahinter und hat ihn umgebracht. Auf nicht besonders angenehme Art, wie du dir vorstellen kannst.«

Mya schluckte. »Woher weißt du das?«, fragte sie heiser.

»Von den falschen Leuten. Von denen, die mich damit erpressen wollen. Verstehst du nicht, Mya? Du bist die Tochter eines Verräters. Du sitzt hier in Salas wie der Zündfunke inmitten von Dynamit. Diese Information ist dein Todesurteil, wenn sie in die falschen Hände gerät.«

»Man erpresst dich damit?« Mya starrte ihm ins Gesicht. »Wer erpresst dich, Exx, und warum?«

»Das braucht dich nicht zu interessieren.« Er sah ihr in die Augen. »Wichtig ist nur, dass du gehst. Noch ist es nicht zu spät, aber schon in ein paar Tagen könnte es das sein.«

»Aber ich habe nichts getan! Ich kannte meinen Vater ja nicht einmal!«

»Das ist unwichtig. Du hast selbst erlebt, zu was die Norteños fähig sind, dabei hast du nur mit Alyssa gesprochen. Und selbst die hat Angst vor ihren eigenen Leuten. Diese Handlanger der Familia sind die Hyänen der Straße, kaltblütig und hinterlistig. Aber dein Vater hat die Mesa hingehängt. Wer die Köpfe der Familia hintergeht, dem droht Blutrache. Die vergessen nicht und es ist ihnen egal, ob du Rene Carnero kanntest. Fest steht, dass er ein Verräter war und deshalb stehst du als seine Tochter ganz oben auf ihrer Liste. Noch wissen sie das aber nicht und haben dich nur auf dem Kicker, weil du die Frau ihres Regiment Commanders belästigt hast und weil man dich mit uns in Verbindung bringt. Das ahnden sie mit einem Kopfschuss, wenn sie die Gelegenheit dazu bekommen. Du solltest dir wünschen, dass es so bleibt, denn Verräter werden gefoltert, bevor man sie exekutiert.«

Mya atmete tief durch. Mehr noch als die Tatsache, dass sie sich in Lebensgefahr befand, beschäftigte sie die Entscheidung ihres Vaters. Er hatte sie im Stich gelassen, doch am Ende seines Lebens hatte er versucht, etwas richtig zu machen. Das hoffte sie zumindest. Ihre Gefühle fuhren Karussell.

»Wir könnten mit der Polizei reden«, warf sie ein und sah, dass Exx spöttisch den Mund verzog.

»Ist das dein Ernst?« Er lachte und rieb sich den Bart. »Dein neues Leben hat dich wirklich naiv werden lassen, Mya.«

»Ich habe Angst«, gab Mya offen zu. »Um dich und um Rap. Um mich auch, um ehrlich zu sein. Mag sein, dass ich naiv bin, aber wenn ich in all der Zeit etwas gelernt habe, dann dass es möglich ist. Man kann neu anfangen. Ihr könnt das ebenso.«

»Nein.« Er schüttelte entschieden den Kopf. »Ich wusste bereits als kleiner Junge, dass ich irgendwann durch eine Kugel sterben werde. Das Einzige, was ich mir je gewünscht habe, war, dass es schnell geht, wenn es so weit ist. Aber an der Tatsache zweifle ich nicht. Ich bin hier aufgewachsen und ich werde hier sterben. Wer so viel Blut an den Händen hat, der fängt nicht einfach in einem anderen Staat von vorne an. Diese Scheiße verfolgt dich und zieht dich mit sich, denn für Erinnerungen gibt es keine Delete-Taste. Das weißt du ganz genau, denn deshalb bist du zurückgekommen. Du konntest nicht vergessen und das können wir ebenso wenig.«

Mya schwieg und starrte auf ihre Hände. Sie glaubte, Walts Blut zu sehen, das an ihnen klebte.

»Wenn du Angst um uns hast und wenn dir noch immer etwas an uns liegt, dann flieg zurück nach England. Bitte!«, sagte Exx eindringlich. »Wenn wir anfangen müssen, dich vor dem Exekutionskommando der Mesa zu beschützen, dann gehen wir alle Drei dabei drauf.«

Mya hob den Kopf. »Ich kann nicht«, flüsterte sie. »Ich bin so durcheinander, seit ich wieder bei euch bin. Und ich weiß nicht, wie ich mein Leben in London ohne euch weitergehen soll.«

»Es geht genau um dieses eine Wort. Leben.« Er machte eine bedeutungsvolle Pause. »Denn das wirst du hier nicht. Du wirst in London leben oder in Salas sterben, such es dir aus.«

Mya spürte Verunsicherung. Sie hatte es gesehen, war vor den

Norteños geflohen, hörte Exx' Worte und dennoch mutete all das völlig irreal an. »Verdammt!«, entfuhr es ihr.

»Babe«, Exx griff nach einer ihrer Haarsträhnen, »mach kein Drama draus. Du bist einmal gegangen und du kannst es wieder tun. Gib Rory und mir eine Chance, unser verpfuschtes Leben noch weiter zu verpfuschen, ohne etwas zu tun, für das wir am Ende übel büßen müssen. Sei keine Last für uns.« Er grinste, doch es wirkte gequält.

Mya atmete tief durch. Was blieb ihr für eine Wahl? Sie wollte ihre Freunde nicht gefährden, das hatte sie nie gewollt. Und dennoch waren Gefühle etwas Hinterhältiges. Sie überlagerten die Vernunft und zeigten ihr all die Möglichkeiten, die Exx und Rap haben könnten, wenn sie nur wollten.

»Hör auf zu grübeln!« Er zog an ihrer Haarsträhne und schüttelte mahnend den Kopf. »Du wirst uns nicht ändern. Damals hast du Freunde wie uns gesucht und jetzt hilft uns weder Reue noch Optimismus noch Sex weiter. Wir sind wie wir sind und wir ändern uns nicht. Nicht einmal für dich, Mya. Sieh es endlich ein.«

»Ich weiß«, erwiderte sie geknickt und bemühte sich, das einzig Vernünftige zu sagen, das ihr einfiel. Es kam ihr nur schwer über die Zunge. »Ich werde gehen! Mein Flug ist für übermorgen gebucht, aber ich kann vielleicht eine frühere Maschine nehmen.« Der Satz zerriss sie beinahe.

»Sehr gut.« Exx sprang auf die Beine und Mya sah verdutzt zu ihm auf. »Du hast es ja eilig. Hast du das alles erfunden, um mich loszuwerden?«, fragte sie.

Er hielt inne und streckte ihr die Hand entgegen, um sie auf die Beine zu ziehen. Mya ergriff sie und wurde mit Schwung nach oben katapultiert. Sie schwankte leicht und Exx hielt sie fest. Er stand so dicht vor ihr, dass ihre Brüste seinen Oberkörper berührten.

»Ich lüge nicht«, sagte er mit rauer Stimme. »Die Wahrheit ist manchmal wie eine Ladung Schrot, sie durchlöchert dich, aber sie bringt dich nicht um. Und das ist das Gute daran.« Er küsste sie, hart und ungestüm. »Lebe, Mya, das ist mir lieber als dein Gehirn von den Straßen von Salas zu kratzen«, murmelte er in ihren Mund.

Sie klammerte sich an ihn, unfähig sich zu verabschieden. »Hätte das mit uns Drei funktionieren können?«

Exx brummte ablehnend. »In einem anderen Leben, auf einem anderen Planeten.« Er schob sie sanft von sich. »Ich fahre dich in die Stadt, damit du packen und deinen Flug umbuchen kannst.«

»Okay.« Sie hatte das Gefühl, als würde sie aus unsichtbaren Wunden bluten. Die wenigen Tage hatte sie sich an etwas geklammert, das nicht dazu bestimmt war, zu existieren. Es war, als würde man eine Seifenblase vor dem Platzen bewahren wollen. Irgendwann tat sie es. Es war unvermeidbar.

»Was ist, wenn man mir die Ausreise verweigert?«, wagte sie einen letzten Versuch. »Sheriff Mason meinte ...«

»Keine Sorge.« Exx wandte sich ab. »Es wird keine Probleme geben.«

Er sagte es mit solch einer Überzeugung, dass Mya sofort bewusst wurde, dass die ganze Sache größere Ausmaße hatte, als angenommen. Beunruhigt rieb sie sich die Oberarme. Sie hatte vor der Gefahr die Augen verschlossen und obwohl sie nun entschieden hatte, abzureisen, beschlich sie plötzlich das ungute Gefühl, dass es bereits zu spät sein könnte und es keinen Weg Zurück gab.

Nine

Rory starrte den gedeckten Tisch an. In der Küche hörte er Lisa mit Kochtöpfen hantieren und seine Kinder saßen frisch geduscht vor dem Fernseher. Misstrauen überkam ihn und er überprüfte, ob seine Glock 17 ein volles Magazin enthielt, bevor er sie zurück in den Hosenbund an seinem Rücken steckte. Nachdem er sich unauffällig umgesehen hatte, beugte er sich zu Ruben und Katia hinunter und zerwühlte ihnen spielerisch die Haare. Sie kicherten. Rory setzte sich zu ihnen und genoss das Gefühl, als sie sich in seine Arme kuschelten. Er sah sie an und spürte den Schmerz darüber, ein miserabler Vater zu sein. Ständig war er unterwegs, kümmerte sich um seine eigenen Angelegenheiten und verheimlichte seinen Kindern, was er den ganzen Tag über tat. In der Schule erzählten Ruben und Katia, er sei Motorrad-Mechaniker. Es klang nach einem soliden Job. Nichts, womit man reich werden konnte, doch darum ging es in Salas nicht. Er sorgte für seine Familie und das war mehr, als die meisten Männer hier taten. Deshalb mochten ihn die Lehrer. Einzig Lisa wusste, womit er ihren Unterhalt finanzierte und hasste ihn dafür. Ihr Glaube, etwas verändern zu können, war Verachtung gewichen, weil sie nicht stark genug waren, um tatsächlich etwas zu bewegen. Sie brauchten Geld und Rory musste es so verdienen, wie er es gelernt hatte. Darin unterschied er sich nicht von den Mitgliedern der Nuestra Familia. Er war nicht für einen normalen Job gemacht.

»Du bist zuhause. Das ist schön!« Lisa trat aus der Küche und lächelte ihn an. Er bemerkte sofort, dass ihre Heiterkeit aufgesetzt war.

»Was soll das?«, fragte er.

»Was meinst du?« Sie wischte sich die Hände an einem Handtuch ab. »Ich mache *Morisqueta*. Das magst du doch.«

»Das kochst du nur, wenn deine Eltern zu Besuch kommen.« Sein Misstrauen wuchs. Er gab seinen Kindern, die gebannt auf den Fernseher starrten, einen Kuss, stand auf und drängte Lisa über den Flur zurück in die Küche. Sie folgte nur widerwillig.

»Dann mache ich eben eine Ausnahme.« Mit plötzlicher Leidenschaft schmiegte sie sich an ihn. »Wir hatten einen Streit und du weißt, ich mag es nicht, wenn wir streiten.« Ihre Hand massierte ihn im Schritt. »Wenn die Kinder im Bett sind, dann werden wir uns versöhnen. Ich will, dass du mich fesselst und mir das Hirn rausfickst.« Sie drehte sich um und bewegte sich sinnlich vor ihm auf und ab. »Wir vergessen, was gestern passiert ist.«

Rory umfasste ihre Hüften und Lisa legte ihren Kopf zurück. »Reib mir die Muschi«, gurrte sie.

Sie trug nur einen Jeans-Minirock und ein trägerloses Top ohne BH. Seine Hände fuhren zwischen ihre Beine und er spürte, dass sie auch auf den Slip verzichtet hatte. Ihre Schamlippen waren bereits feucht.

»Du kleines mexikanisches Miststück«, knurrte er und drang mit den Fingern in sie ein. Lisa stöhnte leise.

»Gib mir einen Vorgeschmack auf später«, bettelte sie und schob ihr Becken nach vorne. Rory begann, ihre Klitoris zu rubbeln, die immer mehr anschwoll. Währenddessen sah er sich erneut um. Was ging hier vor?

Er hatte erwartet, dass Lisa mit Töpfen und Pfannen nach ihm warf und nicht darin kochte. Er war eine weitere Nacht fort gewesen, ohne Entschuldigung. Doch sie war freundlich, machte Abendessen, obwohl sie unter der Woche niemals in der Küche stand. Dafür war sie meist zu erschöpft von der Arbeit. Sie arbeitete als Bedienung bei Gorditas in der Northridge Mall. Von dort brachte sie für gewöhnlich etwas zu Essen mit nach Hause.

Seine Finger fanden ihren Rhythmus und Lisas Bein begann zu zucken. Rory starrte aus dem Fenster in den winzigen Garten, der von einem hohen Holzzaun umgeben war. Kein Anzeichen einer Bedrohung. Er verzog den Mund. Seine Bewegungen wurden grober.

»Oh ja, Baby, besorg's deiner *esposa*!«

Rory lauschte auf seine Kinder, doch der Fernseher lief weiterhin und alles blieb ruhig. Hass quoll in ihm hoch. Auf sein abgefucktes Leben, seine durchgeknallte Frau und die Zweifel, die sie in ihm säte, weil sie grundlos für ihn kochte und sich von ihm befriedigen ließ, obwohl sie merken musste, dass er keine Lust dazu hatte.

»Fester, Baby, fester! Oh ja!«

Er spürte, dass sich ihre Hände in seine Taille krampften und war froh, dass sie endlich kam. Seine Finger waren schon völlig taub.

»*Dios mío*«, entfuhr es Lisa und ihre Beine gaben unter ihr nach. Rory stützte sie und Lisa drehte sich kichernd zu ihm um. »Du bist ein Muschiheld«, flüsterte sie. »*El Toro*, mein Stier. Das war ein gewaltiger Orgasmus.« Sie zog sich den Minirock über die Hüften. »Das werde ich in Erinnerung behalten.«

»Das hoffe ich.« Rory ließ sie los und blieb unschlüssig im Raum stehen. »Du stellst mir keine Fragen?«

»Du warst bei deinem Club«, bemerkte sie und hob den Deckel eines Topfes hoch. »Oder etwa nicht?«

Rory beobachtete sie. Lisa stellte Fragen. Dass sie keine stellte, war ein weiteres Indiz, dass etwas nicht in Ordnung war.

»Natürlich war ich dort«, log er, immer in Bereitschaft, seine Glock zu ziehen. Es war erbärmlich, dass er sich in seinem eigenen Haus auf einmal bedroht fühlte.

»Warst du bei deinen Eltern?«

»Das war ich.« Sie stöhnte auf. »Gott, Baby, meine Bohne zuckt noch immer.«

»Hm.« Rory stellte sich in den Türbogen zwischen Flur und Küche und lauschte auf das Fernsehprogramm. Es lief *Legend Quest*. Er beruhigte sich ein wenig.

»Wir können essen.« Sie kam zu ihm, leckte sich über die Oberlippe und ging vor ihm in die Knie. »Oder soll ich dir vorher noch einen blasen?«

»Nein, verdammt!« Er hielt ihre Hände fest und sah zu ihr hinunter. »Welches Spiel spielst du, Lisa? Kommt gleich deine Familie hier rein, um mir das Gehirn wegzupusten? Willst du's mir deswegen vorher noch nett machen?«

Ihre Augen weiteten sich. »Das denkst du also?«

»Du benimmst dich anders als sonst. Ich kann mich nicht erinnern, wann du mir das letzte Mal einen geblasen hast.«

»Weil das die Flittchen aus deinem Club übernehmen.« Sie stand auf und reckte ihr Kinn. »Ich weiß doch, wie das läuft. Ein Blowjob ist kein Fremdgehen.«

»Und warum bist du dann plötzlich so scharf darauf, an meinem Schwanz zu lutschen?«

Sie überging seine Frage und rief in den Flur: »Kinder, wir essen!«

Er hörte die mürrischen Stimmen von Ruben und Katia, die darum bettelten, ihre Lieblingsserie zu Ende schauen zu dürfen.

Lisa brüllte ein Donnerwetter über den Flur und kurze Zeit später erschienen die Beiden. Sie setzten sich und grinsten Rory verschmitzt an. Er war nachlässig, was die Erziehung seiner Kinder anging, was nicht selten dazu führte, dass Ruben und Katia versuchten, ihn gegen Lisa auszuspielen. Doch er konnte nicht anders und grinste zurück.

»Hauptsache, ihr seid euch einig«, fauchte Lisa und knallte einen Topf auf den Tisch. »Wir beten!«

Rory setzte sich ebenfalls und betrachtete die gesenkten Köpfe seiner Familie. Er war nicht gläubig. Zwar war er in einem streng katholischen Haushalt aufgewachsen, doch das Leben hatte ihn gelehrt, dass Glaube kein Schutzschild war. Weder für den Körper, noch für die Seele. Wer zu viel Schlechtes sah, zerbrach daran. Da halfen auch keine Gebete.

»Amen«, sagte Lisa. »Amen«, fielen Ruben und Katia ein.

Rory nahm den Deckel vom Topf und verteilte die *Morisqueta* mit einem Löffel. Normalerweise war es ein vegetarisches Gericht, das aus Reis, Bohnen, Tomaten, Knoblauch, Zwiebeln und Chilis bestand. Lisa hatte es jedoch über die Jahre und vor allem für die Kinder amerikanisiert und servierte es mit Fleischbällchen. Ruben und Katia rutschten ungeduldig auf ihren Stühlen hin und her.

»Hm!« Schon stopften sie sich die erste Gabel in den Mund und Rory ertappte sich dabei, dass er schmunzelte.

Lisa sah ihn über den Tisch hinweg an.

»Was ist?«, fragte er.

»Es ist schade, dass wir das so selten machen«, bemerkte sie.

Er zuckte die Schultern. Ihm war nicht danach, sich die Vorwürfe anzuhören, die unweigerlich folgen würden.

»Weißt du noch, wie es war, als wir erst kurz verheiratet waren?«

Rory hob eine Augenbraue. Lisa sprach niemals über die Vergangenheit, aber an diesem Abend war alles anders.

»Was war da, Mama?« Katias Mund war bereits voller Tomatensauce.

»Wir waren verliebt, mein kleiner Schatz. Wir konnten die Finger nicht voneinander lassen und sind über die Wochenenden ans Meer gefahren. Dort haben wir im Auto übernachtet, weil wir kein Geld für ein Hotel hatten, aber es war trotzdem wunderschön, nicht wahr, *cariño*?«

Rory schwieg. Lisa schien vergessen zu haben, dass er damals völlig traumatisiert gewesen war. Nach Myas Verschwinden hatte er ständig getrunken und war eines Nachts auf die dumme Idee gekommen, einen Passanten auf der Straße zu überfallen. Der Typ hatte ihn angestarrt und Rory war ausgetickt. Er hatte den Kerl zusammengeschlagen, den am Boden Liegenden getreten und mit der Waffe bedroht, damit er ihm sein Geld aushändigte. Anschließend war er durch Salas geirrt und hatte die Straßenlaternen kaputt geschossen, bis die Polizei ihn schließlich festnahm. Er wurde zu fünf Jahren Gefängnis verurteilt, die er ohne Exx verbüßen musste. Sein Kumpel war wütend auf ihn, schalt ihn einen bescheuerten Dummkopf und besuchte ihn, so oft es ging. Aber den Alltag im Gefängnis musste Rory alleine meistern.

Er schluckte und das Fleischbällchen blieb ihm beinahe im Hals stecken. Er wollte kein Weichei sein, aber wenn er an seine Zeit im Monterey County Gefängnis zurückdachte, drehte sich ihm der Magen um. Dagegen war der Preston Jugendknast der reinste Freizeitpark. Komplett auf sich gestellt, ohne Beziehungen zu einer Gang oder einer loyalen Familie, die die Wärter schmierte, war man Freiwild für die anderen Insassen. Rory hatte die Krankenstation so oft gesehen, dass er am Ende sogar wusste, dass das Behandlungszimmer 230 Kacheln umfasste. Er traute niemandem mehr und erst nach zwei Jahren, nachdem Exx Mitglied in der Green Army geworden war und Schutz für ihn organisierte, wurde es auch für Rory einfacher. Doch diese zwei Jahre hatten sich in sein Gedächtnis gebrannt und noch immer spürte er grenzenlose Wut, wenn er an all die Schikane, die Schläge, Misshandlungen und Übergriffe dachte, die ihm dort widerfahren waren. All das hatte einen anderen Menschen aus ihm gemacht. Kaum verließ er das Gefängnis, trat er ebenfalls der Green Army bei und war nicht zimperlich, wenn es darum ging, Aufträge für den Club zu erledigen. Er war froh, mit Exx vereint zu sein und dankbar für die Hilfe des Clubs während seiner Haftstrafe. Deshalb hinterfragte er nicht, was man von ihm verlangte. Es war seine Art der Rache. Nie wieder wollte er ein Opfer sein!

»Seid ihr jetzt nicht mehr verliebt?«, fragte Katia und Rory sah sie an. Er wünschte sich von Herzen, dass es seinen Kindern einmal besser erging als ihm und Lisa, doch er hatte nicht viel Hoffnung. Dafür entwickelte sich alles in die verkehrte Richtung.

»Sind wir das noch, *cariño*?« Lisa musterte ihn und trommelte mit ihren langen Fingernägeln abwartend auf die Tischplatte.

»Es ist anders«, erwiderte Rory und sah, dass Lisas Mimik einfror. »Manchmal ist Vertrauen nicht so einfach.«

»Erzähl du mir was über Vertrauen!« Sie explodierte förmlich und Ruben und Katia zogen die Köpfe ein. Es war nicht der erste Streit ihrer Eltern, den sie mitbekamen.

Rory warf ihr einen mahnenden Blick zu, aber Lisa nahm nur selten Rücksicht auf ihre Kinder. »Du dreckiger Heuchler«, zischte sie. »Vielleicht möchtest erzählen, was du die letzten Nächte getan hast?«

»Nichts«, log er ungeniert. »Und jetzt beruhige dich!«

Sie kaute mit offenem Mund und zielte mit der Gabel auf sein Gesicht. »Euer Papa bumst eine andere«, rief sie.

»Das tue ich nicht.« Rory rang um Beherrschung. Am liebsten hätte er Lisa am Arm gepackt, um sie aus dem Raum zu bringen. Mit jedem ihrer Worte zerschlug sie Stück für Stück, was er sich für Katia und Ruben gewünscht hatte. Realität war eine Sache, aber die Zerstörung der Familie tat weh, ganz besonders Kindern.

»Keine Sorge!« Lisa streichelte Katias Wange. »Mama wird immer für euch da sein. Ich kümmere mich um euch, auch wenn euer Papa nicht mehr nach Hause kommt.«

Rory schnaubte. »Was redest du da?«

»Meine Kinder sollen wissen, was du tust. Du bringst uns auseinander, nur weil du deinen beschissenen irischen Schwanz nicht unter Kontrolle bekommst.«

»Genug!« Rory hieb mit der Faust auf den Tisch.

»Papa!« Katia brach in Tränen aus und Ruben verzog das Gesicht, als stünde er ebenfalls kurz davor.

»Das hast du jetzt davon!« Lisa ließ ihre Gabel klirrend auf den Teller fallen, stand auf und hob ihre Tochter hoch. »Kommt, meine Süßen, ich bringe euch ins Bett!«

Ruben hängte sich an Lisas Rockzipfel und folgte ihr. Im Türrahmen blieb sie noch einmal stehen und starrte Rory an. »Wehe, du gehst!«, sagte sie mit drohendem Unterton. »Wir müssen reden.«

Er hob resigniert die Hände. »Was immer du sagst.« Müde

strich er sich übers Gesicht und sah seiner Familie hinterher, die über den Flur ging. Er hatte keine Ahnung mehr, was er je an Lisa gefunden hatte. Sie war eine typische *mamacita* dieser Gegend, hübsch, mit einem prächtigen Arsch und völlig *loco*, verrückt. Er hatte sie kennengelernt, als sie neben ihrem liegengebliebenen Auto am Straßenrand stand. Der Kühler ihres alten Lincoln Continental rauchte und sie paffte in aller Ruhe eine Zigarette, während sie in ihrem kurzen Kleid auf und ab flanierte, als wäre sie eine Hure. Rory hatte angehalten, weil er nach den fünf Jahren Knast ausgehungert war und seine Erlebnisse mit Sex zu kurieren versuchte. Lisa war heiß, obwohl er wusste, dass es gefährlich war, eine Mexikanerin aufzureißen. Sie erlag seinem Charme schneller als erwartet und bereits zwei Tage später vögelten sie nachts auf seiner Harley, auf der er sie von ihrem ersten Date nach Hause gefahren hatte. Anfangs mochte er ihre Ausraster, liebte es, sie hart ranzunehmen, wenn sie gestritten hatten. Er fickte sich mit ihr den Schwanz wund und bildete sich ein, dass sie etwas gemeinsam hatten. Sie erzählte ihm von ihrer Kindheit in der Nuestra Familia, stellte ihn ihren Eltern vor und träumte davon, endlich ein neues Leben zu beginnen. Im Nachhinein wusste er, dass sie Beide nur nach etwas gesucht hatten, um etwas anderes hinter sich zu lassen. Aber damals wollte er das alles. Er wollte eine Familie, obwohl Exx ihn für verrückt hielt und ihm prophezeite, dass das nur schiefgehen konnte. Dennoch zog Rory es durch. Er renovierte das Haus seines Onkels, machte Lisa zwei Kinder und fühlte sich eine Zeitlang wie ein ganz normaler Mensch. Inzwischen wusste er, dass das der größte Fehler seines Lebens gewesen war, denn er zog nicht nur sich selbst und Lisa in den Abgrund, sondern auch zwei kleine unschuldige Wesen. Er war das größte Schwein der Stadt.

Rory legte den Kopf schief. Es war still. Zu still. Normalerweise müsste er Wasser rauschen hören, wenn die Kinder die Zähne putzten, aber alles blieb ruhig. Er hörte weder Lisas Stimme noch die von Katia oder Ruben. Sein Misstrauen kehrte mit einem Schlag zurück. Reflexartig zog er seine Waffe und entsicherte sie. Dann stand er vorsichtig auf, löschte das Licht und schlich über den Flur in Richtung Wohnzimmer. Die Straßenlaternen warf Muster auf den abgewetzten Teppichboden und in der Ferne hörte er das Geheul einer Polizeisirene. Ein Blick aus dem Fenster sagte ihm, dass sein Auto noch dastand. Wenn Lisa mit den Kindern verschwunden war, dann war sie zu Fuß durch die Hintertür abgehauen.

»Scheiße«, fluchte er leise. Unter seinen Schuhen knarrte eine Diele. Er blieb stehen. In diesem Moment sah er das Fenster splittern, das Regal neben ihm wurde zerfetzt und er vernahm den Knall. Instinktiv warf er sich zu Boden und robbte in Deckung.

»Zeig dich, du stinkender Ire«, hörte er eine vertraute Stimme ganz in der Nähe. Paqui! Lisas Cousin. Rory schnaubte. Diese verdammte Schlampe hatte es wirklich getan! Sie hatte ihre Vermutung bezüglich Mya und ihm ihrer Familie gepetzt. Damit hatte sie eine Entscheidung getroffen und war zur Gang ihrer Kindheit zurückgekehrt. Er hätte nicht gedacht, dass sie so abgebrüht war.

»Lisa lässt dir schöne Grüße ausrichten«, hörte er Paqui rufen. »Sie wird mit den Kindern ab heute bei ihren Eltern leben. Ihr seid damit geschieden, Arschloch!« Weitere Schüsse folgten, bevor Paqui erneut sprach: »Die Zeit der Vergeltung ist gekommen. Wir werden nicht dulden, dass die Green Army sich in unsere Geschäfte einmischt. Hörst du mich, Ire? Wir werden euch lynchen. Euch alle. Und mit dir fangen wir an! Du hättest niemals Mitglied dieser Familie werden dürfen. Meine Cousine ist eine muschigesteuerte Bitch, die sich unser Vertrauen erst wieder erarbeiten muss. Aber mit dieser Aktion hat sie Punkte gesammelt. Es fängt jetzt schon an, mir Spaß zu machen.«

Rory zielte in die Richtung, aus der er die Stimme vernahm, entschied sich dann aber dagegen zu feuern. Die Braunen kamen niemals alleine und der Regiment Commander hatte auf jeden Fall seine Wachhunde dabei. Er zog den Kopf ein und krabbelte in Richtung Schlafzimmer. In diesem Moment brach die Hölle hinter ihm los. Maschinengewehrfeuer durchlöcherte sein Wohnzimmer und Rory sprang auf und rannte los. Im Schlafzimmer angekommen sah er sich gehetzt um. Er hatte keine Ahnung, wie viele Mexikaner sein Haus umzingelten, aber er wusste, sie würden es so lange durchlöchern, bis irgendwann die Polizei eintraf. Und das konnte dauern. In dieser Gegend rief bei Schießereien kaum jemand die Polizei.

Hastig schob er eines der Fenster nach oben und schielte mit gezückter Waffe hinaus. Die Braunen waren nicht blöd, er war sich sicher, dass sie dafür sorgen würden, dass er nicht floh. Prompt schlug eine Kugel neben ihm ein. Rory zog den Kopf zurück, schloss das Fenster und verriegelte es. Die AK-47, die Lieblingsgewehre mexikanischer Gangs, verstummten und er hechtete aus dem Schlafzimmer. Sekunden später nahmen die Kalaschnikows ihr zerstörerisches Werk wieder auf und durchsiebten das Ehebett. Rory sah Federn fliegen, bevor er über den Flur zurück in die Küche stürzte. Dort öffnete er die Tür zum Vorratsraum, verrückte eilig den Schrank und bückte sich, um die losen Dielenbretter zu lockern. Nie hätte er gedacht, dass ihm das Versteck seiner Kindheit einmal das Leben retten könnte. Sein Onkel hatte ihm diesen Fluchtweg einst gezeigt. Er hatte ihn selbst des Öfteren benutzt, um der Polizei zu entkommen, und Rory war als Junge bisweilen durch die Luke unter das Haus geklettert, um Spinnen zu jagen und sich selbst zu beweisen, wie mutig er war. An diesem Tag war die Lage jedoch ernster. Nachdem er den Zugang freigelegt hatte, schloss er die Tür, schob den Schrank davor und zwängte sich durch die Bretter in den Kriechkeller, in dem sämtliche Abwasserrohre und Wasserleitungen verlegt waren. Da er keine Taschenlampe bei sich hatte, umgab ihn sofort tiefste Dunkelheit und Rory musste sich auf sein Erinnerungsvermögen verlassen. Behutsam kroch er vorwärts, nicht ohne sich dabei mehrmals den Kopf zu stoßen. Die Schüsse fielen hier unten gedämpfter, bis sie schließlich ganz aufhörten. Er vernahm Schritte.

»Wo ist der Pisser?«, hörte er Paqui fragen und spanische Flüche folgten. Er und seine Kumpane waren inzwischen im Haus und schienen alles abzusuchen. Sie ärgerten sich, dass sie nicht auf seinen durchlöcherten Kadaver stießen.

»Wenn er abgehauen ist, dann säge ich euch die Schädeldecke

auf und scheiße in euer dummes Hirn!«, brüllte Paqui und schoss ein paarmal um sich. Vermutlich zielte er auf Schränke, die er für ein potentielles Versteck hielt.

»Rory, du irisches Dreckschwein«, brüllte er anschließend. »Ich ziehe dir die Haut von deinem mickrigen Schwanz ab, wenn ich dich in die Finger bekomme.«

»Ja, versuch's nur«, murmelte Rory und robbte weiter. Er kam nur langsam voran, vergewisserte sich immer wieder, dass er weder seine Waffe noch das Handy verlor, das in seiner Hosentasche steckte.

»Hörst du mich, *cabrón*?« Paqui stürmte durch das Haus. Seine Schritte waren nun direkt über Rory. Dieser erstarrte und rollte sich auf den Rücken, die Waffe im Anschlag. Zur Not würde er durch den Fußboden schießen. »Wenn du dich nicht stellst, dann holen wir uns deine Schlampe, hörst du mich?«

Rory spürte, wie feiner Sand in seine Augen rieselte und blinzelte. »Lisa hat gesagt, du hast diese Hure mal mit deinem Kumpel gefickt.« Er lachte laut. »Welcher echte Mann teilt sich denn ein feuchtes Loch mit einem seiner Freunde? Oder nimmst du ihren Arsch? Oder dein Kumpel vielleicht deinen? Bist du womöglich schwul, *culo*? Ich erlöse dich gerne von deinem Leid.« Erneut waren Schüsse zu hören und Rory knirschte vor Wut mit den Zähnen. Er hatte Lisa einmal davon erzählt, in einem unbedachten Moment, in dem er geglaubt hatte, ihr vertrauen zu können. Das war ein Fehler gewesen. Einer von vielen.

»Ich gebe dir eine letzte Chance.« Paqui senkte die Stimme, als vermutete er, dass Rory in der Nähe war. Dieser spannte seine Muskeln. »Komm raus, Arschloch, und wir verschonen dieses Flittchen.« Er schoss ein weiteres Mal und es klang, als durchlöchere er die Tür der Vorratskammer. »Oder wir holen sie uns trotzdem«, fügte Paqui hinzu. Rory hörte den Schrank umfallen, vermutlich weil der Mexikaner die Tür eingetreten hatte. Einige herunterfallende Dosen kullerten durch das Loch im Boden und er beeilte sich weiter zu krabbeln. Mit einem dumpfen Schlag stieß er mit der Stirn gegen die Außenverkleidung und tastete sich am Rand entlang. Irgendwo gab es die Verkleidung mit den Aluminium-Lamellen, die man von außen öffnen konnte, um in den Keller zu gelangen. Er spürte kurzzeitige Panik in sich aufsteigen, als Paqui mit seinen Kumpanen den Schrank zur Seite räumte. Jetzt war es nur noch eine Frage der Zeit, bis sie wussten, wohin er geflohen war.

Mit energischen Bewegungen kroch er an der Wand entlang, eine Hand immer an der Verkleidung. Seine Finger waren bereits voller Splitter, die er sich von dem ungehobelten Holz einzog, aber es kümmerte ihn nicht. Da! Er ertastete die Blende und sah schwach einfallendes Licht.

»Komm raus, *cabrón*!« Paqui schoss in die Öffnung und Rory rammte seinen Ellbogen gegen die Aluminiumklappe. Sie ächzte, sprang jedoch nicht aus den Angeln. Er warf sich herum, trat mit dem Fuß hinterher. Eine Kugel pfiff an seinem Kopf vorbei. Er unterdrückte einen Fluch, trat nochmal zu. Dieses Mal gab das Aluminium nach und er beeilte sich hinauszukriechen. Kaum war er auf den Beinen, rannte er geduckt und mit erhobener Waffe an der Hausfassade entlang. Er befand sich im Garten und hörte die Stimmen der Mexikaner. Paqui befahl ihnen, sich draußen umzusehen. Rory überlegte nicht lange, steckte die Glock ein und rannte los. Er durchquerte den Garten, zog sich mit Schwung an seinem Gartenzaun hoch, warf sich hinüber und landete direkt vor dem geifernden Maul des Nachbarhundes. Der Bullterrier fletschte die Zähne und Rory versetzte ihm instinktiv einen Tritt, bevor er weiter rannte. Hinter sich hörte er Schüsse. In den Häusern der Nachbarschaft hatten die Anwohner ihre Fensterläden zugemacht oder das Licht abgedunkelt. Bei Gangstreitigkeiten wollte keiner ins Schussfeuer geraten oder als möglicher Zeuge gelten. Rory lief im Zickzack wie ein Hase, kreuzte Gärten von Nachbarn, die keine Hunde hielten und verharrte schließlich hinter einem parkenden Van, um Atem zu schöpfen. Er lauschte. Stille. Keine Schritte, die ihn verfolgten. Dann hörte er quietschende Reifen. Paqui hatte die Verfolgung aufgenommen. Rory spähte um die Ecke, bevor er erneut floh. Er kannte sich in der

Gegend aus, pirschte durch schmale Wege, durch die kein Auto fahren konnte, kreuzte die Villa Street und erreichte schließlich den Central Park. Er joggte über den Rasen, mied die Umgebung des Spielplatzes und tauchte im Gebüsch unter, von wo er die Straße im Blick behielt. Von dort nahm er sein Handy zur Hand und wählte Travis' Nummer.

»Geh ran, Bro«, murmelte er beschwörend und wartete auf das Klingelzeichen.

Travis saß mit übereinandergeschlagenen Beinen im Clubhaus der Green Army in Gilroy. Titty hing an seinem Arm und himmelte ihn an.

»Lass uns ins Hinterzimmer gehen«, bettelte sie und fuhr mit der Hand über seine Brust. »Ich habe dich vermisst, Großer.«

Er ignorierte ihre Anmache und nippte an seinem Whisky. Der Club war voll, die meisten Mitglieder lungerten an der Bar herum, redeten, lachten und ließen sich von den anwesenden Mädchen bedienen. Es war Familienabend und die *Old Ladies* der Männer waren ebenfalls vor Ort. Das bedeutete, dass die Musik nicht so laut aus den Boxen dröhnte, Kinder zwischen den Erwachsenen herumliefen und man nicht über das Geschäft sprach. Nur die nicht liierten Mitglieder durften sich mit den Mädchen vergnügen und das auch nur im Hinterzimmer und nicht vor allen anderen, wie es bisweilen in den Nächten der Fall war, wenn Mitglieder befreundeter Clubs anwesend waren. Travis hatte schon so manche Orgie unter Alkoholeinfluss gefeiert und sich am Morgen gefragt, ob sein Schwanz überhaupt noch da war. An diesem Abend wollte er jedoch nicht darüber nachdenken. Energisch schob er Titty zur Seite.

»Du solltest Peach bedienen. Sonst reißt sie dir wieder Haare aus«, murmelte er und sah zur *Old Lady* von Cringe Callahan hinüber, die ihn bereits anstarrte. Sie war ein Miststück mit einer langen schwarzen Lockenmähne, blauen Augen und aufgespritzten

Lippen und Titten. Aus irgendeinem Grund hatte sie sich Titty als Opfer ausgesucht und drangsalierte sie, wann immer sie die Möglichkeit dazu bekam.

Titty zog einen Schmollmund. »Ich hasse dieses Weib«, flüsterte sie in sein Ohr. »Bitte fick mich, Travis. Eure Bedürfnisse gehen vor, das weißt du.«

»Nicht jetzt, ich bin gleich wieder weg.« Er hob den Kopf und sah Peach an, die sich vor ihnen aufbaute, die Hände in die Hüften gestützt. »Wird das heute noch was?«, fragte sie gereizt, den Blick auf Titty gerichtet. »Wirst du's ihm besorgen oder was?«

»Kein Bedarf.« Travis stand auf und bemerkte das siegessichere Lächeln von Peach. »Du schaffst es niemals nach oben«, sagte sie zu Titty. »Deine dürren Beine sind hässlich und deine Muschi hat Falten.«

Travis atmete tief durch, drängte sich an der keifenden *Old Lady* vorbei und stellte sich an die Bar. Das Stutengerangel nervte ihn. Wenn es nach ihm ginge, müssten die Weiber ihren Mund nur öffnen, um ihm einen zu blasen. Alles andere könnten sie sich sparen, denn die meiste Zeit redeten sie nur Müll. Er klopfte mit dem leeren Glas dreimal auf die Theke und sofort schenkte ihm Foxy nach. So musste das sein. Kein Widerspruch, keine Diskussion. Er leerte das Glas in einem Zug.

Das Gespräch mit Mya geisterte ihm noch immer im Kopf herum. Sie konnte ihren Mund ebenfalls nicht halten, stellte Fragen und brachte ihn dazu, nachlässig zu werden. Er hatte ihr verraten müssen, wer ihr Vater gewesen war, um ihr klarzumachen, in welcher Gefahr sie sich befanden. Und wie wichtig es war, dass sie endlich die Biege machte. Auch wenn er für einen kurzen Moment geneigt war, mit ihr und Rory durchzubrennen. Sie konnte überzeugend sein. So überzeugend, dass er sich mit einem Mal vorstellen konnte, in den Norden abzuhauen. Vielleicht über die Grenze nach Kanada. Sie könnten dort in einem kleinen Ort leben, sich als Mechaniker ihr Geld verdienen. Mya könnte sich als Rorys Frau ausgeben, er als ihr Bruder. Wer sah schon, was sie hinter verschlossenen Türen miteinander taten? Welchen Genuss sie sich gegenseitig verschafften? Travis atmete die Erregung, die ihm in die Lenden fuhr, weg. Es war verdammter Unsinn! Niemals würde es ihnen gelingen, diese heile Welt aufrecht zu erhalten. Sie waren Outlaws und Mya der Kolibri, der an der Windschutzscheibe ihrer Harleys zerschellte. Es würde niemals gutgehen. Sie waren verfluchte Narren, wenn sie auch nur eine Sekunde daran glaubten, etwas anderes zu sein, als das, was sie waren.

»Du bekommst den Mann aus Salas heraus, aber Salas niemals aus dem Mann«, hatte sein Vater einmal zu ihm gesagt und so ungern Travis es sich eingestand, sein Scheißvater hatte recht gehabt. Er war ein Killer, ein Mann, der seinen Lebensunterhalt außerhalb des Gesetzes verdiente, und dem das auch noch gefiel. Niemals würde er es schaffen, sich in der Welt der normalen Menschen zurechtzufinden, sich auf Barbecues zu amüsieren oder ein paar Bier auf dem jährlich stattfindenden Jahrmarkt zu kippen. Am Ende würde er dabei durchdrehen, das wusste er. Und Mya musste das endlich verstehen. Immerhin hatte sie einen Freund in London. Nicht dass ihn diese Tatsache besonders freute. Ganz im Gegenteil. Der Gedanke stieß ihm sauer auf. Am liebsten hätte er den Kerl verprügelt. Er wollte sich nicht vorstellen, wie der Typ Mya begrabschte. Sie gehörte ihnen, verdammt, das hatte sie schon immer getan.

Erneut klopfte er mit dem Glas auf den Tisch, als er sein Handy klingeln hörte.

»Was gibt's, Bro?«, fragte er, nachdem er Rorys Nummer erkannt hatte.

Die Stimme seines Freundes klang gedämpft. »Kannst du reden?«

Travis wandte sich von der Bar ab. »Kann ich. Was ist los?«

»Lisa hat mich an ihre Familie verpfiffen. Sie hat mich gelinkt, die miese Schlampe, und ist mit meinen Kindern abgehauen.«

Travis schnalzte mit der Zunge. »Das tut mir leid, Bruder, echt. Aber ich habe dich gewarnt. Die Frau war schon immer irre, sie war …«

»Paqui hat mein Haus durchsiebt«, unterbrach Rory ihn. Es

klang nervös.

Travis horchte auf. »Wo bist du?«

»Im Central Park in Salas. Ich muss hier weg. Komm her und bring Mya mit!«

»Mya ist in ihrem Motel und packt.«

»Was? Warum seid ihr nicht mehr in deinem Wohnwagen? Hast du sie im Motel etwa alleine gelassen? Wo steckst du, Mann?«

Travis sah sich kurz um und verzog sich in eine Ecke. »Ich bin bei den Jungs in Gilroy und fahre gleich los, um sie abzuholen. Sie fliegt nach Hause, okay? Das wollten wir doch.«

»Scheiße!« Rory fluchte und Travis ärgerte sich, weil sein Bruder so verdammt emotional sein konnte, wenn es um Mya ging.

»Sie hat uns nur Ärger gemacht. Du weißt, dass sie nicht hierher gehört. Sie muss gehen, Bro!«

»Das ist es nicht.« Rory stockte und Travis beschlich ein ungutes Gefühl. »Paqui ist auf Rache aus, er ist mächtig angepisst durch die Green Army Sache. Er will mich und Mya. Und ich will nicht dran denken, was er mit ihr macht, wenn er sie in die Finger bekommt.«

Travis rieb sich das Kinn. Das war eine Information, die ihm ganz und gar nicht gefiel. Falls Mya in die Hände der Nuestra Familia geriet und dieses Arschloch Marella Wind davon bekam, dann hatte ihn die Staatsanwaltschaft endgültig in der Hand. Verdammte Scheiße, was hatte Rory da nur wieder angestellt?

»Du bleibst, wo du bist, hast du mich verstanden?«, fuhr er seinen Kumpel an. »Ich besorge mir ein Auto und hole dich ab. Dann fahren wir zu Mya ins Motel.«

»Nein, hol sie zuerst!«

»Halt die Klappe, Bro! Vielleicht warten die dort bereits auf dich. Denkst du, ich nehme es alleine mit Paquis Crew auf?«

»In Ordnung. Beeil dich!«

Travis legte auf, ohne sich zu verabschieden, und sah sich hektisch um. Er erkannte Duncan ganz in seiner Nähe und beschloss, den Sergeant-at-Arms um Hilfe zu bitten.

»Hey!« Lässig stellte er sich neben ihn und grinste. »Wie sieht's aus, Alter?«

»Läuft.« An Duncans glasigen Augen konnte er erkennen, dass dieser nicht mehr ganz nüchtern war.

Travis schlug ihm auf die Schulter. »Der Deal mit den Triaden ist in trockenen Tüchern, wie ich hörte.«

Duncan nickte. »Hat Cringe noch nicht mit dir gesprochen? Er ist gut drauf deswegen. In zwei Tagen ist es soweit. Die Übergabe findet bei dieser Hütte im Wald statt, die du uns genannt hast. Nachdem du nun wieder draußen bist und den Wahnsinns-Deal eingefädelt hast, wird deine Anwesenheit erwartet.«

»Bin dabei.« Travis wurde unruhig. Die Zeit rannte ihm davon. »Sag mal, kann ich mir ein Auto ausleihen? Meine Maschine zickt rum und ich muss wieder zurück nach Salas.«

»Du bleibst nicht?« Duncan wirkte enttäuscht. »Lass uns nicht alleine, Mann. Heute wird gefeiert!«

»Tut mir leid.« Travis gab sich betont entspannt. »Muss eine Familiensache klären.«

»Familie, he? Warum bringst du sie nicht mit? Du weißt, dass wir uns um alle deine Anhängsel kümmern. Reden wir hier von 'ner Braut?«

»Vielleicht.« Travis lockerte seine verspannte Kiefermuskulatur.

»Verstehe.« Duncan lachte derb. »Die Kleine muss noch eingeritten werden, bevor du sie den bösen Jungs vorstellst, hab ich recht?«

»So sieht's aus. Sie ist etwas schüchtern.«

»Dann zieh los.« Er hielt inne. »Du leckst aber nicht die Möse, für die du Walt Chandler kaltgemacht hast, oder?«

Travis schüttelte den Kopf. »Nein, Mann, die ist schon wieder in ihr sicheres Leben geflohen.«

Duncan sah ihn misstrauisch an. »Habe gehört, sie hat für euch ausgesagt und hat dabei die Aufmerksamkeit der Norteños erregt. So 'nen Scheiß brauchen wir nicht, okay?«

»Ist klar.«

»Es reicht, dass Rory diese mexikanische Schlampe bumst. Du

kennst unsere Regeln. Wir lassen uns von keinem Weib das Geschäft versauen. Fick sie, aber stell sie nicht über deine Brüder!«

»Weiß ich, Mann.« Travis ballte die Hand an seiner Seite zur Faust. »Was ist nun mit dem Auto?«

Duncan langte hinter die Bar und wühlte in einer Box mit Schlüsseln. »Nimm den hier«, sagte er schließlich und warf Travis einen davon zu. »Ist der schwarze Firebird.«

»Danke«, murmelte Travis, schnappte sich seine Jacke vom Sofa und zog ab. Er hätte sich ein unauffälligeres Auto gewünscht, aber er durfte nicht wählerisch sein. Zügig ging er über den Parkplatz, bahnte sich einen Weg durch die geparkten Harleys der Mitglieder und hielt auf die Garage neben der Werkstatt zu. Hier standen die Autos des Clubs, die jeder benutzen durfte, der sie gerade brauchte. Travis ließ das Rolltor nach oben schnalzen. Der Firebird parkte ganz vorne. Es war ein 1968er Modell mit verchromten Felgen und dem Emblem des Clubs auf der Motorhaube. Er starrte es an und schüttelte den Kopf. Da könnte er gleich auf einem Elefanten durch Salas reiten. Aber ihm blieb keine Wahl. Mit dem Auto hatte er wenigstens den Hauch einer Chance, auf seiner Harley hatte er gar keine.

Travis stieg ein und ließ den Motor an. Der V8 schüttelte sich kurz, bevor er zu blubbern begann und Travis rollte aus der Garage. Er war ein Motorrad-Typ, auch wenn er sich in diesem Moment eingestehen musste, dass er das Muscle Car mit dem nachgerüsteten L99-Motor sexy fand. Das Baby schnurrte mit satten 405 PS, die nun nach vorne drängten. Travis spürte eine beinahe sexuelle Erregung, bevor er sich wieder unter Kontrolle bekam und daran dachte, was vor ihm lag. In diesem Moment klingelte sein Handy erneut.

»Bro?« Travis beschleunigte den Wagen und bog von dem Gelände in südliche Richtung ab.

»Ich bin auf dem Weg zum Motel«, hörte er Rorys atemlose Stimme.

»Verdammt!« Er drückte das Gaspedal runter und wurde augenblicklich in den Sitz gedrückt. »Du solltest warten! Was genau hast du daran nicht verstanden?«

»Der gesamte Park war plötzlich voller Norteños. Ich konnte nicht warten.«

»Und deshalb wandelst du jetzt als Zielscheibe durch Salas?«

»Ich bin hier aufgewachsen, ich kenne mich aus.« Rory klang aufgebracht. »So vergeuden wir keine Zeit. Komm direkt zum Motel, ich warte in der Nähe. Ruf an, wenn du da bist.« Er legte auf, bevor Travis etwas erwidern konnte.

»Idiot!«, fluchte er und wiederholte es lauter. »Verblödeter Idiot!«

Er würde ihn umbringen, wenn die Mexikaner das nicht vor ihm erledigten. Rory war völlig verblendet, wenn es um Mya ging. Vermutlich war er nicht unschuldig an der eskalierten Situation mit seiner Frau. So irre Lisa auch sein mochte, die kranke Beziehung, die sie mit Rory führte, machte ihn zumindest berechenbar. Er wagte keine Alleingänge, schlug nicht über die Stränge und vögelte sich mit ihr die Wut über sein verkorkstes Leben aus dem Leib. Das war in Ordnung, so tat es jeder im verfickten Salas. Doch was Rory nun antrieb, waren Gefühle. Und das war schlecht. Gefühle machten einen unvorsichtig und waren der erste Schritt auf dem Weg in die Hölle. Travis trieb den Firebird auf den Highway und hoffte, dass er rechtzeitig da sein würde, um Rory von der nächsten Dummheit abzuhalten, auf die er geradewegs zusteuerte.

Keine halbe Stunde später fuhr Travis langsam über die Kern Street. Er hörte das Freizeichen an seinem Ohr, aber sein Kumpel ging nicht ran. Ungeduldig trommelten seine Finger auf das Lenkrad und seine Augen suchten die Umgebung ab. Er wollte nicht auf den Parkplatz vor dem Motel 6 fahren, das war ihm zu gefährlich. Deshalb wendete er, um bei den Self-Storage Garagen zu parken, die direkt daneben lagen. Er stieg aus, sah sich um, entsicherte seine Ruger SR9 und wählte erneut Rorys Nummer. Dieses Mal erhielt er eine geflüsterte Antwort. »Wo bist du, Bro?«

»Bei Mini Storage. Und jetzt beweg deinen Arsch hierher!« Er lehnte sich gegen die Motorhaube und fixierte jedes vorbeifahrende Auto. Da er im unausgeleuchteten Bereich parkte, wusste er, dass er gegen die Straßenlaternen kaum zu erkennen war.

Kurze Zeit später sah er einen huschenden Schatten. Rory. Mit gesenktem Kopf rannte er über die Straße, lief an der Wand des Hauptgebäudes entlang und blieb vor ihm stehen.

»Norteños?«, fragte Travis statt einer Begrüßung.

»Nein, alles sauber.«

Endlich sah er seinem Kumpel ins Gesicht. »Bist du verletzt?«

Rory schob die Kapuze seines Pullovers nach hinten. »Alles gut, Mann. Lass uns gehen.«

»Warte!« Travis hielt ihn am Arm fest. »Was immer wir dort finden, wir sind dem Club verpflichtet. Vergiss das nicht.«

»Tue ich nicht.« Es klang reserviert.

»Mya fährt wieder nach Hause. Sie hat es mir versprochen.«

Rory befreite sich aus Travis' Griff. »Darüber reden wir, wenn sie noch lebt«, entgegnete er und ging voraus.

Travis folgte ihm wachsam. Sie kletterten über den weißlackierten Zaun, der das Grundstück der Garagen von dem des Motels trennte, hielten sich außerhalb der Überwachungskameras und gingen hinter einem geparkten Auto in Deckung.

»Ist ihr Zimmer oben oder unten?«, wollte Travis wissen.

»Es ist direkt hier unten. Das letzte Zimmer auf der rechten Seite. Dort steht auch ihr Mietwagen. Ich sehe keine verdächtigen Autos oder Personen.«

»Ich auch nicht.« Travis stand vorsichtig auf. Unauffällig schlenderten sie über den Parkplatz.

»Die Tür ihres Zimmers steht offen.« Rory beschleunigte seine Schritte. Ehe Travis ihn zurückhalten konnte, stürmte er los.

»Verdammt!« Sofort zog er seine Waffe, bemühte sich, die Situation im Blick zu behalten.

»Sie ist nicht hier!« Rory stand mit gezückter Glock im Motelzimmer und fuhr sich durch die Haare. »Mya!«

Travis checkte das Bad, bevor er sich wieder vor der Tür aufbaute. »Lass uns verschwinden«, zischte er seinem Kumpel zu. »Das könnte eine Falle sein.«

»Ihre Klamotten liegen hier herum, ihr Koffer ist offen. Sie war hier!«

»Jetzt ist sie es nicht mehr.« Travis sah ihn auffordernd an. »Wir müssen weg!«

Rory durchwühlte die Sachen. »Ihre Tasche!« Er schüttete den Inhalt aufs Bett. Schminkutensilien, Geldbeutel, Handy, Autoschlüssel, ein Revolver und ein Päckchen Patronen fielen auf die zerwühlte Tagesdecke.

»Sie hatte eine Waffe?« Travis stutzte.

»Ich habe sie ihr gegeben.« Rory nahm Revolver und Patronen an sich. »Fuck!«

»Bleib hier!« Travis steckte seine Ruger ein und lief zur Rezeption. Er riss die Tür auf, warf einen prüfenden Blick in den leeren Raum, bevor er die Lolli lutschende, platinblonde Empfangsdame anstarrte.

»Mya Munroe«, sagte er ruppig. »Hat sie ausgecheckt?«

Die Frau sah ihn gelangweilt an. »Ne«, erwiderte sie schmatzend. »Während meiner Schicht hat keiner ausgecheckt.«

»Seit wann sitzt du hier?«

»Seit Mittag.«

Travis drehte sich kommentarlos um und ging zurück zu Rory.

Sein Kumpel tigerte im Zimmer umher und zielte auf ihn, kaum dass er eintrat.

»Wow!« Travis hob die Hände. »Ich bin's nur.«

»Die verdammten Schweine haben sie.« Rory senkte die Waffe nicht und warf ihm eine rote Kappe, die ein weißes N zierte, vor die Füße.

Travis starrte sie an. »Woher hast du die?«

»Lag hier auf dem Stuhl.«

»Sie wollen, dass wir es wissen. Das heißt, sie lebt noch.«

Rory steckte seine Glock ein, schnellte unerwartet nach vorne und schlug Travis ins Gesicht. Er traf den Wangenknochen. Es knirschte. Travis schüttelte benommen den Kopf.

»Du verdammtes Arschloch hast sie alleine gelassen!«, hallten ihm die Worte seines Freundes in den Ohren. »Die werden sie umbringen.«

Travis schwankte und wehrte einen weiteren Schlag ab. Doch

Rorys Wut verrauchte nicht. Er traf ihn erneut, dieses Mal oberhalb des Kinns. Travis brüllte auf. »Du selbstgerechter Wichser! Hättest du Lisa nicht misstrauisch gemacht, wäre es gar nicht soweit gekommen.« Er spuckte Blut.

»Hättest du nicht für den Club den beschissenen Deal mit den Triaden eingefädelt, wäre die Familia niemals derart misstrauisch mir gegenüber geworden!«

Travis lachte auf. »Das ist es also? Du bist reumütig, seit Mya wieder da ist? Kaum steckt dein Schwanz in ihr, schon mutierst du zum Feigling. Letzte Woche warst du noch ganz geil auf den Deal, hast du das etwa vergessen?« Er wandte sich ab und fuhr sich mit der Hand über den Mund. Seine Lippe war aufgeplatzt, er fluchte leise.

Rory sah ihn feindselig an. »Sie ist besser als wir. Das war sie schon immer.«

»Red nicht so einen Bullshit! Sie wollte Walt umbringen, ist ihr nur nicht gelungen. Wir waren nichts weiter als ihre Handlanger. Also hör auf, sie hinzustellen als wäre sie eine Heilige.« Er schnaubte ärgerlich. »Sie hätte schon gestern abreisen sollen. Du hast keine Ahnung, in welcher Scheiße wir stecken.«

»Wie viel schlimmer kann es werden?«

Travis hob den Kopf. In Gedanken war er bereits weit weg. »Viel schlimmer, Bro. Ich muss nachdenken, aber am Ende müssen wir uns entscheiden«, sagte er. »Mya oder wir.«

Ten

Mya kam zu sich. Kurzzeitig war sie orientierungslos, doch dann erfasste sie Panik. Sie glaubte, ihre Augen nicht öffnen zu können, bis sie bemerkte, dass man ihr eine Art Sack über den Kopf gezogen hatte. Sie rang nach Luft, sah verschwommene Gestalten, hörte Lachen und spanische Worte. Der Schmerz setzte ein und sie unterdrückte ein Stöhnen. Ihre Arme fühlten sich an, als gehörten sie nicht länger zu ihr. Ihre Hände waren über ihrem Kopf gefesselt und sie spürte keinen einzigen ihrer Finger. Taube Kälte zog sich durch ihren gesamten Körper. Wenn sie sich bewegte, konnte sie die Kette hören, an der sie hing. Ihre Beine berührten gerade so den Boden. In ihrem Kopf hämmerte es und das getrocknete Blut in ihrem Gesicht spannte. Sie erinnerte sich. Norteños waren schwer bewaffnet in ihr Motelzimmer gestürmt, während sie dabei gewesen war zu packen. Irgendwer hatte ihr einen Schlag auf den Kopf versetzt. Nun war sie hier.

»Sieh nur, die Schlampe kommt wieder zu sich, *Ese!*«

Mya erstarrte augenblicklich und bemühte sich, ihre Angst unter Kontrolle zu bekommen. Aber sie fühlte sich schutzlos. Schweiß brach ihr aus den Poren, ihr Herzschlag verselbstständigte sich. Sie spürte, dass ihr Shirt den Bauch entblößte und ihre Hose weit über ihren Hüften hing. Niemals zuvor war sie sich derart ausgeliefert vorgekommen.

»Zeigt mir ihr Gesicht. Ich will sie sehen.« Die Stimme mit dem mexikanischen Akzent klang bedrohlich. Alles in Mya zog sich zusammen. Sie hörte Schritte, spürte Hände an ihrem Körper. Instinktiv trat sie nach ihren Peinigern, bis ihr jemand in den Magen schlug.

»Halt still, du Miststück.«

Sie würgte, kämpfte gegen die Übelkeit, welche Grausen und Schmerz verursachten, an, bis sie sich schließlich doch übergab. Spucke lief ihr übers Kinn und sie hörte Gelächter.

»*Maldición*, die Schlampe kotzt. Das ist widerlich, *Ese*!« Jemand riss ihr grob die Haube vom Kopf und Mya blinzelte gegen das Licht an. Die Haare hingen ihr über die Augen, aber allmählich gelang es ihr, sich zu orientieren. Sie befand sich in einer Halle, einer Art Werkstatt. Überall standen Autos und Motorräder herum, Reifen lagerten in den Ecken und es roch nach Öl und Benzin.

»Sag hallo!« Erneut boxte ihr jemand in die Seite. Mya stöhnte auf.

Ein junger Kerl kam auf sie zu. Er war eindeutig Mexikaner, trug ein rotes Stirnband über den nach hinten gegelten Haaren. Ein goldener Zahn blitzte in seinem Mund auf, als er höhnisch grinste, und auf seinem Hals prangte das Tattoo eines Sombreros mit einer Machete. Lässig schob er die Ärmel seines schwarzen Kapuzen-pullis nach oben, entblößte zahlreiche weitere Tattoos auf seinen Armen und Handgelenken. Die Cowboystiefel machten markante Geräusche auf dem betonierten Boden und verschwanden beinahe völlig unter seinen weiten Hosen. Er blieb stehen, musterte sie eingehend. Mya bemühte sich, das plötzlich aufkommende Zittern ihrer Muskeln zu unterdrücken.

»Weshalb bist du dürr wie ein Kojote? Iren tun sich beim Ficken wohl gerne weh.« Er fiel in das Lachen seiner Kumpel mit ein. Als er verstummte, taten es auch die anderen.

»Seit wann machst du deine mageren Beine schon für den Mann meiner Cousine breit?«

Mya schüttelte den Kopf. »Das tue ich nicht«, erwiderte sie beinahe tonlos.

Der Mann mit dem Stirnband legte den Kopf schief. »Alyssa ist da anderer Ansicht. Sie meinte, ihr hättet schon früher gefickt. Bevor ihr gemeinsam Walt Chandler ausgeschaltet habt.«

Mya schluckte. Ihr Mund fühlte sich völlig ausgetrocknet an. Alles schmeckte bitter. Mühsam presste sie die Frage hervor, die sie schon die ganze Zeit beschäftigte: »Wer bist du?«

Erneut brandete das Lachen auf, bevor es wieder erstarb. »Du stellst hier keine Fragen, *puta*!« Ein Tritt gegen ihr Schienbein untermalte seine Worte. »Also, noch einmal: Seid wann besorgst du's dem Mann meiner Cousine?«

»Gar nicht. Früher haben wir's getan. Aber nicht mehr seit ich zurück bin.«

»Soll ich nachsehen?« Blitzschnell fuhr seine Hand zwischen ihre Beine und Mya schrie auf. Wut überlagerte kurzzeitig ihre Angst. Sie spannte sich an, ignorierte den stechenden Schmerz in ihren Armen und versetzte dem Kerl einen Kick. Sie brachte ihn zum Straucheln, doch ehe sie sich versah, schlug er sie mit der flachen Hand ins Gesicht. Ihr Kopf flog herum, sie verlor die Balance. Hilflos baumelte sie an ihren Fesseln, während sie das Gefühl hatte, die Arme würden ihr ausgerissen werden.

»Lass den Scheiß, *puta*!«, zischte der Mexikaner. »Sonst muss ich dir wehtun. Und wir schlagen Frauen nur sehr ungern.« Er griff an ihren Hosenbund und unterbrach ihr Getaumel. Sie spürte seine Finger an ihrem Slip. Er strich über ihr Schambein. Mya verzog angewidert den Mund.

»Du scheinst mich nicht zu verstehen«, flüsterte er gefährlich leise. »Ich wiederhole mich nur höchst ungern. Das ist deine letzte Chance. Seit wann fickst du dieses Arschloch Rory?«

»Ich ficke ihn nicht!«, spie sie dem Kerl entgegen. »Ich ficke seinen Freund Travis.«

Der Mexikaner lachte auf. »Ihr tut es zu Dritt, habe ich gehört. Stehst du drauf, es von mehreren Männern besorgt zu bekommen?«

Mya glaubte, sich erneut übergeben zu müssen. Mühsam würgte sie die aufsteigende Galle hinunter. »Das war einmal«, entgegnete sie heiser. »Rory schaut gerne zu. Das ist alles.«

»Holt er sich nebenbei einen runter?«

»Ja.« Sie hustete. Niemals würde sie ihren Freund verraten, selbst wenn sie ihn dabei als Schlappschwanz hinstellen musste. Das Gelächter der Männer hallte durch die Werkstatt.

Der Mexikaner zog grinsend seine Hand aus ihrer Hose. »Der Ire ist eine Schwuchtel. Hab ich schon immer gewusst.« Er kam noch näher an sie heran. So nah, dass sie sein Aftershave und das Haaröl riechen konnte. »Mein Name ist Paqui«, sagte er. »Es freut mich, dich kennenzulernen. Wir werden eine spannende Zeit miteinander verbringen.«

»Was willst du von mir?« Mya erstickte beinahe an ihren Worten. Sie fürchtete, dass er wusste, wessen Tochter sie war. Das Ausmaß des Leids, das ihr dann bevorstand, wollte sie sich nicht ausmalen.

»Das wirst du schon noch sehen.« Er drehte sich um und ging. Von hinten wurde ihr die Haube über den Kopf gezogen und ihre Welt verschwamm aufs Neue.

Mya schwankte zwischen Momenten der Verzweiflung und dem gnädigen Wegdriften in den Schlaf. Sie wusste nicht, wie lange sie schon gefesselt an diesem Ort hing, noch welche Tageszeit es war. Sie sah die Umrisse der grellen Neonröhren an der Decke ihres Gefängnisses, die den Blick unter der Haube nur wenig erhellten. Ihre Arme fühlten sich abgestorben an, sie fror, zitterte, konnte sich kaum noch auf den Beinen halten. Wenn sie einschlief, knickten sie unter ihr weg und rissen sie aus ihrem Dämmerzustand. Manchmal wollte sie vor Zorn schreien, manchmal vor Resignation weinen. Sie tat keines von beidem und biss sich stattdessen die

Innenseite ihrer Backen blutig, so sehr kämpfte sie darum, nicht durchzudrehen. Irgendwann während ihrer Bemühungen, sich aufrechtzuhalten, band man sie los. Sie spürte es kaum, ebenso wenig wie ihren anschließenden Sturz. Ohne sich abzufangen schlug sie hart auf dem Boden auf, prellte sich ihre Knie, die Schulter, das Gesicht. Erschöpft blieb sie liegen, bevor sie an den Fesseln hochgezerrt wurde.

»Komm mit, dumme Schlampe!«

Sie stolperte hintendrein, folgte dem Typ, den sie nur schemenhaft erkannte und der sie hinter sich herzog. Er schleuderte sie auf einen Stuhl, von dem sie beinahe wieder heruntergekippt wäre, wenn er sie nicht festgehalten hätte. Routiniert verschnürte er ihre Hände hinter der Lehne und zog ihr mit einem Ruck die Haube vom Kopf. Mya sah ihn an. Es war nicht Paqui, sondern einer seiner Leute. Er war pummlig und die Augen in seinem runden, bartlosen Gesicht blickten kalt und ausdruckslos. Sie wusste, er würde sie ohne mit der Wimper zu zucken erschießen, sollte er den Befehl dazu erhalten.

»Trink!«, sagte er und hielt ihr eine Wasserflasche hin, in der ein Strohhalm steckte. Mya begann zu saugen. Sie hatte nicht gewusst, wie groß ihr Durst gewesen war, bis sie das Wasser in ihrer Kehle fühlte. Gierig schluckte sie, bis sie kaum noch Luft bekam.

»Genug!« Paqui schob sich in ihr Blickfeld, drängte den Pummligen zur Seite. Mit zusammengekniffenen Augen ging er vor ihr in die Hocke. »Was weißt du über die Geschäfte der Green Army?«, wollte er wissen.

In Myas Kopf kreisten die Gedanken. Sie war so am Ende, dass sie nicht mehr wusste, was sie sagen durfte und was besser nicht.

»Ich weiß nichts«, entgegnete sie schwach. »Nur das, was in der Zeitung steht.« Sie bemühte sich um Konzentration. »Die Green Army und die Nuestra Familia führen einen Bandenkrieg um die Vorherrschaft über das Waffen- und Heroin-Geschäft.«

Paqui kicherte. Es klang irre. »Das weißt du also aus der Zeitung?« Er zückte ein Messer und hielt es ihr unter die Nase.

»Und was flüstern dir die Iren, wenn du ihre Schwänze lutscht? Was weißt du?«

»Wir reden nicht, wir ficken.«

»Was weißt du?«, wiederholte er und sie spürte, wie das Messer ihre Wange ritzte.

Myas Bewusstsein kehrte mit einem Schlag zurück. Ihr Herz schlug so hart in ihrer Brust, dass es wehtat. »Ich schwöre, dass ich nichts weiß!«

»Ich glaube dir nicht.« Heißes Blut lief über ihr Gesicht, vermischte sich mit dem getrockneten.

»Bitte nicht!«, flehte sie. »Travis und Rory reden mit mir nicht über solche Dinge.«

Paqui hielt inne und der pochende Schmerz in ihrem Gesicht machte Mya hellwach. »Ich bin keine *Old Lady*«, beteuerte sie. »Ich bin erst seit einigen Tagen wieder in der Stadt und der einzige Grund, warum ich zurückgekommen bin, ist, um eine Aussage zum Mordfall von Walt Chandler zu machen.«

»Hast du der Polizei gesagt, wer's war?« Paqui bewegte das Messer in Richtung Myas Auge.

»Nein.« Sie wich automatisch zurück, doch es gab kein Entkommen.

»Weil du deine Freunde nicht verraten willst, habe ich recht?«

Mya nickte automatisch und das Messer zuckte, ebenso wie sie selbst.

»Weshalb sollte ich dir dann glauben?« Er hielt inne. »Du bist loyal. Bist extra hierher zurückgekommen, um deinen Freunden ein Alibi zu verschaffen. Ich habe gehört, ihr habt euch an dem Tag von Walts Verschwinden alle dasselbe Tattoo stechen lassen.« Er lächelte aufgrund von Myas erstauntem Blick. »Ich weiß alles, Süße. Wir haben überall unsere Informanten.« Er ließ das Messer sinken, griff nach ihrem T-Shirt und zerschnitt es mit einer raschen Bewegung. Mya schrie auf.

»Scht!« Paqui legte ihr die Klinge an die Lippen. »Ich will mir nur ansehen, was euch verbindet.« Er schob den Träger ihres BHs zur Seite und sein Lächeln vertiefte sich. »Alyssa hatte recht. Du bist hübsch und dumm. Damit kann euch jeder in Verbindung bringen.« Er fuhr mit dem Messer die Konturen des Tattoos nach. Myas Atem ging schneller. »Jetzt weiß ich auch, dass sie versuchen werden, dich zu retten.« Er lachte. Leise erst, dann immer lauter bis es die gesamte Halle erfüllte und Mya einen Schauer über den Rücken jagte.

»Du bist seit langem meine wertvollste Geisel.« Er fuhr sich mit der Zunge über die Schneidezähne. »Rene Carnero hat wahrlich eine vielseitige Tochter.«

Mya hielt die Luft an. Er wusste es! Sämtliche Härchen stellten sich auf, sie spürte die Panik ihren Nacken emporkriechen.

»Ja, ich weiß es. Ich weiß alles. Du wirst für die Tat deines Vaters bezahlen, meine Schöne. Wir werden dich Stück für Stück vor deinen Freunden ausbluten lassen. Das wird die beste verdammte Orgie deines Lebens.«

»Bitte nicht!« Mya lief eine Träne über die Wange, was Paqui nur noch mehr zum Lachen brachte.

»Dein Vater war ein gottverdammtes Stück Scheiße! Die Familia hat alles für ihn getan und er hat uns verraten. Ist uns bisher noch nicht gelungen, deine Mutter zu finden, aber nun haben wir ja dich. Und mit dir diese irischen Wichser. Es wird mir eine Freude sein, euch alle Drei umzubringen und eure Kadaver auf dem Hof der Green Army in Gilroy zu entsorgen. Vielleicht hört dieser beschissene Club dann endlich auf, in unserem Revier zu wildern.«

»Nein«, flüsterte Mya, blind vor all dem Horror, der sich vor ihrem inneren Auge abspielte. Stumme Schluchzer schüttelten ihren Körper.

»Du kannst nichts daran ändern, kleine *puta*.« Er legte den Kopf schief. »Wir könnten es schneller beenden, wenn du uns etwas über die Geschäfte der Green Army erzählst.«

»Ich weiß nichts. Wirklich!« Mya hörte den hysterischen Klang ihrer Stimme. »Ich will gehen. Bitte lasst mich gehen!«

Paqui verzog den Mund. »Du darfst gehen. In mehreren Teilen. Von was möchtest du dich zuerst trennen? Finger? Ohren? Nase?«

Mya erbebte, die Tränen flossen nur so über ihr Gesicht.

»Weine nicht, das hilft dir nicht weiter. Wenn deine Freunde eintreffen, dann soll die Party beginnen und keiner will eine verheulte Schlampe sehen.« Er stand auf. »Bald seid ihr für immer vereint, ist doch romantisch. Dein Blut vermischt mit ihrem Blut, welch tragische Liebe. Den Zeitungen gefällt so ein Scheiß. Ihr werdet berühmt. Fünf Minuten in den Abendnews, was für ein Abgang!« Er stand auf und gab dem pummligen Mexikaner ein Zeichen. Dieser nickte und stülpte Mya erneut die Haube über den Kopf. Zurück im konturlosen Dunkel wimmerte sie ihr Leid hinaus, bis ihr Aufpasser ihr mit einem Schlag auf den Kopf zu verstehen gab, dass sie Ruhe geben sollte.

MYA SCHRAK HOCH, ALS SIE DIE STIMMEN HÖRTE. ALLE redeten durcheinander. Spanische Flüche und Wortfetzen überlagerten das Geräusch von Waffen, die entsichert wurden. Sie versuchte, sich zu orientieren. Kurzzeitig war sie eingenickt und wusste nicht, was vor sich ging. Schon spürte sie den Lauf einer Pistole an ihrem Kopf und das Adrenalin fuhr ihr kribbelnd durch den Körper.

»*Rápido!*« Jemand löste das Seil und zerrte sie in die Höhe. »Los, geh!«

Hilflos strauchelte sie neben dem Mann her, das kalte Eisen an ihrer Schläfe. Sie hatte Angst zu fallen, ihre Hände waren noch immer in ihrem Rücken gefesselt, ihre Beine schienen nicht mehr zu ihr zu gehören.

»Schneller!« Der Druck der Pistole verstärkte sich. Mya erlebte unterschiedlichste Empfindungen. Sie wünschte sich, er würde abdrücken, damit sie nicht gefoltert wurde oder mitansehen musste, was sie Rap und Exx antaten. Dann klammerte sie sich ans Leben, hoffte, dass alles gut ging, ein Wunder geschah, das sie rettete. Sie wollte beten, doch ihr fiel nichts ein. Vermutlich würde sie ohnehin nicht erhört werden, weil sie ihr Leben lang nicht gläubig gewesen war. Sie dachte an ihre Zeit im Kinderheim zurück, an ihre Pflegefamilien, an Benjamin. Was würde er sagen, wenn er sie so sah? Als Geisel einer mexikanischen Gang. Gefangen, weil sie zwei Mitglieder einer Motorradgang schützen wollte, die ihr einst ihren Pflegevater vom Hals geschafft hatten. In Gefahr, weil sie die Tochter eines Mannes war, der die Mesa hingehängt hatte. Es war absurd. Zu unwirklich, um tatsächlich stattzufinden. Die Pistole an ihrer Stirn, die Kugel, die sie jederzeit töten könnte. Dann wäre es vorbei, ehe es überhaupt angefangen hatte. Ihr Leben verpfuscht, ein Rätsel, ein reißerischer Bericht in den Medien. Wieso war eine Frau aus London unter den Opfern? Was tat sie hier? Man würde ihre beschissene Existenz auf den Kopf stellen, die Tragik enthüllen, Benjamin interviewen. Oder es würde gar nichts passieren. Sie würde verschwinden, nie wieder auftauchen. Ein sinnloser Tod. Auf diese Weise wollte sie nicht gehen, doch es stand nicht in ihrer Macht. Die Ungewissheit brachte sie beinahe um den Verstand.

»Deine verfluchten Freunde sind Spitzel«, zischte Paqui in ihr Ohr und sie zuckte zusammen. »Ein Special Response Team ist auf dem Weg hierher. Ich schwöre dir, dass die hier nur deine Leiche finden werden!«

Spitzel? Mya schüttelte den Kopf. Das konnte sie nicht glauben. Nicht nach alldem, was Travis ihr heute erzählt hatte. Das machte alles keinen Sinn. Mya blieb stehen, doch Paqui gab ihr einen brutalen Stoß in den Rücken. Sie stolperte vorwärts. War das ihr Ende? Würde er sie nun auf der Stelle erschießen?

In diesem Moment gab es einen ohrenbetäubenden Knall und Mya wurde zu Boden geworfen. Sie hörte Schüsse, Schritte, Schreie. Hilflos robbte sie voran, fürchtete, jede Sekunde tödlich getroffen zu werden. Sie hatte keine Ahnung, wo sie sich befand, wer die Waffe auf sie richtete. Die Maschinengewehrsalven nahmen zu, Mya schrie in Panik. Sie spürte, wie die Kugeln neben ihr einschlugen und doch war sie blind und gefesselt, unfähig davonzulaufen und sich in Sicherheit zu bringen. Das war ihr Ende. Sie rang nach Atem und weinte, bewegte sich wie eine Raupe vorwärts, bis sie gegen etwas Weiches stieß. Sie hob den Kopf, roch Blut. Sie erkannte eine Hand und spürte klebrige Feuchtigkeit an ihrer nackten Schulter. Dann wurde sie plötzlich nach oben gerissen.

»Nein!« Ein panischer Laut entrang sich ihrer Kehle, sie glaubte zu hyperventilieren.

»Keine Angst, Ma'am, wir haben sie.« Es war eine Stimme ohne mexikanischen Akzent. »Ich bringe Sie hier raus.«

Wie in Trance spürte sie Arme, die sich um sie legten, und sie stützten. Sie schluchzte auf, weil sie es nicht glauben konnte. Noch immer fielen vereinzelte Schüsse, doch zwischen sie mischten sich die Stimmen der Beamten: »Auf den Boden, Hände hinter den Kopf!«

Mya spürte frische Luft, hörte Durchsagen über Funkgeräte. Sie war nicht länger im Gebäude. Blaulicht flirrte vor ihren Augen, die Haube wurde ihr abgenommen. Es war bereits Nacht. Ein Mann mit dunklem Helm, Schutzbrille und Schutzweste über seiner schwarzen Jacke sah sie an. »Sind Sie verletzt? Geht es Ihnen gut?«

Sie nickte. Weitere Polizisten umringten sie, legten ihr eine Decke über die Schultern.

»Kommen Sie, wir müssen Sie untersuchen!« Sie wurde abgeführt, sah sich um und konnte all die Eindrücke nicht verarbeiten. Mindestens fünf gepanzerte Einsatzfahrzeuge mit der Aufschrift *ICE Gang Unit* standen auf dem Gelände. Dazwischen ein Krankenwagen, zu dem sie nun gebracht wurde. Hilflos umklammerte sie die wärmende Decke.

»Setzen Sie sich!« Der Polizist verschwand und ließ sie in der Obhut eines Sanitäters. Der leuchtete mit einer Stabtaschenlampe in ihre Augen. »Fühlen Sie sich schwindlig?«

Mya schüttelte den Kopf und wehrte sich, als der Sanitäter sie von der Decke befreien wollte. »Ist okay«, sagte er. »Sie sind in Sicherheit. Alles wird gut.«

Sie brach in Tränen aus. Die Anspannung wich heftigem Zittern. Ihre Zähne schlugen wild aufeinander.

»Bleiben Sie ruhig«, hörte sie seine Stimme und registrierte, dass er sie sanft nach hinten legte und ihre Beine hochlagerte. »Atmen Sie tief ein und aus und sehen Sie mich an.«

Mya blinzelte. Sie sah alles verschwommen und spürte, dass er ihr eine Spritze setzte. Nach einer Weile normalisierte sich ihr Zustand wieder. Der Sanitäter nickte zustimmend und begann, die Wunden in ihrem Gesicht zu säubern. Währenddessen sprach er mit ihr, aber Mya bekam kaum etwas davon mit. Sie antwortete automatisch und suchte die Umgebung nach den zwei Menschen ab, nach denen sie sich am meisten sehnte.

»Miss Munroe.« Mya erkannte Sheriff Judith T. Mason, die zu ihr trat. »Wie geht es Ihnen?«

»Es geht mir gut«, erwiderte Mya zum wiederholten Mal. »Ich verstehe nur nicht ...«

»Sie wurden entführt.«

Beinahe hätte Mya aufgelacht. Die großen Augen des Sheriffs musterten sie. »Ich bin froh, dass Sie noch am Leben sind.«

»Woher wussten Sie ...« Mya gelang es noch immer nicht, in ganzen Sätzen zu sprechen.

»Wir bekamen einen Hinweis.« Judith T. Masons Gesicht wurde weicher. »Das ICE, die Behörde für innere Sicherheit, hat das übernommen. Sie hatten Glück im Unglück. Deren Leute werden Sie in ein Safe House bringen. Dort bleiben Sie über Nacht und morgen werden Sie zum Flughafen gefahren.«

»Ich darf nach Hause?«

»Das dürfen Sie. Mir war nicht bewusst, dass die Nuestra Familia es auf Sie abgesehen hat. Deshalb unterstehen Sie von nun an dem Schutz der Bundesbehörden. Kommen Sie nicht wieder nach Salinas zurück, Miss Munroe. Der Name Ihres Vaters bedeutet hier Ihr Todesurteil. Hätte ich das vorher gewusst, wären Sie niemals zu Ihrer Aussage hierher bestellt worden.«

Mya hörte die Worte, aber sie verstand nicht. Wo waren Rap und Exx? Weshalb kamen sie nicht? Und warum verfrachtete man sie in ein Safe House?

»Ich ...« Sie rieb sich die Stirn, um wieder klar denken zu

können. »Brauchen Sie denn gar keine Stellungnahme von mir? Ich meine, was passiert mit den Leuten, die mich entführt haben?«

»Überlassen Sie das dem ICE. Diese Männer, die Sie in Ihrer Gewalt hatten, sind aktenkundig. Man wird sich um sie kümmern.«

»Um sie kümmern?« Mya schüttelte verständnislos den Kopf. »Die wollten mich umbringen!«

»Das ist uns bewusst, Miss Munroe, aber nun geht es um Ihre Sicherheit. Sie müssen raus aus Salinas.«

»Kann ich telefonieren?«

»Selbstverständlich.« Judith T. Mason langte in die Innentasche ihrer Jacke, zog ein Handy heraus und reichte es Mya. Diese setzte sich auf und starrte es an.

»Sie können Ihren Anwalt anrufen, falls Sie das wünschen«, erklärte der Sheriff.

Mya zögerte. Brauchte Sie einen Anwalt? Doch welchen sollte sie anrufen? Sie kannte keinen in der Stadt.

»Im Safe House warten Ihre persönlichen Gegenstände auf Sie. Vertrauen Sie mir. Die Bundesbehörden sorgen dafür, dass Sie morgen Ihr Flugzeug erreichen.« Judith T. Mason berührte sie am Arm. »Lassen Sie die Dinge in dieser Stadt hinter sich, Miss Munroe, und kommen Sie niemals zurück.«

Mya wog ihre Möglichkeiten ab, bevor sie dem Sheriff das Handy zurückgab. »In Ordnung«, sagte sie, lehnte sich gegen die Wand des Krankenwagens und schloss die Augen.

EINE STUNDE SPÄTER SAẞ SIE AUF DEM RÜCKSITZ EINES unauffälligen schwarzen Sedan und starrte auf die Hinterköpfe der beiden Zivilpolizisten, die sie zum Safe House fuhren. Sie kam sich vor wie eine Schwerverbrecherin. Die Beamten sprachen kein Wort miteinander und Mya beschlich ein beklemmendes Gefühl. Sie dachte daran, was Rap ihr vor einigen Tagen im Motel gesagt hatte, bevor er ihr den Revolver gegeben hatte. *Selbst die verdammte Polizei kämpft auf unterschiedlichen Seiten.* Und Paqui hatte durchblicken lassen, dass die Nuestra Familia überall ihre Informanten hatte. Mya behagte das nicht, sie glaubte, niemandem mehr vertrauen zu können. Selbst Rap und Exx ließen sie im Stich. Konnte es sein, dass sie tatsächlich Spitzel waren?

Sie sah aus dem Fenster, beobachtete die Straße, die sie zu einem unbekannten Ziel brachte. Bereits morgen würde sie im Flieger nach London sitzen. Sie würde in ihr Leben zurückkehren, das sich nun noch eigenartiger anfühlte als zuvor. Wie ein Pullover, den man verkehrt herum anzog. Ihr Weg nach Salinas hatte ihr nur noch mehr Ungereimtheiten beschert. Noch mehr Ängste. Sie war nicht bereit, in ihre Wohnung zu gehen und mit Benjamin zu reden. Es war nicht abgeschlossen. Ihre ganze beschissene Vergangenheit verfolgte sie mehr als jemals zuvor!

»Wir sind da.« Das Auto fuhr auf den Parkplatz eines einfachen Hauses mitten in Gonzales, der Nachbarstadt von Salinas. Weit hatte man sie nicht gebracht. Mya wagte sich kaum zu bewegen. Im unbeleuchteten Hauseinangang erschien eine Frau.

»Das ist Special Agent Kate Rosales. Sie wird sich um Ihre Sicherheit kümmern«, sagte einer der Beamten und stieg aus. Der andere drehte sich zu ihr um. »Machen Sie sich keine Sorgen, Miss Munroe, wir wissen, was wir tun.«

Mya nickte und zuckte zusammen, als von außen die Tür des Wagens geöffnet wurde. Aus irgendeinem Grund glaubte sie, jeden Moment wieder eine Waffe an den Kopf gehalten zu bekommen. Sie stieg aus und bemerkte, dass ihre Knie noch immer wackelig waren.

Die Beamten nahmen sie in ihre Mitte und geleiteten sie zum Haus. »Miss Munroe, es freut mich.« Kate Rosales gab ihr die Hand. »Kommen Sie herein.« Sie sah sich misstrauisch um, gab den Beamten weitere Anweisungen und schloss die Tür hinter sich. Mya blieb unschlüssig stehen. Das Innere des Hauses war nur spärlich beleuchtet und möbliert. Sämtliche Fenster waren verriegelt, die Rollläden heruntergelassen. Mya rieb sich die Oberarme. Sie fror erbärmlich, obwohl man ihr inzwischen einen Pullover gegeben hatte. Kate Rosales drehte sich zu ihr um.

»Sind Sie vertraut mit den Vorkehrungen in diesem Haus?«
Mya schüttelte den Kopf.

Kate Rosales sah sie an. Ihr Blick war scharf und sie schien nicht der Typ Frau zu sein, der besonders mitteilungsbedürftig war. Ihre glatten braunen Haare waren zu einem Pferdeschwanz gebunden, sie trug ein schwarzes T-Shirt über schwarzen Cargohosen, knöchelhohe Boots und ein Waffenholster, das zusätzlich am Oberschenkel befestigt war.

»Sie sind in einem Safe House des ICE, das bedeutet, dass Sie sich unter dem Schutz einer Bundesbehörde befinden. Sie müssen zu jeder Zeit meinen Anweisungen Folge leisten und dürfen nicht telefonieren. Aus diesem Grund haben wir Ihr Handy konfisziert. Sie erhalten es zurück, wenn Sie morgen abreisen. Für die Zeit Ihres Aufenthalts dürfen Sie sich frei im Haus bewegen, allerdings würde ich Sie darum bitten, mir zu sagen, wohin Sie gehen. Lassen Sie zu Ihrer eigenen Sicherheit das Licht in den Räumen aus und schlafen Sie nach Möglichkeit auf dem Sofa, wo ich Sie sehen kann. Haben Sie Hunger?« Sie deutete auf die angrenzende Küche. »Bedienen Sie sich. Die Auswahl ist nicht groß, aber Sie können sich nehmen, was Sie wollen.«

Mya nickte. »Ist es okay, wenn ich dusche?«

»Natürlich.« Kate Rosales deutete mit dem Kinn den Gang hinunter. »Das Bad ist dort hinten. Ihre persönlichen Gegenstände stehen in der Küche.«

Mya lugte um die Ecke. Sie entdeckte ihren Koffer und öffnete ihn. Jemand hatte ihre Klamotten gepackt. Auch ihre Umhängetasche war da. Außer Pistole, Munition und Handy schien nichts zu fehlen. Sie konnte es kaum fassen. Erschöpft wühlte sie in ihrem Koffer, beförderte frische Unterwäsche, Shirt, Pullover und eine Jeans zutage und ging ins Bad. Obwohl Kate gesagt hatte, dass sie das Licht auslassen sollte, beschloss Mya, sich dem Befehl zu widersetzen. Sie sah sich um. Das Bad war winzig, die Fliesen schäbig und die Armaturen veraltet. Mya kümmerte sich nicht darum und beeilte sich, ihre Kleidung abzulegen. Vorsichtig hielt sie ihr zerschnittenes Shirt in die Luft, sah die Blutflecke und presste sich eine Hand vor den Mund, um nicht laut aufzuschluchzen. Sie fühlte sich beschissen. Einsam und gefangen in einer absurden Situation, gepeinigt von den Erinnerungen der letzten Stunden, die wie Blitze durch ihren Kopf zuckten und sie den Horror erneut erleben ließen. Angeekelt ließ sie das Shirt zu Boden fallen und drehte das Wasser auf. In der Dusche lag ein Stück Seife, das nicht mehr ganz frisch aussah. Mya war es egal. Sie stellte sich unter den Wasserstrahl, genoss das heiße Wasser, das ihr beinahe die Haut verbrannte, und beobachtete, wie das getrocknete Blut sich auflöste und den Schaum verfärbte. Mehrmals schrubbte sie sich mit der Seife ab, bis sie glaubte, ihre Haut müsste sich auflösen. Die Abschürfungen an ihren Handgelenken brannten ebenso wie ihre Wunden im Gesicht. Doch Mya ignorierte die Schmerzen. Sie waren nichts gegen all die verstörenden Gefühle in ihrem Inneren. Sie blieb unter dem Wasser, bis es kalt wurde. Anschließend stieg sie aus der Dusche, trocknete sich mit einem der rauen Handtücher ab, zog sich an und ging zurück in die Küche.

Kate Rosales saß am Tisch und trank einen Kaffee. »Möchten Sie auch?«, fragte sie.

Mya schüttelte den Kopf. »Ich werde mich hinlegen.«

»In Ordnung.«

Sie drehte sich um, ging zum Sofa und wickelte sich dort in eine der Decken. Unablässig verharrte ihr Blick auf Agent Rosales, bis das Bild schließlich verschwamm und Mya in einen traumlosen Schlaf sank.

Eleven

»Meinst du, es geht ihr gut?« Rory lehnte den Kopf zurück, ohne das Haus aus den Augen zu lassen. Nur noch eine Stunde bis zum Sonnenaufgang. Bald hatten sie es geschafft.

»Sie lebt«, murmelte Travis neben ihm. Seit ihrer Entscheidung der letzten Nacht gab sich sein Bruder wortkarg. Es hatte Rory erstaunt, was Travis angedeutet hatte. Dinge, von denen er nichts geahnt hatte. Noch immer schwankte er zwischen der Enttäuschung darüber, dass sein Kumpel solche Geheimnisse vor ihm hatte, und der Erleichterung, dass diese Geheimnisse Mya am Ende vermutlich das Leben retteten.

Er drehte den Kopf und musterte Travis. Sein bester Freund saß am Steuer des schwarzen Firebird, den sie so geparkt hatten, dass die Motorhaube mit dem Logo des Clubs nahezu in einer Hecke verschwand. Das Kinn berührte fast seine Brust, doch Rory wusste, dass er hellwach war. Das waren sie beide. Sie waren angespannt wie ein schussbereiter Colt. Es war riskant, hier zu sein, so wie alles andere, was sie in den letzten achtzehn Stunden getan hatten. Etwas weiter die Straße runter parkte der schwarze Sedan mit den

Bundesbeamten, die das Haus ebenfalls observierten. Sie hatten den Firebird längst bemerkt, doch Rory vermutete, dass dieser Marella Anweisungen gegeben hatte, sie in Ruhe zu lassen.

»Du solltest mir endlich sagen, was du da für eine Scheiße unterschrieben hast!« Rory deutete auf das Handy, das zwischen ihnen im Auto lag.

Travis hob den Kopf. Sein Gesicht lag im Dunkeln, doch Rory spürte die Wut, die von seinem Kumpel ausging.

»Was interessiert es dich? Es ist mein Arsch, der über glühenden Kohlen hängt. Du bist raus, ebenso wie Mya«, zischte er.

Rory schüttelte den Kopf. »Nein, Bro, komm mir nicht so. Du kannst mich nicht länger da raushalten. Gib mir eine Möglichkeit, dir zu helfen.«

»Du kannst mir nicht helfen, verdammt!« Sie starrten einander an.

»Es ist alles cool«, lenkte Travis nach kurzer Zeit ein. »Es war damals meine Idee, der Green Army beizutreten und das Geschäft in Salas aufzuziehen. Jetzt ist es auch meine Aufgabe, das nicht zu versauen.«

Rory verschränkte die Arme vor der Brust. »Darf ich dich was fragen?«

»Hm?«

»Bist du der Green Army wegen mir beigetreten? Um mir Schutz im Gefängnis zu besorgen?«

Die nachfolgende Stille war Rory Antwort genug, dennoch bohrte er nach: »Du hast gesagt, die Braunen gehen dir auf den Sack, du willst selbst etwas bewegen. War's wirklich so?«

Travis grunzte. »Du denkst zu viel über die Vergangenheit nach, Bro. Lass es sein, spielt alles keine Rolle mehr.«

»Hey, wir sind zusammen aufgewachsen, Mann. Lass mich nicht hängen.«

»Das tue ich nicht!«, brauste Travis auf. »Du hast verdammt nochmal darum gebettelt, dass wir Mya retten und jetzt lass mich mein Ding durchziehen. Ich habe dich damals schon gewarnt, aber du wolltest ja nicht hören. Warst geblendet von ihrer engen Muschi und ihren großen, hilflosen Augen. Und jetzt sieh uns an! Alles, was wir uns aufgebaut haben, ist dabei, den Bach runterzugehen. Ich scheiß auf die Vergangenheit, aber ich brauche dich, um das zu überstehen. Hast du mich verstanden?«

»Dann sag mir endlich, was du für einen Deal mit diesem Marella gemacht hast!«

»Ich habe meine Seele dem Teufel verkauft, Bro.« Travis schlug mit der Faust auf das Lenkrad. »Sag mir, dass sie das wert ist.«

Rory sah zu dem Haus hinüber, das hundertste Mal in dieser Nacht. »Sie ist es wert.«

Travis ächzte und setzte sich bequemer hin. »John Marella hat im Knast damit begonnen, mich zu erpressen. Er sagte, er wüsste, dass ich etwas mit dem Mord an Walt Chandler zu tun habe. Er wollte über die Green Army Zugang zu den Geschäften mit den Triaden erhalten. Offenbar ermittelt der MI5 in England parallel gegen unseren Waffenlieferanten, die Real IRA. Die wollen das Netz zuziehen.«

Rory horchte auf. »Die haben keine Beweise gegen dich«, sagte er. »Sonst hätten sie dich nicht freigelassen.«

»Weiß ich selbst«, knurrte Travis. »Aber dann kamen sie mit Mya und ihrem bescheuerten Vater um die Ecke. Marella meinte, er würde sie einbuchten und der Familia stecken, wer sie ist, damit die ihre Blutrache verüben können. Ich hatte keine andere Wahl.«

»Was hast du getan?«

»Ich habe ihnen von dem Deal mit der RIRA erzählt, dachte, ich komme damit durch und bekomme Mya frei. Marella hat so getan, als sei er zufrieden, meinte, Mya könnte das Land verlassen, aber dann ...«

»Er hat der Nuestra Familia gesteckt, wer Mya ist, um dich noch mehr zu erpressen und dir weitere Informationen zu entlocken«, mutmaßte Rory.

»So ist es. Er wusste, dass ich mehr weiß.« Travis sah aus, als müsste er sich beherrschen, um nicht laut loszubrüllen. »Dieses Arschloch hat mich gelinkt!«

»Er hat Myas Leben aufs Spiel gesetzt.« Rory ballte die Hände zu Fäusten.

»Er hat gepokert. Wäre ich nicht erschienen, um ihm einen neuen Deal vorzuschlagen, wäre Mya auf jeden Fall drauf gegangen. Wir vielleicht auch, wenn wir eigenhändig versucht hätten, sie zu retten.«

»Was soll das Handy?« Rory starrte das altmodische Modell an, als wäre es Sondermüll.

»Ist Bestandteil des Deals. Damit überwachen sie mich. Sie wissen, wo ich bin und ich muss mich alle vier Stunden melden. Wenn sie Wind davon bekommen, dass ich sie auffliegen lasse, zerreißen sie den Vertrag.«

»Und was steht da drin?«

»Dass sie Mya in Schutzhaft nehmen, bis sie im Flugzeug sitzt. Dass die Green Army aus dem RICO Fall herausgenommen wird. Und dass mein Name nicht preisgegeben wird. Dafür verrate ich ihnen Zeitpunkt und Ort der Waffenübergabe an die Triaden. Man wird die anwesenden Green Army Mitglieder festnehmen, aber das war's. Der Club wird nicht zerschlagen. Die Bundesbehörden schnappen sich die Triaden und auf dem internationalen Weg den Händlerring der RIRA.«

»Scheiße.« Rory lockerte sein angespanntes Genick. »Wenn wir auffliegen, sind wir tot. Dem Club versiegt damit auf einen Schlag ein Großteil seiner Einnahmequellen. Das wird Cringe misstrauisch werden lassen. Wir sind nicht lange genug dabei, um uneingeschränktes Vertrauen zu genießen, und bei der Reichweite dieser Operation muss ihm klar sein, dass jemand aus seinen eigenen Kreisen geplaudert haben muss.«

»Ist mir bewusst.« Travis stützte den Ellbogen auf seinem Oberschenkel ab. »Das ist das Risiko, das ich eingehen musste. Mya oder wir. Wenn Cringe uns wirklich verdächtigt, dann sind wir nicht mehr zu retten. Dann gehen wir nicht durch das Gesetz unter, sondern durch die Hand eines Green Army Mitglieds.« Sie wechselten einen Blick miteinander. »Und jetzt sag mir nochmal, dass wir gerade das Richtige tun.«

Rory atmete tief durch. Er konnte sich nur vage vorstellen, was Mya durchgemacht hatte. Sie hatte nicht geahnt, was ihr bevorstand, als sie vor einer Woche hier eintraf. Noch nicht einmal er selbst hatte geahnt, was auf ihn zukam.

»Ich habe gerade meine Familie verloren«, sagte er ruhig. »Nach all dem, was ich gehört habe, blieb Lisa keine große Wahl. Mal abgesehen davon, dass sie schon immer ein Miststück war, hat ihr Cousin sie vermutlich gezwungen, mich zu verraten. Vielleicht wäre das ohne Mya nicht passiert. Vielleicht doch. In einigen Wochen. Wer weiß das schon? Ich war verdammt dumm zu glauben, dass ich Salas verarschen kann. Dass ich gegen die Familia gewinne. Niemand tut das. Weder das FBI noch die Green Army. Wir sollten hier verschwinden, Bro.«

Travis lachte leise. »Mya ist ziemlich gut darin, dir Scheiße in dein Hirn zu pflanzen«, erwiderte er. »Wo willst du denn hin?«

»Kanada.«

»Um dort glücklich zu werden bis ans Ende deiner Tage?«

Rory schluckte den aufkeimenden Zorn hinunter. »Vielleicht sollten wir sie mitnehmen.«

Travis sah ihn an, als sei er verrückt geworden.

»Was ist?«, verteidigte er sich automatisch. »Wir Drei gehören zusammen. Warum sonst sitzen wir hier und passen auf, damit die braunen Hurensöhne sie nicht ein weiteres Mal in die Finger bekommen?«

»Sie hat ein Leben, Mann!« Travis schüttelte aufgebracht den Kopf. »Willst du ihr das versauen? Sie hat es beinahe geschafft und nun kommst du mit deinen bescheuerten Ideen um die Ecke und nimmst ihr all das, was sie sich aufgebaut hat.« Er schnaubte. »Sie hat einen Freund.«

Die Neuigkeit gefiel Rory nicht. Er schluckte hart. »Was ist das für ein Typ?«

»Ich weiß es nicht!« Travis klang genervt. »Er ist nett, hat einen guten Job. Sie wohnen in den Hampstead Heights. Klingt nobel oder nicht?«

»Das hat sie dir erzählt?«

»Ja, und ich denke, dass sie ihn wirklich mag. Also versuch erst gar nicht, sie in irgendetwas hineinzuziehen. Was immer zwischen uns besteht, es muss hier und heute enden, Bro!«

Rory starrte erneut das Haus an. Er hatte keine Angst um sein Leben, sondern einzig um das von Mya. Die Vorstellung, dass sie in einigen Stunden zurückfliegen würde, machte ihn wahnsinnig. Er wollte sie nicht verlieren, nicht nach alldem, was zwischen ihnen geschehen war. Das mochte egoistisch sein, doch sie konnten die Sache mit den Triaden durchziehen und dann abhauen, nachdem sie aus der Haft entlassen wurden. Es war möglich. Sie mussten es nur versuchen.

»Hör auf, darüber nachzudenken!« Travis stieß ihn in die Seite. »Du bist der größte Schwachkopf, den ich kenne.«

Ein Blitz durchzuckte die Nacht. »Fuck!« Rory reagierte instinktiv. Neben ihm zückte Travis ebenfalls seine Waffe.

»Wär zu schön gewesen, wenn die Braunen sich ruhig verhalten hätten.«

Die Bundesbeamten im Sedan auf der anderen Straßenseite zogen die Köpfe ein, doch der Trupp der Norteños hatte sie bereits im Visier.

»Ich habe Marella gewarnt, verdammt!« Travis öffnete die Fahrertür und ließ sich hinausgleiten. Rory hörte das dumpfe Fauchen der Schalldämpfer. Sich mit einem Exekutionskommando der Mesa, den obersten Köpfen der Nuestra Familia, anzulegen, war als würde man versuchen, durch ein Minenfeld zu rennen. Man musste Glück haben, um das zu überleben. Rory öffnete ebenfalls seine Tür und duckte sich zwischen Auto und Hecke. Travis fand sich hinter ihm ein.

»Wie viele siehst du?«, fragte er.

»Zwei rechts und links vom Sedan. Scheiße!« Er sah Blut gegen die Windschutzscheibe spritzen. »Sie haben einen der Agenten ausgeschaltet.«

Weitere Schüsse, dieses Mal ungedämpft, hallten durch die Nacht.

»Der andere versucht sich zu wehren.« Rory sah, dass der Beamte durch die rückwärtige Scheibe seines Autos feuerte. »Wird ihm nicht helfen.« Wie um seine Worte zu untermauern, verstummten die Schüsse.

»Das war's.« Travis fluchte und Rory nahm nun das Haus ins Visier, wo sich die Tür einen Spalt breit öffnete, bevor sie wieder von innen verriegelt wurde.

»Eine einzige Beamtin zum Schutz von Mya. Dieser Vize-Staatsanwalt ist ein echter Optimist«, knurrte er und beobachtete die dunklen Gestalten, die geduckt über die Straße rannten.

»Ich zähle sieben.« Travis schob sich an ihm vorbei. »Wir schießen erst, wenn sie nahe genug heran sind und wir sie sicher ausschalten können. Wenn die erst wissen, wo wir sind, dann war's das auch für uns.«

Rory nickte. »Du hast gewusst, dass sie kommen, oder?«

»Hab's geahnt. Marella ist ein Arschloch. Die Ermittlungen sind für ihn ein Karrieresprung. Wenn der RICO Fall durchgeht, dann steigt er garantiert auf. Außerdem hat er die vertraglich zugesicherten Maßnahmen getroffen. Für jemanden, der nicht gerade auf der roten Liste der Nuestra Familia steht, ist diese Schutzhaft ausreichend.«

»Nehme an, dass ihm niemand nachweisen kann, wie er an deine Unterschrift gekommen ist.« Rory verzog angewidert den Mund. »Den Kerl würde ich gerne tot sehen.«

»Der ist es nicht wert!« Travis bedeutete ihm, den Mund zu halten und Rory behielt das Haus im Blick.

»Die teilen sich auf«, flüsterte er und sah Travis das Handy zücken. Er verstand. Sein Kumpel versuchte, Hilfe anzufordern. Vielleicht trug die Nachricht vom Tod der beiden Beamten dazu bei, dass Verstärkung geschickt wurde. Er hörte das leise Gemurmel seines besten Freundes, dann bemerkte er dessen undurchdringliche Miene.

»Marellas Laufbursche gibt es weiter.« Er schnaubte. »Die Beamtin im Haus schlägt hoffentlich ebenfalls Alarm. Die hat sicher schon gecheckt, dass ihre Unterstützung vor dem Haus für immer außer Gefecht gesetzt wurde.«

»Wir können nicht länger warten!« Rory wurde nervös, als er zwei Norteños vor der Tür bemerkte. Mit zwei gezielten Schüssen knackten sie das Türschloss.

»Okay, wir teilen uns ebenfalls auf.« Travis trat den Rückzug an. »Ich pirsche mich von hinten an das Haus heran und du übernimmst die Vorderseite.«

»Alles klar.«

»Viel Glück, Bro!« Sie besiegelten ihr Vorhaben mir der Ghettofaust, bevor sich jeder von ihnen auf den Weg machte. Travis verschwand mit einem kaum hörbaren Rascheln im Gebüsch, während Rory erneut seine Glock checkte. Seine Nerven lagen blank, so viel stand fest. Es war bei Gott nicht das erste Mal, dass er sich einer gefährlichen Situation aussetzte, aber das erste Mal, dass es dabei um einen Menschen ging, der ihm mehr bedeutete als sein Leben. Dieser Gedanke setzte ihm zu. Obwohl er wusste, dass Travis recht hatte und es nur vernünftig war, dass Mya nach Hause flog, war ihm ebenso bewusst, dass es verdammt schwer werden würde, sie gehen zu lassen, wenn er sie erst einmal wieder in seinen Armen hielt.

»Ich bring euch um, ihr Scheißkerle!« Er stand auf, pirschte sich entlang der Büsche an das Haus heran und zielte auf die beiden Norteños. Der eine hob den Fuß, um die Tür einzutreten. In diesem Moment drückte Rory ab. Er traf ihn in den Hals und der Typ sackte zur sofort zu Boden, während sich sein Kumpel reflexartig duckte und Deckung suchte. Doch er hatte seine Rechnung ohne Rory gemacht. Sein zweiter Schuss saß ebenso präzise und pustete dem Norteño das Hirn weg. Der Kopf des Mexikaners wurde zurückgeschleudert und er fiel rückwärts von der Treppe. Rory sog fieberhaft Luft zwischen seinen Vorderzähnen ein und rannte über die offene Rasenfläche. Mit einem Kick stieß er den leblosen Körper des ersten Opfers zur Seite, stellte sich mit dem Rücken an die Hauswand und klopfte. Aus dem hinteren Teil des Gartens hörte er weitere Schüsse.

»Lassen Sie mich rein!«, zischte er. »Ich kann Ihnen helfen.«

Keine Reaktion. Er klopfte erneut, die Waffe erhoben, während sein Blick hektisch die Gegend absuchte. »Mein Name ist Rory Dawley. Ich bin ein Freund Ihrer Schutzbefohlenen.«

Dieses Mal rührte sich etwas. »Wer ist bei Ihnen?«, hörte er eine gedämpfte Stimme hinter der Tür.

»Mein Kumpel Travis McAlister. Wir kennen Mya von früher.«

Schweigen. Rory trat ungeduldig von einem Bein aufs andere. Die Schüsse hinter dem Haus nahmen zu. Er bemerkte Menschen an den Fenstern auf der gegenüberliegenden Seite der Straße. Dies schien kein Viertel zu sein, in dem man wegsah. Das ließ ihn auf baldige Polizeiunterstützung hoffen. Die Tür sprang auf und er blickte in die Mündung einer Waffe. Automatisch hob er die Hände. »Sie sollten nicht lange nachdenken, Ma'am«, sagte er eindringlich. In diesem Moment traf eine Kugel die Holzverkleidung der Treppe. Splitter flogen umher und Travis rannte ums Hauseck.

»Rein da!« Er übersah bewusst die Waffe der Agentin und drängte alle in den Hausflur.

»Was soll das?« Die Frau in Uniform versetzte Rory einen gezielten Tritt in den Magen und er ging keuchend zu Boden. Travis knallte die Tür hinter ihnen zu.

»Hören Sie mir zu«, brüllte er die Agentin an. »Dort draußen sind ihre Feinde, okay?« Er sah sich um und Rory hob ebenfalls den Kopf, obwohl er kurzzeitig glaubte, keine Luft mehr zu bekommen. Dann sah er sie. Mya. Auf ihrem Gesicht lag blankes Entsetzen, bevor sie erkannte, wer vor ihr stand. »Exx!«

Sein Kumpel schlang die Arme um sie und Rory ergriff die Hand der Beamtin.

»Mein Name ist Kate Rosales«, murmelte sie und zog ihn auf die Beine. Es klang nicht nach einer Entschuldigung. »Wie viele sind dort draußen?«

»Ich habe zwei erledigt«, erwiderte er und ging zu Mya. Sie ließ Exx los und umarmte nun ihn. Für einige Sekunden erlaubte er sich das befreiende Gefühl, sie gesund bei sich zu wissen.

»Ich habe drei erwischt. Dann sind es noch zwei. Aber ich habe den Eindruck, dass es noch mehr sind. Haben Sie Verstärkung angefordert?« Travis überprüfte die Fenster. »Gibt es eine Möglichkeit, nach draußen zu sehen? Wir sitzen hier ja wie die Kaninchen in der Falle.«

»Ich habe Verstärkung angefordert.« Kate Rosales musterte sie noch immer misstrauisch. »Und die Fenster bleiben zu! Das ist Vorschrift.«

»Geht's dir gut?« Rory beugte sich zu Mya hinunter und gab ihr einen Kuss auf den Haaransatz.

»Ja.« Ihre Stimme klang wie die einer Maus. Ihr Gesicht sah übel aus.

»Sind das Schnittwunden?«

Sie nickte und er presste seine Lippen aufeinander. Dafür würden diese Schweine büßen!

»Die werden versuchen, irgendwie hereinzukommen.« Travis lief den Gang hinunter. »Haben Sie noch weitere Schusswaffen?«

Kate Rosales zögerte und Rory hob eine Augenbraue. »Sagen Sie mir nicht, die lassen Sie sich einzig mit Ihrer SIG Sauer verteidigen. Den Agenten des ICE hätte ich mehr Feuerkraft zugetraut.«

Sie deutete mit dem Kinn in Richtung Küche. »Im Schrank neben dem Kühlschrank steht noch eine Remington.«

»Ich bin beeindruckt«, erwiderte Rory sarkastisch. »Das hilft uns enorm weiter.«

»Wer sind diese Angreifer?« Die Agentin schien noch immer unsicher zu sein, ob sie den Eindringlingen vertrauen konnte. Sie senkte ihre Waffe nur langsam.

»Nuestra Familia. Das hätten Sie sich nach dem Eingreifen des Einsatzteams doch denken können.«

Ihre Augen weiteten sich kurzzeitig und Rory wurde bewusst, dass man sie nicht ausreichend informiert hatte.

»Die Mesa verlangt nach Blutrache. Sind Sie mit derartigen Vorfällen vertraut?«

»Das bin ich.« Sie warf sich zur Seite, weil ein Schuss die Tür durchschlug.

Rory stellte sich schützend vor Mya und drängte sie zurück. Es folgten weitere Schüsse und Kate Rosales gab ihnen zu verstehen, sich in die hinteren Räume zurückzuziehen.

»Lassen Sie mich raten«, rief Rory gegen das Geballer an, »normalerweise stellt man Sie dann nicht alleine zum Personenschutz ab.«

»Nein, verdammt!« Kate Rosales rollte sich auf den Rücken und schoss ein ganzes Magazin auf die Tür. Blitzschnell ließ sie das leere hinausfallen und legte ein neues nach. Rory begann die Frau sympathisch zu werden.

»Wir müssen hier raus«, flüsterte ihm Travis zu. Sie nahmen Mya automatisch in ihre Mitte. »Wenn wir hierbleiben, ist das unser Todesurteil.«

»Sehe ich auch so.« Er sah Mya an. »Kennst du dich hier aus?«

Sie nickte zögerlich. »Dort hinten ist das Bad. Dort gibt es ein kleines Fenster, aber es ist ebenso verschlossen.«

»Dann sollten wir's übers Dach versuchen.« Travis rannte voraus und Rory warf Kate Rosales einen Blick zu.

»Kommen Sie zurecht?«

Die Agentin nickte, doch ihr verbissener Gesichtsausdruck sprach eine andere Sprache. »Bringen Sie sie aus dem Schussfeld!«, rief sie. Das ließ sich Rory nicht zweimal sagen. Er nahm Myas Hand und zog sie mit sich. Der Beschuss nahm zu.

»Was ist mit den Beamten vor dem Haus?« Sie sah ihn an, doch er schüttelte den Kopf und ihre Augen füllten sich mit Tränen. Er drängte sie voran.

»Halte dich dicht hinter Travis«, forderte er sie auf. Sie durfte jetzt nicht zusammenbrechen. Erst mussten sie dieser Hölle entkommen, dann konnte sie sich gehenlassen. »Los, mach schon!« Energisch schob er sie in Richtung der ausziehbaren Leiter, die Travis gerade herunterholte.

»Die werden mich foltern«, wimmerte Mya und Rory griff sie bei den Schultern.

»Sieh mich an«, brüllte er. Sie blinzelte erschrocken. »Wir

bringen dich hier raus, ist das klar? Du musst jetzt stark sein. Lass uns dir helfen.«

»Kommt schnell!« Travis erklomm die Leiter. Im Eingangsbereich nahm der Kugelhagel zu. Rory hörte Kate Rosales aufschreien.

Ohne zu zögern hob er Mya hoch, half ihr dabei, Halt auf der Leiter zu finden, und folgte ihr eilig. Spanische Worte hallten über den Flur.

»Sie kommen, Bro«, informierte Rory seinen Bruder, wohl wissend, dass der Dachboden auch ihr sicheres Grab sein könnte, wenn sie keinen Weg hinaus fanden.

»Hilf mir!« Travis stemmte sich gegen ein schräges Dachfenster. »Es ist klein, aber uns bleibt keine andere Wahl.«

Rory ging zu ihm. Er zerschoss die Sicherheitsverriegelung des Fensters und öffnete den Rollladen. Travis zerschlug das Glas mit dem Ellbogen. »Raus hier!«

Rory drehte sich zu Mya um. Das schwache Licht der Straßenlaternen erhellte ihr zerschundenes Gesicht. Verstört sah sie durch die Öffnung im Dachboden. »Die werden mich foltern«, wiederholte sie.

Rory ging zu ihr, bückte sich, um die Schlaufe der Leiter zu erreichen und riss sie nach oben. Die Leiter klappte sich ein und der Mechanismus schloss sich klickend. Er stand wieder auf. »Das werde ich nicht zulassen!«, sagte er und bugsierte sie zum Fenster. Er und Travis wechselten einen Blick. Mya war traumatisierter als erwartet und das machte die Sache nicht einfacher.

»Die werden schnell feststellen, wo wir uns befinden«, sagte Travis und zwängte sich mit dem Kopf voraus aus dem Fenster. Dann streckte er die Hände hinein, um Mya zu helfen. Wie eine wehrlose Puppe ließ sie sich emporziehen. Rory behielt die Leiter im Auge, bevor auch er auf das Dach entschwand. Die Bitumenschindeln knirschten unter seinen Sohlen. Sie legten sich hin und und sondierten die Lage.

»Ich sehe drei direkt unter mir«, flüsterte Travis.

»Die meisten sind inzwischen vermutlich im Haus.« Rory

robbte zur straßenabgewandten Seite des Daches. »Hier hinten ist die Luft rein.« Mehrere Polizeisirenen begannen in der Ferne zu heulen. »Die Jungs sind spät dran. Was meinst du? Sollen wir warten?«

Travis schüttelte den Kopf. »Negativ. Wer weiß, was dann noch passiert.«

»Alles klar, Bro, dann lass uns abhauen.« Rory beobachtete die Umgebung erneut, dann schwang er die Beine vom Dach, ließ sich von der Regenrinne baumeln und sprang zu Boden. Im Haus hörte er Schüsse und wedelte mit den Armen. »Los!«

Mya wehrte sich. Sie wimmerte, doch Travis war erbarmungslos. Er schubste sie und Rory gelang es gerade noch, sie aufzufangen. Aufgelöst klammerte sie sich an ihn.

»Ist okay.« Er löste vorsichtig ihre Arme und beobachtete, wie Travis neben ihm landete. »Fertig?«

Sie erhoben ihre Waffen und nahmen Mya erneut in ihre Mitte.

»Zum Auto?« Rory kniff die Augen zusammen, um sich besser orientieren zu können.

Travis überlegte kurz. »Ja, lass uns nachsehen, ob sie den Firebird entdeckt haben.«

Geduckt schlichen sie in den angrenzenden Garten, passierten die Hecken und blieben stehen, um auf die Straße zu spähen.

»Sieht gut aus.« Travis gab Rory ein Zeichen. »Ihr bleibt hier. Ich lasse den Motor an und rolle ganz langsam rückwärts bis zu euch. Ihr steigt über die Beifahrertür ein, okay?«

»Alles klar.« Rory legte seinen Arm um Mya und zwang sie, unten zu bleiben. Ihr Atem ging schnell, sie zitterte. Beruhigend strich er ihr über die Schulter. »Keine Angst, Kätzchen.«

Sie lehnte den Kopf gegen ihn und er realisierte, dass dies der Punkt in seinem Leben war, an dem er endgültig wusste, wer ihm wichtig war und wen er nie wieder verlieren wollte. Er drückte sie an sich, bevor ihn eine Bewegung in seinen Augenwinkeln aufschrecken ließ.

»Scheiße!« Travis hatte das Auto beinahe erreicht, als er plötzlich stehenblieb. Zwei Norteños stürmten auf die Straße. Spanische Wortfetzen flogen, bevor sie bei seinem Anblick kopflos zu schießen begannen. Travis zog den Kopf ein und Rory drückte Mya in die schützende Hecke. Nachdem die Schüsse kurzzeitig aufhörten, lugte er um die Ecke. Anscheinend war es Travis gelungen, ins Auto zu springen, doch die Mexikaner eröffneten erneut das Feuer auf ihn. Die Rückfahrleuchten des Firebird sprangen an und das Auto schoss mit quietschenden Reifen rückwärts. Ehe sich Rory versah, kam es neben ihm zum Stehen. Instinktiv riss er die Beifahrertür auf. Kugeln pfiffen an ihm vorbei. Er schob Mya ins Innere und Travis gab bereits wieder Gas, bevor er einsteigen konnte. Er verlor beinahe das Gleichgewicht, doch dann gelang es ihm, auf den Sitz zu hechten.

»Runter!« Travis drückte Myas Kopf nach unten, die fieberhaft versuchte, auf den Rücksitz zu krabbeln. Rory duckte sich ebenfalls. Durch die aggressive Beschleunigung des Autos wurde er nach vorne geworfen und schlug sich heftig die Stirn. Wieder quietschten die Reifen, dieses Mal, weil Travis das Lenkrad herumriss und den Wagen um seine eigene Achse driften ließ. Dann stieß er den Vorwärtsgang rein und gab Vollgas. Rory registrierte, dass die Scheibe neben ihm in tausend Stücke zersprang. Reflexartig hielt er die Waffe hinaus und ballerte blind drauflos. Der Firebird beschleunigte mit einem Aufheulen des Motors und sie rasten davon. Nach einigen Sekunden kam Rory aus seiner Deckung. Er sah zu Mya, die es mittlerweile geschafft hatte, auf den Rücksitz zu gelangen.

»Alles okay mit dir?« Er sah sie nicken und fixierte Travis. Der hielt sich die Seite. »Was ist, Bro? Bist du getroffen worden?«

»Streifschuss, denke ich«, stöhnte er, ohne den Blick von der Straße zu nehmen. Im Rückspiegel erkannte Rory das unstete Blinken von Blaulichtern. »Verfolgen sie uns?«

Travis schüttelte den Kopf. »Die halten vor dem Haus.« Er schoss in hohem Tempo um eine Kurve und raste in Richtung des Highway 101. Außer Sichtweite der Streifenwagen schaltete er das Licht an.

Rory sah sich um. Die Front- und die Seitenscheibe waren

zerschossen worden, in der Kühlerhaube prangten Löcher. »Zum Glück fährt das Baby noch«, sagte er. »Wenn Cringe den zu Gesicht bekommt, wird er uns lynchen.«

Travis sah ihn an und hob eine Augenbraue. »Die Braunen haben uns gesehen, Bro. Wir sind tot. So oder so.«

Twelve

Mya saß auf der Motorhaube des Firebird und blinzelte in den Sonnenaufgang. Sie fühlte sich zerschlagen, ihr Kopf dröhnte. Neben ihr lehnte Rap, während Exx vor ihnen auf- und ablief, ein Handy am Ohr. In seinem Rücken erhoben sich die Türme des Gaskraftwerks von Moss Landing.

»Sie bleibt bei uns«, hörte sie ihn sagen, bevor er verstummte. Nach einer Weile redete er weiter: »In Ordnung, aber das Risiko gehen wir ein. Ich habe gesehen, wie gut sich Ihre Agenten geschlagen haben.« Aufs Neue eine Pause. »Der Deal bleibt bestehen. Wir werden vor Ort sein. Ich melde mich in vier Stunden wieder.« Er legte auf und starrte in die Ferne.

»Was gibt's, Bro?« Rap spuckte aus. Getrocknetes Blut klebte an seiner Stirn und in seinen Haaren.

Exx drehte sich um. »John Marella ist ziemlich wütend auf uns. Drei ICE Agenten mussten wegen Mya sterben.«

Sie schlug sich die Hand vor den Mund. Kate Rosales hatte es nicht geschafft. Zum wiederholten Mal schossen ihr Tränen in die Augen. Es schien, als wäre ein Damm gebrochen. Sie konnte nicht mehr damit aufhören. Obwohl sie Raps forschenden Blick auf sich fühlte, gelang es ihr nicht, sich zusammenzureißen.

»Ist okay«, murmelte er und zischte in Richtung seines Kumpels: »Halt doch die Klappe!« Doch Exx war nicht mehr zu bremsen.

»Hör mit der Heulerei auf«, schrie er sie an. »Ich habe dir gesagt, was auf dich zukommt! Es ist nicht mehr wie damals, als wir Walt umgebracht haben. Das hier ist ein verdammter Krieg, Mya, sieh es endlich ein!«

Sie unterdrückte ein Schluchzen. Exx kam auf sie zu. »Wegen dir habe ich meinen Club verraten. Ich habe in den letzten Stunden alles für dich aufs Spiel gesetzt und ich frage mich verdammt nochmal ständig, warum ich das tue.« Er blieb stehen. Sie konnte ihm nicht in die Augen sehen. »Du wirst deinen Flug umbuchen«, sagte er und warf ihr das Handy zu. »Es ist zu gefährlich, dich heute nach San Francisco zu bringen. Keine Ahnung, was die Mesa bereits weiß. Wir verstecken dich, ziehen unser Ding durch und fahren dich dann nach Los Angeles.«

»Los Angeles?«, hakte Rap nach. Die beiden fixierten sich.

»Ich gehe nicht nach Kanada.« Exx sah aus wie ein sprungbereiter Tiger. Mya verstand nicht, worum es ging.

Rap verzog den Mund. »Die werden uns finden.«

»Dann ist es so. Ich laufe nicht davon. Habe ich noch nie getan. Wir bringen Mya zu ihrem Flugzeug und dann kannst du gerne abhauen. Ich jedenfalls werde nicht den Schwanz einziehen.«

»Als hätte ich dich je im Stich gelassen.« Rap rieb sich gereizt den Nacken.

Sie blickte von einem zum anderen. Noch immer spürte sie die grenzenlose Panik nachhallen, die sie überfallen hatte, als sie im Safe House von den Schüssen geweckt worden war. Der kurze unruhige Schlaf hatte sie hochsensibel gemacht. Es graute ihr davor, den Gangstern der Nuestra Familia womöglich erneut in die Hände zu fallen. Vor lauter Entsetzen hatte sie die Wand mit den Nägeln zerkratzt, in der unsinnigen Hoffnung, irgendwo ein Loch zu finden, in dem sie sich verstecken konnte. Erst Raps Stimme hatte sie ein wenig beruhigt.

»Ich bin euch so dankbar, dass ihr gekommen seid«, brach es aus ihr heraus. »Ich habe nie gewollt, dass ihr wegen mir in Schwierigkeiten geratet.«

Exx schnaubte. »Das sind mehr als Schwierigkeiten, Mya.« Er deutete mit dem Kinn auf das Handy in ihrem Schoss. »Ruf bei der Fluggesellschaft an. Du fliegst von Los Angeles. Frühestens in drei Tagen.«

Sie rieb sich die Stirn. »Meine Tasche ist noch im Safe House. Ich erinnere mich nicht an meine Flugnummer ...« Sie brach ab und wischte sich neuerliche Tränen weg. »Gib mir noch ein wenig Zeit.«

»Wir haben keine Zeit!«

»Lass uns in ein Motel fahren«, schlug Rap versöhnlich vor. »Wir brauchen etwas Schlaf und müssen deine Wunde verarzten.«

Exx fasste sich an die Seite und winkte ab. »Halb so schlimm.«

»Heute Abend steigt die ganze Sache. Ich bin dabei, aber ich brauche einen klaren Kopf. Und etwas Schlaf«, beharrte Rap.

Exx sah von ihm zu Mya. Sie war zu schwach, um zu reagieren, und schließlich nickte er. »Wir fahren in Richtung Norden. Watsonville. Dort haben die Braunen keine Allianzen und es liegt nicht zu nahe an Gilroy.« Er überlegte. »Wir müssen den Firebird loswerden. Damit sind wir so auffällig wie 'ne nackte Hure.«

»Dann lass uns einen kurzen Abstecher nach Castroville machen«, schlug Rap vor.

»Zu gefährlich.« Travis schüttelte den Kopf.

»Wir fahren rein und wieder raus.«

Mya wusste, wovon ihre Freunde sprachen. In Castroville betrieb Ernie Hicks, ein ehemaliger Nachbar der beiden, einen Schrottplatz. Dort hatten sie vor zehn Jahren auch das Auto von Walt Chandler entsorgt, damit es die Polizei nicht fand.

»Ich weiß nicht, ob wir Ernie noch vertrauen können. Er hat sich die Sache damals teuer bezahlen lassen.«

»Der Firebird ist gutes Geld wert!«, widersprach Rap. »Ernie kann die Einzelteile verkaufen. Sammler zahlen ein Schweinegeld dafür.«

Travis atmete hörbar aus. »In Ordnung. Je heller es wird, desto mehr Leute sehen uns. Lass es uns versuchen.«

Sie stiegen alle ins Auto und Mya schloss die Augen. Sie war erschöpft und dennoch hellwach. Ihre Hände umklammerten das Handy, in ihrem Kopf kreisten die Gedanken. Wenn sie später nach Hause flog, musste sie ihren Arbeitgeber benachrichtigen. Doch was sollte sie ihrem Chef sagen? Etwa ›Es tut mir leid, ich wurde entführt und befinde mich noch auf der Flucht‹? Es war absurd. Diese ganze Geschichte war völlig aus dem Ruder gelaufen, ihr Leben reduziert auf das eine Minimum, das Überleben hieß. Und dennoch drängte sich die Sehnsucht nach Normalität in ihre Ängste, jene Überlegungen, was ihre Kollegen in der Arbeit wohl gerade taten. Was Benjamin tat. Sie wollte nur noch fort von hier.

»Wir sind da.«

Mya öffnete die Augen. Die Fahrt hatte nur etwa zehn Minuten gedauert und sie sah die schweren Eisengittertüren, die Ernies Hof von der Straße trennten. Zu dieser Zeit waren sie noch verriegelt und zwei geifernde Rottweiler hielten Wache. Mit gefletschten Zähnen streckten sie ihre Köpfe durch die Gitterstäbe, als Rap und Exx ausstiegen.

»Bleib sitzen!« Rap schlug die Tür zu und Mya rutschte nach unten. Durch die zerschossene Frontscheibe beobachtete Mya ihre Freunde. Sie klingelten. Ernie erschien erst nach einigen Minuten. Er war fetter, als Mya ihn in Erinnerung hatte. Ein verschlissenes Hemd umspannte den enormen Bauch, der ihm über die Jogginghose hing. Ungepflegte Haare fielen Ernie in die Stirn und Mya musste unwillkürlich an den Tag zurückdenken, als sie ebenfalls in Walts Auto gewartet hatte, während Rap und Exx einen Deal abgeschlossen hatten, um den Chevi ihres Pflegevaters für immer verschwinden zu lassen. Es war lange her, doch nicht lange genug, um zu vergessen. Das würde ihr niemals gelingen.

Nach einer Weile ging Exx zum Firebird zurück. Er ließ sich auf den Fahrersitz fallen und startete den Motor.

»Er geht darauf ein?«, fragte Mya leise.

»Sieht so aus. Hoffen wir, dass ihm die Karre reicht und er nicht gegen Geld zu plaudern beginnt. In Ernie mag noch immer der nette Nachbar von früher stecken, aber für ein paar Scheinchen prostituiert er sich auch gerne mal.«

Exx fuhr das Auto durch die Eisengittertore, die Ernie inzwischen geöffnet hatte und hinter ihnen sofort wieder schloss. Die Rottweiler waren mittlerweile in einem Zwinger und bellten.

»Mya«, Ernie nickte ihr zu, als sie ausstieg, »hätte nicht gedacht, dich je wiederzusehen.«

»Hätte ich auch nicht gedacht«, murmelte sie.

Er musterte sie. »Bist du geschlagen worden?«

Sie schüttelte den Kopf und suchte Schutz hinter Rap. »Alles okay, Ernie, vielen Dank.«

»In was seid ihr da reingeraten?« Misstrauisch verengte er die Augen. »Steht mir demnächst eine Razzia wegen euch ins Haus? Dann will ich mehr Kohle sehen.«

»Keine Sorge, Mann, niemand wird dir gefährlich werden.« Travis deutete auf die Motorhaube. »Du solltest nur den Aufkleber verschwinden lassen, bevor du die Kiste zerlegst.«

»Green Army.« Ernie wiegte den Kopf hin und her. »Ich weiß nicht, Leute. Die Typen haben 'nen Kumpel von mir kaltgemacht, weil er ihnen mit seiner Pornofirma Konkurrenz gemacht hat.«

»Darüber weiß ich nichts.« Exx stützte die Hände in die Hüften. »Wie sieht's aus, sind wir im Geschäft?

Ernie sah Mya an. »Hast du schon mal 'nen Porno gedreht?«

Sie verneinte und hörte Rap neben sich schnauben. »Fick dich, Ernie, du weißt, dass sie uns gehört. Was ist nun?«

»Denke, das geht in Ordnung.« Ernie öffnete die Motorhaube. »Geiler Scheiß.« Er pfiff durch die Zähne. »Das ist ein Schätzchen! Schade, dass es so zerschossen ist. Aber die Einzelteile sind gesucht.« Er kratzte sich am Kopf und hielt Exx die Hand hin. »Ich hab nur 'nen alten Ford im Gegenzug.«

Exx schlug ein und gab ihm den Schlüssel des Firebird. »Wenn er fährt, soll's mir recht sein.«

»Der fährt.« Ernie bedeutete ihnen mit dem Kinn, ihm zu folgen. »Macht ihr damit 'nen Überfall oder so?«

»Nein.«

»Wegen der Nummernschilder.« Ernie bog ab, schlenderte in ein heruntergekommenes Häuschen, das ihm offensichtlich als Büro diente, und kam mit zwei abgenutzten Autokennzeichen und einem Autoschlüssel wieder heraus.

»Soll ich fragen?« Rap runzelte die Stirn.

»Die sind genauso sauber wie das Auto, Mann. Haste mein Wort drauf.«

Sie folgten Ernie über den Schrottplatz und blieben schließlich vor einem Ford Taurus stehen. Der dunkelblaue Lack war an manchen Stellen bereits matt und ein Scheinwerfer war von innen beschlagen. Ernie bückte sich, um die Nummernschilder zu montieren, und warf Exx anschließend den Schlüssel zu.

»Ruf mich an, bevor du anfängst zu plaudern.« Exx verengte die Augen. »Ich erwarte, dass du uns warnst, wenn jemand rumschnüffelt.«

»Ehrensache.« Ernie musterte Mya erneut. »Nach Walts Chevi hat nie jemand gefragt. Ein Jammer, dass sie seine Leiche gefunden haben. Bist du deshalb zurückgekommen, Kätzchen?«

»Hm.« Sie nickte kurz, bevor Rap sie in Richtung Auto drängte.

»Sie war nie hier«, knurrte er.

»Hab sie nicht gesehen.« Ernie hob die Hand zum Gruß, drehte sich um und ging davon.

Mya kletterte auf den Rücksitz, während Rap und Exx vorne Platz nahmen. Der Stoffbezug des Ford roch muffig nach kaltem Rauch und nassem Hund. Mya rümpfte die Nase und Exx startete den Motor. Der Ford sprang sofort an. Exx wendete und fuhr zum Ausgang. Ernie hatte die Eisengittertore bereits geöffnet und sie rollten zurück auf die Straße. Exx bog nach rechts ab und folgte den Hinweisschildern in Richtung Watsonville. Während der gesamten Fahrt schwiegen sie. Mya starrte auf den Verkehr der beginnenden Rush Hour und fragte sich, ob sie jemand wahrnahm. Was sahen die Leute, wenn sie in ihr Auto blickten? Sie fühlte sich seltsam fremd zwischen all den Menschen, die ihren Alltag lebten, während drei Beamte nur wegen ihr nie wieder einen Alltag haben würden.

Sie schluckte die Tränen hinunter, lauschte nebenbei der Unterhaltung ihrer Freunde.

»Denkst du, das Valley Inn ist sicher?«

Rap nickte. »Liegt direkt an der Hauptstraße. Viel Verkehr, kaum Platz zum Anschleichen. Unser Auto kennt auch niemand und wir können bar zahlen.«

»Okay.« Exx bog ab und hielt vor dem Eingang. »Ich checke ein. Bei all dem Blut in deinem Gesicht erregst du nur Aufmerksamkeit.«

»Alles klar.« Rap sprang aus dem Wagen und nahm auf der Fahrerseite Platz. Mit laufendem Motor warteten sie auf Exx. Er kam nur wenige Minuten später wieder aus dem Gebäude und winkte ihnen zu, ihm zu folgen. »Wir wohnen im Erdgeschoss.«

Er lief voraus und Rap fuhr hinterher. Er parkte den Ford direkt vor ihrer Tür, stieg aus und Mya folgte ihm in das einfache Zimmer. Kaum hatten sie abgesperrt, standen sie unschlüssig in dem kleinen Raum und sahen sich um.

»Ein King Bed für uns Drei?« Mya lächelte, bevor ihr erneut die Tränen kamen.

Rap zog sie in seine Arme und hielt sie fest.

»Die kriegen dich nicht«, flüsterte er und sie spürte Dankbarkeit bei seinen Worten. Ihre Freunde waren stark. Sie waren brutal und erfahren und sie fühlte sich geborgen bei ihnen. Aber sie war auch verunsichert.

»Was habt ihr vor?«, fragte sie und hob den Kopf.

Rap küsste ihre Tränen fort. Sanft. So wie sie es von ihm nicht gewohnt war. »Das ist unwichtig.«

»Ich gehe duschen«, murrte Exx in ihrem Rücken und verschwand im angrenzenden Raum.

»Er ist sauer.«

Rap löste sich von ihr und starrte auf die geschlossene Badezimmertür. Im Inneren begann das Wasser zu rauschen. »Er hat einiges auf sich genommen, um dich zu retten.«

»Was ist passiert?«

Rap zuckte mit den Schultern. »Ich weiß nicht, wo ich anfangen soll, Mya. Diese ganze Scheiße ist inzwischen derart komplex, dass ich glaube, sie fliegt uns am Ende um die Ohren. Und Exx ist so stur! Ich habe Angst um ihn.« Es klang ehrlich besorgt.

»Wieso wurde ich in ein Safe House gebracht?« Mya schlang die Arme um ihren Oberkörper.

»Zu deinem eigenen Schutz. Exx hat einen Deal mit der Bundesstaatsanwaltschaft gemacht, mit einem Typ namens John Marella. Der will seine Karriere mit einem RICO Fall pushen und hat sich Exx als Mittelsmann ausgesucht. Wegen dem Verdacht des Mordes an Walt und seiner Verbindung zu dir konnte er Exx knacken. Am Ende hat der Kerl der Familia gesteckt, wie der Name deines Vaters lautete, damit Exx endgültig auspackt und die Geschäfte der Green Army verrät.«

Mya bemühte sich, die Informationen zu verdauen. Sie hatte geahnt, dass die Sache übel war, doch das Gehörte zog ihr den Boden unter den Füßen weg. »Ein hoher Bundesbeamte hat der Nuestra Familia verraten, wer ich bin? Das ist gegen das Gesetz! Der Typ macht sich strafbar. Er hat mein Leben bewusst aufs Spiel gesetzt, um ...«

»Scht!« Rap nahm ihr Gesicht in beide Hände. »So läuft es eben, Mya. Die heile Welt gehört denen, die das System nicht hinterfragen. Die da oben nehmen sich, was sie wollen, egal, ob es die Reichen, die Politiker oder die Gesetzeshüter sind. Jeder macht Deals. Jeden Tag. Auf Kosten anderer. Du gehörst zu den Unteren. Zu denen, die einen Mann auf dem Gewissen haben. Damit interessiert es das Gesetz nicht mehr, was mit dir geschieht. Du warst ein Pfand. Und wir haben dich getauscht. Du lebst und jeder hat am Ende, was er will.«

Myas Tränen kehrten zurück. »Ich will das nicht länger, Rap. Ich kann nicht!«

»Das musst du auch nicht.« Er lehnte seine Stirn gegen die ihre. »Wir finden einen Weg.«

Exx kam aus dem Badezimmer und Mya drehte den Kopf. Er sah aus, als hätte er sich nicht abgetrocknet. Die Haare klebten ihm nass am Kopf und das Wasser sammelte sich in der markanten

Kerbe seines Schlüsselbeins, bevor es über seine Brust und den muskulösen Bauch floss und in dem weißen Handtuch versiegte, das um seine Hüften geschlungen war. Auch aus seinem Bart tropfte das Wasser.

»Ich brauche Verbandszeug«, sagte er und drehte sich seitlich, sodass Mya die Schussverletzung sehen konnte. Die Wunde klaffte deutlich auseinander.

»Fuck.« Rap schnalzte mit der Zunge. »Das sieht übel aus, Bro.«

»Nebenan ist ein Supermarkt.« Mya ging näher heran. »Wir sollten das desinfizieren und mit einem Pflaster klammern.«

»Ich mache das, muss mir nur das Blut aus dem Gesicht waschen.« Rap ging ins Bad. Kurze Zeit später kam er wieder heraus, sperrte die Tür auf und verschwand.

»Du hast Glück gehabt.« Mya kniff die Augen zusammen und betrachtete die Wunde eingehender. »Etwas weiter rechts ...«

»... und diese ganze Scheiße wäre nicht länger meine Angelegenheit.« Er packte ihre Hand, die sie ausstreckte, um ihn näher zu untersuchen. »Hör auf, Rory Hoffnungen zu machen!«

»Hoffnungen?«

»Dass du mit uns nach Kanada abhaust.«

»Ich wusste nicht, dass ihr das in Erwägung zieht.«

»Das tun wir auch nicht!«

Mya fuhr die Narben an seinem Arm nach, die ihm sein Vater zugefügt hatte. Exx. »Ich habe so viel darüber nachgedacht, wann Töten einen Sinn ergibt. Ob es einen Sinn ergibt«, murmelte sie. »Seit Walt weiß ich, dass man sich den Tod eines Menschen wünschen kann, doch seit gestern Nacht ist mir bewusst, dass ich auch bereit wäre, es selbst zu tun. Um mein Leben zu retten. Oder das der Menschen, die ich liebe. Du hast einmal zu mir gesagt, das Schlechte wohnt in uns allen. Das ist richtig. Nur meistens geraten wir nicht in Situationen, in denen wir diese Seite von uns zeigen müssen. Doch ebenso wie das Schlechte in uns wohnt, gibt es dort auch das Gute. Und du hast alles riskiert, um mich zu retten.« Sie sah ihm in die Augen. »Dafür halte ich mein Versprechen, Exx. Ich werde verschwinden. Mach dir keine Sorgen.«

»Okay«, sagte er heiser.

»Versprich mir was«, fügte Mya hinzu und wartete seine Reaktion ab. Als er seine Augenbraue leicht anhob, fuhr sie fort: »Rap ist anders als du. Vielleicht müsst ihr nach der ganzen Aktion getrennte Wege gehen. Lass ihn mit seiner Familie glücklich werden.«

»Er hat keine Familie mehr. Lisa hat sich auf die Seite der Nuestra Familia gestellt und Paqui hat dafür Rorys Haus durchlöchert.« Er schüttelte den Kopf, als sie etwas erwidern wollte. »Das ist nicht deine Schuld! Das ist Salas. Rory hätte sie nie heiraten dürfen.«

»Wenn ich das richtig sehe, dann ist das alles hier meine Schuld. Wäre ich nicht zurückgekommen, dann hätte dieser Marella nichts gegen dich in der Hand gehabt. Niemand hätte mich je als Pfand benutzen können und euer Leben wäre zwar immer noch beschissen, aber es wäre eins.«

Exx lachte. »Hör auf, nach dem Sinn zu fragen, Mya, oder nach der Schuld. Manchmal gibt es Momente, in denen ist eine Sekunde die geballte Ewigkeit, in der du entscheiden musst, was zu tun ist. Wenn wir zu viel nachdenken würden, wären wir vermutlich längst tot. Also tu mir einen Gefallen und sei dankbar, dass du hier bist. Und gib einen Scheiß darauf, was aus uns wird, wenn du weg bist.«

Sie lehnte sich gegen ihn. »Das wird nicht so einfach.«

Er zog sie an sich und sie spürte die Feuchtigkeit, die durch ihre Kleidung drang. »Ich weiß nicht, ob ich auf den Deal mit Marella eingegangen wäre, wenn Rory mich nicht überredet hätte«, raunte er.

»Du veränderst nicht meine Gefühle, nur weil du dich im Arschloch-Modus befindest.« Sie küsste das Kleeblatt-Tattoo auf seiner Brust.

Wieder lachte er. Dieses Mal klang es gequält. »Du bist mein schlimmster Dämon, Mya.«

Sie wusste nicht, ob das etwas Gutes war. Ihre Hand glitt über seinen Rücken, unter das Handtuch. Seine Pobacken waren angespann und sie spürte die Härte seines Schwanzes an ihrer Hüfte. Sie schloss die Augen. Atmete ihn.

»Ficken ist am geilsten, wenn man beinahe draufgegangen ist«, hörte sie seine Stimme an ihrem Ohr. »Es gibt dir das Gefühl, wieder lebendig zu sein.«

»Wir müssen erst deine Wunde verarzten.« Sie spürte die Erregung, jenes Aufwallen zwischen ihren Beinen, das ihre Angst in eine unbedeutende Ecke ihres Unterbewusstseins drängte. Es war etwas, woran sie vor fünf Minuten noch nicht gedacht hatte, doch mit einem Mal erschien es ihr als die beste Lösung, um zu vergessen. Um zu fühlen, wer sie war. Reduziert auf ihre Lust und sehnsüchtig nach der Gier, die alles für kurze Zeit bedeutungslos machte. Ihre Hand wanderte weiter zu seinem Schwanz. Er pulsierte merklich und sie drückte so fest zu, bis sie Exx ein Aufseufzen entlockte. Langsam fuhr sie nach unten, dehnte die empfindliche Haut, dann fuhr sie den Schaft wieder hinauf und drehte ihre Hand über die Spitze, formte sie mit der Handfläche nach. Anschließend ließ sie ihre Hand erneut nach unten gleiten, umschloss seine Eier und zog sie sanft vom Körper weg, bevor ihre Finger ein U formten und seine Hoden mit einer Streichbewegung nach oben drückten. Exx sog zischend die Luft ein und Mya verringerte den Druck etwas und ließ ihre Hand wieder seinen Penis hinaufgleiten.

»Scheiße, wenn du nicht willst, dass ich's dir jetzt sofort besorge, dann solltest du damit aufhören«, flüsterte er.

»Wir warten, bis wir deine Wunde verarztet haben.« Sie küsste seinen Hals, wiederholte die Bewegung von gerade eben. Sie genoss es, ihn in der Hand zu haben. Im wahrsten Sinne des Wortes. In diesem Moment gehörte sie nicht ihm, sondern er ihr. Sie lauschte seinem Atem, der immer schneller wurde. Sein Brustkorb hob und senkte sich, sein Schwanz sabberte vor Freude, was ihr die Massage noch vereinfachte.

»Ich will euch«, hauchte sie. »Und ihr schuldet mir diesen Abschied.«

Ihr Rhythmus steigerte sich und Exx lehnte seinen Kopf nach

hinten, stützte ihn an der Wand ab. Das Handtuch fiel zu Boden. Niemals zuvor hatte er sich ihr derart ausgeliefert. Myas Zunge umkreiste seine Brustwarze, während sie ihn kontinuierlich weiter verwöhnte.

In diesem Moment ging die Tür in ihrem Rücken auf. Mya beachtete Rap nicht, denn sie wusste, dass er sich zu ihnen gesellen würde.

Ihre Hand glitt bestimmend an Exx' Penis auf und ab. Die Art, wie er sich in ihre Schulter krallte, sagte ihr, dass es nicht mehr allzu lange dauern konnte, bis er kam. Energisch drängte er seine Hüften gegen sie, forderte den Druck ihrer Finger ein. Mya schmiegte sich an ihn. Ihre zweite Hand umfasste eine Pobacke, bevor sie mit dem Mittelfinger nach unten glitt und seinen Damm zu massieren begann. Mit kreisförmigen Bewegungen brachte sie ihn zum Stöhnen.

»Ist das gut, Baby?« Sie spürte, wie ihr die Nässe zwischen die Beine schoss.

»Fuck, ja«, erwiderte er gepresst.

In diesem Moment stellte sich Rap hinter sie. Ohne zu fragen, riss er ihre Hose auf und schob seine Hand von vorne in ihren Slip. Mya schrie auf. Für einen kurzen Augenblick kam sie aus dem Takt und Exx öffnete die Augen. Ein Grinsen huschte über sein Gesicht.

»Sie will Abschied feiern«, erklärte er.

»Kann sie haben.« Rap schob seine Finger sofort in ihre nasse Ritze und Mya durchflutete ein heißes Kitzeln. Bestimmend klappte er ihre Schamlippen mit Zeige- und Ringefinger zur Seite und legte den Mittelfinger auf ihre Klitoris, bevor er seine Hand sachte vor- und zurückbewegte.

»Mach weiter«, befahl er ihr.

Mya lehnte ihre Stirn gegen Exx' Hals und bemühte sich, den Rhythmus ihrer Hände wieder aufzunehmen. Doch das Gefühl zwischen ihren Beinen war unerträglich. Sie wollte beißen, sich aus Raps Berührungen herauswinden, der so verdammt genau wusste, was er tat. Aber er umklammerte sie bestimmt, fand seinen eigenen Rhythmus. Mya konnte nicht anders, als zu wimmern, während sie fortfuhr, Exx anzuheizen. Doch nun war sie heftiger als zuvor. Sie hörte ihn ungestüm die Luft ein- und wieder ausstoßen und ihr Mittelfinger stimulierte nun seine Rosenblätter. Auch Rap war nicht untätig, führte in erregender Regelmäßigkeit zwei Finger in sie ein, um ihre Scheidenwand zu streicheln, und fuhr dann wieder mit der Massage ihrer Klitoris fort. Mya schwanden die Sinne und sie spürte, wie ihre Knie weich wurden.

»Bleib stehen!« Rap schlug ihr auf den Po. »Ich will, dass du kommst, Mya. Mach mich nass, Kätzchen.«

Sie keuchte und ihr Blick heftete sich auf Exx' Schwanz in ihrer Hand. Prall, rot und geädert wand er sich zwischen ihren Fingern. Seine Gesäßmuskeln spannten sich an. Ein letztes Mal formte sie mit der Handfläche seine Eichel nach, spürte das beginnende Pulsieren und verstärkte den Druck auf seinen Damm. Exx stöhnte wie ein verletztes Tier.

Raps Finger klopfte auf ihre Klitoris, während er ihre Schamlippen auseinanderdrückte. Sie fühlte sich geweitet, ausgeliefert. Das Prickeln nahm zu. Sachte nahm sie ihre Hand von Exx Penisspitze und beobachtete seinen Orgasmus. Während sich sein Unterleib zusammenzuziehen schien, spritzte sein Samen pochend auf ihren Unterarm. Rap drückte und rieb ihren Kitzler, beschwor jene Wellen herauf, die sich im Bereich ihres Steißbeins ansammelten, bevor sie sich über sie ergossen.

Mya zuckte, ihre Beine gaben beinahe unter ihr nach. Nur durch Raps Hilfe schaffte sie es stehenzubleiben, während sie ihren Kopf in den Nacken warf, die Augen zusammenpresste und sich diesem Moment hingab. Raps Finger schienen wie elektrisiert zu sein und Mya glaubte, den Verstand zu verlieren. Es war so verdammt gut! Sie wölbte den Oberkörper, rang nach Luft, spürte Rap, der den Druck langsam von ihrer Klitoris nahm, die Nässe sanft auf ihren Schamlippen verteilte. Ein weiterer Schauer erschütterte sie.

»So ist es gut, lass es raus.« Seine Zunge fuhr über ihr Ohr. »Jetzt bist du vorbereitet für mich.«

Er zog die Hand zurück und Mya kam langsam wieder zu sich.

Exx senkte seinen Kopf und küsste sie. Gierig erkundete seine Zunge ihren Mund. Die Erregung breitete sich weiter in ihr aus. Sie wollte gefickt werden, verdammt! Die Angst der letzten Stunden wurde von ihrem Trieb hinweggespült. Exx hatte recht gehabt. Sie fühlte sich lebendig und sie wollte es spüren!

Hastig zog sie sich den Pullover über den Kopf und befreite sich von ihrem BH. Exx griff nach ihren Brüsten, drückte sie nach oben und nahm lustvoll ihre Brustwarzen in den Mund. Eine nach der anderen. Rap zerrte ihr die Hose von den Beinen. Mya spürte ihre Nacktheit und liebte es. Sie war so gierig, dass sie glaubte, sofort wieder zu kommen, wenn sie jemand berührte.

»Komm her!« Grob zog Rap sie zu sich heran, küsste sie hungrig. Sie half ihm, sich von seiner Kleidung zu befreien und folgte ihm zum Bett. Er setzte sich ans Kopfteil und ließ die Knie locker auseinanderfallen. Mya starrte auf seinen erigierten Schwanz.

Er lächelte. »Gib mir deinen Hintern«, sagte er.

Mya drehte sich um, positionierte ihre Knie außerhalb der seinen, sodass sie weit gespreizt war. Sie glaubte, zu explodieren. Ihre Vagina fühlte sich derart angeschwollen an, dass sie jeder Lufthauch scharf machte. Rap ergriff ihr Becken und zog sie zu sich heran. Mya senkte automatisch ihren Oberkörper. Kurze Zeit später spürte sie seine Zunge, die ihre gesamte Vulva auszufüllen schien. Sie biss in die Bettdecke, um sich unter Kontrolle zu bekommen. Er saugte und lutschte und es dauerte nur Sekunden, bis Mya unter einem erneuten Orgasmus aufschrie.

Rap lachte und zog sie nach oben, bis ihr Rücken an seiner Brust zu liegen kam. »Setz dich auf mich!«

Sie gehorchte, führte seinen Schwanz in ihre Nässe ein, während Rap sie von hinten umklammerte. Beide ächzten unter dem Aufwallen ihrer Gefühle. Sie spürte seinen Atem im Nacken und bewegte sich vorsichtig auf ihm.

Exx kam zu ihnen und ging zwischen ihren Beinen auf die Knie. Mya küsste ihn. Er rückte näher heran. So nah, dass der Schwanz in seiner Hand ihre Ritze berührte und sie äußerlich stimulierte, während Rap nun anfing, in sie zu stoßen. Langsam, beharrlich.

Mya war eingekeilt zwischen den beiden Männern, die ihr Schicksal waren. Die sie gerettet hatten. Und nun taten sie es wieder. Sie schenkten ihr ungeahnte Gefühle, brachten sie dazu, ihre Erlebnisse vorübergehend zu vergessen. Sie klammerte sich in Exx' Oberarme.

»Ist es das, was du wolltest«, fragte er und sah ihr fest in die Augen. Mya spürte seinen Schwanz an ihrer Klitoris, die inzwischen schon derart empfindlich war, dass sie zu zittern begann.

»Ja«, flüsterte sie. Raps Stöße drängten sie gegen Exx. Er hielt sie. Wie sollte sie nur weiterleben ohne die Beiden? Ohne diese Ekstase, die sie nur mit ihnen empfinden konnte. Es sollte nicht aufhören. Es durfte nicht!

Sie spreizte ihre Beine noch weiter, genoss Raps kräftige Stöße und das zarte Reiben an ihrem Kitzler. Doch es war zu viel, sie kam erneut. Heftig und intensiv erlebte sie den Höhepunkt, fühlte Tränen auf ihrer Wange und spürte das Klatschen von Raps Becken auf ihrem Po. Er kam kurz nach ihr und umfasste ihre Hüfte dabei derart, dass es wehtat. Schwer atmend hielten sie inne. Rap zog sich zurück und Exx hob Myas Kinn.

»Das war's noch nicht für dich, Babe.« Er drückte sie nach hinten, sodass sie auf dem Rücken zu liegen kam. Ihr Kopf ruhte dabei in Raps Schoß und sie atmete den Geruch von Sex ein. Ehe sie sich versah, stieß Exx in sie. Er drang tief ein und legte ihre Fersen auf seine Schultern. Mit einer Bewegung, die kreisend aus seiner Hüfte kam, begann er sie vorsichtig zu ficken. Mya beobachtete ihn. Unter dem Abklingen ihres Orgasmus spürte sie einen neuen. Es war wie ein dauerhaftes Zucken in ihrem Unterleib. Ihre Hand wanderte zwischen ihre Beine und seine Augen folgten ihr. Sie wusste, dass er ihr gerne dabei zusah und amte Raps Methode nach. Mit zwei Fingern spreizte sie ihre Schamlippen und mit dem Mittelfinger umrundete sie ihre Klitoris. Es erforderte wenig Mühe. Allein die Berührung ließ sie erschauern. Es war wie ein Rausch, der sie mitriss. Sie sah in Exx' Augen, bewunderte die Beweglichkeit seines Beckens und das Spiel seiner Muskeln. Die Wunde schien vergessen zu sein. Er füllte sie tief aus, als wüsste er, was sie jetzt wollte. Langsam sollte es sein. Später fest und schnell. Mya atmete bewusst aus, um das begierige Ziehen zwischen ihren Beinen zu kontrollieren. Exx brauchte etwas Zeit, um nach seinem ersten Orgasmus wieder in Fahrt zu kommen. Das Spiel ihrer Finger törnte ihn an, sie sah es in seinem Gesicht. Sein Rhythmus steigerte sich kaum merklich und Mya keuchte. Das Gefühl seines Schwanzes, der in sie glitt, war kaum zu ertragen.

»Mach weiter«, forderte er sie auf, als sie ihre Hand wegzog.

»Ich kann nicht«, wisperte sie. »Alles ist so empfindlich. Ich komme gleich wieder.«

Seine Hand glitt an ihrem Bein hinunter und sein Daumen zerteilte rücksichtslos ihre Schamlippen. Sie schrie auf, glaubte zu bersten unter seinem forschen Reiben. Es war nicht mehr eine Welle, die sie überrollte, sondern es waren viele kleine, die sich in ihrem Inneren wie ein Strudel zusammenbrauten. Exx steigerte sein Tempo und Mya griff hilfesuchend nach Raps Hand. Er umklammerte sie und sie krallte sich in seine Finger. Mit der anderen Hand hielt sie sich an Exx' Unterarm fest. Seine Stöße durchfluteten sie, trugen sie davon, bescherten ihr einen weiteren Orgasmus, der beinahe krampfähnlich war. Das Kribbeln setzte sich bis in ihre Ohren fort und Mya wusste, dass sie niemals wieder derart fühlen würde. Sie war diesen beiden Männern ausgeliefert, für die sie mehr empfand, als sie sagen konnte. Als sie ihnen je offenbart hatte.

»Ich liebe euch«, entfuhr es ihr.

Exx brach zuckend über ihr zusammen. »Fuck«, sagte er.

Thirteen

»Hör auf, darüber nachzudenken«, murrte Travis und warf Rory einen Seitenblick zu. Sie waren auf dem Weg nach Gilroy, um sich auf das Treffen mit den Triaden vorzubereiten. Mya war im Motel geblieben und Travis hoffte, dass sie dieses Mal in Sicherheit war. Wenn John Marella endlich hatte, was er wollte, und sie aus dem Gefängnis draußen waren, dann war es an der Zeit, Mya nach Los Angeles zu fahren. Ihre Flugnummer war ihr wieder eingefallen, aber Exx hatte nachgedacht und war nun der Ansicht, dass es besser war, wenn Mya spontan ein Flugzeug bestieg. Nach all dem, was geschehen war, wusste er nicht, ob die Mexikaner nicht womöglich auch Informanten hatten, die an die Passagierlisten kamen. Das war ihm zu riskant. Er wollte sich so unauffällig wie möglich verhalten. Das war sein Plan, soweit man das einen Plan nennen konnte.

»Ich werde sie nicht gehen lassen«, hörte er Rory sagen und hätte ihm am liebsten mit der Faust ins Gesicht geschlagen. Sein Kumpel war der Unsicherheitsfaktor des Plans.

»Es war nur Sex«, knurrte Travis. »Am besten, du vögelst Titty oder Foxy, wenn wir angekommen sind, um dir das wieder ins Gedächtnis zu rufen.«

»Mya ist kein schäbiges Biker-Luder.«

»Nein, aber du solltest dir von ihrer Muschi trotzdem nicht das Hirn vernebeln lassen. Was ist los mit dir, Bro?«

Rory starrte aus dem Fenster. »Hast du wirklich vor draufzugehen, wenn das alles schiefgeht?«

Travis zögerte. Worauf er keine Lust hatte, war, mit Rory über eine rosarote Zukunft zu sprechen, die es nie geben würde. »Hör zu, Mann, ich denke nicht darüber nach, was morgen früh sein wird. Oder nächste Woche. Marella hat mich schon einmal gelinkt und ich will einfach nur diesen Deal über die Bühne bringen. Heute Nacht wandern wir mit den übrigen Green Army Jungs ins Gefängnis. Marella hat mir versprochen, dass wir morgen wieder draußen sind, und zwar bevor Cringe und die anderen freigelassen werden. Ich bin mir sicher, dass sie misstrauisch sein werden, vor allem, wenn sie herausfinden, welche Tragweite diese Operation hat. Und ganz besonders werden sie sich wundern, warum man nicht versucht, ihnen etwas anzuhängen. Das stinkt alles zum Himmel, Bro, und deshalb müssen wir weg sein, bevor die Green Armies aus dem Knast kommen.«

»Und dann?«

»Vielleicht gefällt es uns in Los Angeles, wer weiß?«

»Du weißt verdammt genau, dass es dort unten das Chatsworth Chapter gibt. Das sind die Porno-Jungs und mit denen ist nicht zu spaßen.«

»Mit uns auch nicht.«

Rory schüttelte genervt den Kopf und Travis platzte der Kragen. »Jetzt krieg dich wieder ein, Bro! Hast du vergessen, wo wir herkommen? Wir sind verfluchte Iren aus der Amarillo Road, deren Väter mit ölverschmierten Klamotten nach Hause kamen und unsere Mütter geschlagen haben. Hast du je gesehen, dass aus einem von uns etwas Anständiges geworden ist?« Er schlug aufgebracht aufs Lenkrad. »Sieh dir Ernie an, er ist vermutlich der Erfolgreichste von uns allen. Der Rest unserer Kindheitsfreunde ist schon längst tot, siecht als Alkoholiker dahin oder steht kurz davor, sich den letzten Schuss zu verpassen. Nur wir hatten es immer in der

Hand. Wir haben unser Ding gemacht und ich werde nun sicher nicht über die Grenze fliehen, um in Zukunft an Autos zu schrauben und den ehrbaren Bürgern meiner neuen Heimat zu erzählen, dass meine Tattoos Jugendsünden sind. Scheiß drauf, Bro, ich gehe nicht weg von hier! Keiner kann mir nachweisen, dass ich hinter der ganzen Sache stecke.«

»Das können die sich denken, wenn wir plötzlich nicht mehr da sind.« Rory verschränkte die Arme vor der Brust.

»Mir fällt was ein. Mir ist immer etwas eingefallen. Hab dir damals auch im Gefängnis Schutz besorgt«, bemühte sich Travis um Ruhe und fügte grimmig hinzu: »Und das hattest du dir selbst eingebrockt. Weil du dich wegen Mya benommen hast wie ein Idiot. Das sollte dir kein zweites Mal passieren. Denk drüber nach.«

»Was ist, wenn ich dabei nicht mitspiele?«

Travis verengte die Augen. »Was soll das heißen?«

»Ich könnte Mya fragen, ob sie mit mir kommt. Ich kenne sie, Bro. Sie hätte ihren Freund nicht in London zurückgelassen, wenn sie mit ihrem Leben glücklich gewesen wäre.«

»Und du denkst, du kannst sie glücklich machen?« Travis bemerkte den Ausdruck in Rorys Blick. Er sah aus wie damals als kleiner Junge, wenn er nicht verstehen konnte, warum sein Vater ihm eine runtergehauen hatte.

»Ich hab's mit Lisa versucht, dabei wollte ich die ganze Zeit, dass sie eine andere ist ...« Er stockte.

»Du solltest dich hören«, schnaubte Travis. »Du heulst rum wie ein Teenager. Reiß dich endlich zusammen, Mann, und konzentrier dich auf das, was vor uns liegt!« Er folgte der Hecker Pass Road nach Gilroy hinein, durchquerte den Ort und fuhr auf den Highway 101 in Richtung Süden. Dann nahm er die nächste Ausfahrt, steuerte den alten Ford in das Gewerbegebiet und fuhr schließlich auf den Hof von *O'Reilley's Customs*. Die Harleys der Mitglieder parkten schon alle in Reih und Glied und Travis warf dem schweigsamen Rory einen Blick zu. »Bist du bereit?«

Sein Kumpel nickte. »Wir ziehen das durch.«

Travis stellte den Motor aus. Er hatte ein ungutes Gefühl. Rory war nicht bei der Sache, doch was nun auf sie zukam, erforderte volle Konzentration. Cringe Callahan war ein durchtriebener Mistkerl. Er witterte Verrat zehn Meter gegen den Wind. Sie mussten auf alles gefasst sein und sie durften um keine Antwort verlegen sein, wenn es hart auf hart kam.

»Am besten, wir bleiben nah an der Wahrheit«, schlug er vor. »Wir stecken den Jungs, was mit Lisa passiert ist und dass wir Probleme mit der Familia haben.«

»Wirst du es hinbekommen, ungestört zu telefonieren, um Marella zu informieren?«

»Ich bekomme alles hin. Die Frage ist nur: Du ebenfalls?«

Rory stieg aus. »Lass es uns hinter uns bringen«, sagte er und schlug die Wagentür zu.

Travis folgte ihm. Es war ein Fehler gewesen, Mya in ihrem aufgewühlten Zustand zu ficken. Ihr Satz am Ende hatte alles zerstört und Rory durcheinandergebracht. Travis war wütend deswegen. Die ganzen Jahre über hatte er nie darüber nachgedacht, was er für sie empfand, doch nun hatte sie ihre Gefühle ausgesprochen und das machte alles kompliziert. Es war keine Liebe. Sie fühlten sich lediglich verbunden durch einen Mord, den sie als Teenager begangen hatten. Das war etwas anderes und im Gegensatz zu Rory wusste er es. Er hatte in seinem Leben nicht viele Menschen geliebt, dennoch kannte er das Gefühl. Und es war verfänglich, denn alle diese Menschen waren inzwischen tot. Seine Mutter, Rorys Mutter, sogar eine seiner jüngeren Schwestern. Seine Liebe hatte ihnen allen kein Glück gebracht, während der Hass auf seinen Vater dafür gesorgt hatte, dass das Arschloch noch immer am Leben war und ihn regelmäßig um Geld anbettelte. Liebe war in seiner Welt dazu verdammt zu sterben. Mya musste das einsehen und Rory ebenfalls. Es war geil, wenn sie sich das Hirn rausfickten, aber das war auch schon alles.

»Wo wart ihr?« Cringe trat aus dem Clubhaus. »Und wo sind eure verdammten Kutten?«

Hinter seinem Rücken tauchte sein Sergeant-at-Arms auf, Duncan. »Was habt ihr mit dem Firebird gemacht?«

Travis ging auf die beiden Männer zu. Rory folgte ihm. »Wir haben uns darum gekümmert, dass der Deal heute ungestört über die Bühne gehen kann«, sagte er gelassen. »Die beschissene Familia hat uns zugesetzt. Sorry für den Firebird, Mann, aber die Braunen haben ihn auf dem Gewissen.«

Cringe runzelte die Stirn. Er war ein großgewachsener Mann, mit einem brutalen Gesichtsausdruck und Muskeln wie denen von The Rock. Seine Wangen zierten Narben von den vielen Schlägereien, in die er verwickelt gewesen war, und an seinem Hals krochen Tattoos empor. Er war niemand, der Kompromisse machte. Entweder man beugte sich seinem Willen oder man bekam die Konsequenzen zu spüren. »Es gab einen ICE Einsatz in Salas. Habt ihr etwas damit zu tun?«

»Nein, aber der war unser großes Glück. Hat die Mexikaner abgelenkt.« Travis klatschte Duncan ab und sah Cringe in die Augen. »Rorys Frau Lisa ist zurück zur Familia. Hat die Kinder mitgenommen.«

»Scheiße, das ist echt übel, Mann.« Cringe nickte ihm zu, bevor er Travis erneut ins Visier nahm. »Was wissen die Braunen?«

»Gar nichts.« Travis hielt dem intensiven Blick des Präsidenten stand. »Sie wollten Rory kaltmachen, haben sein Haus unter Beschuss genommen, aber er konnte fliehen. Deshalb habe ich mir den Firebird geliehen, um ihn da rauszuholen.«

»Du hast mich angelogen«, bemerkte Duncan. »Du weißt verdammt nochmal, dass die Army Brüder sich nicht belügen.«

»Es tut mir leid. Ich wollte es auf meine Weise erledigen.« Travis senkte reumütig den Kopf. »Ich stamme aus Salas und wollte niemanden gefährden. In den letzten Monaten sind zu viele Brüder draufgegangen. Ich wollte vermeiden, dass wir Aufsehen erregen.«

»Du wolltest, du wolltest ...« Cringe verzog den Mund. »Ziemlich viele Dinge, die du wolltest, Mann. Woher soll ich wissen, dass du inzwischen nicht mit den Bullen unter einer Decke steckst? Wie soll ich dir vertrauen, wenn du uns belügst?«

Travis richtete sich zu voller Größe auf. Dabei überragte er Cringe um einige Zentimeter. Sie starrten sich in die Augen. »Habe ich euch je beschissen? Nein, das habe ich nicht! Ich habe Deals für euch an Land gezogen. Gäbe es mich nicht, hättet ihr euch die Ausweitung eures Waffenhandels in den Arsch schieben können. Ich kenne Salas. Und ich kenne die Mexikaner. Die beißen wie Tiere in der Falle um sich, weil sie Angst haben, dass die Reisfresser und wir ihnen das Geschäft streitig machen. Aber sollen sie doch lieber Chinesenschweine in Salas abknallen als uns. Die Triaden wissen sich zu wehren. Wenn sie unsere Waffenlieferung bekommen haben, dann umso mehr. Die erledigen das für uns in Salas und wir sind fein raus. Wir ziehen dort unser Geschäft auf, während andere für uns die Drecksarbeit machen.«

»Hm.« Cringe grinste bösartig. »Ich kenne die Strategie, Travis, du musst mich nicht belehren. Trotzdem schätze ich keine Alleingänge.«

»Wäre es dir lieber gewesen, wieder Green Army Brüder zu beerdigen? Jedes Mal, wenn ihr mit euren Kutten in der Stadt auftaucht, ist das wie ein rotes Tuch für die Braunen. Eure Zeit wird kommen, dafür werde ich sorgen.«

Cringe spuckte aus. Er schien zu überlegen. »Ich hoffe für dich, dass du die Wahrheit sagst«, knurrte er dann. »Du weißt, was wir mit Verrätern machen.«

Travis nickte, ruhig und beherrscht. Er hatte es schon einmal gesehen. Verräter traf ein Mayhem-Urteil. Sie wurden kopfüber an ein Seil gefesselt. Zuerst brannte man ihnen die Erkennungs-Tattoos des Clubs mit Feuer raus, dann durfte jedes Mitglied des Chapters einmal zuschlagen. Egal wohin. Das überlebte nur selten jemand. Und wenn, dann blieb er ein Krüppel und konnte sich gleich selbst eine Kugel in den Kopf jagen, denn ohne den Rückhalt des Clubs war er ohne Schutz und ohne Einkommen. Travis kannte die Regeln.

Cringe fixierte ihn noch immer. »Wenn das heute Abend ohne Störung über die Bühne geht, hast du mein Vertrauen wieder, Bruder.« Er reichte ihm die Hand und Travis schlug ein, indem er Cringe' Handgelenk umklammerte. Der Präsident tat dasselbe und sah Travis dabei prüfend in die Augen. »Ich weiß, dass du es gewöhnt bist, die Dinge alleine zu regeln«, sagte er. »Aber wir sind jetzt deine Familie. Gewöhn dich endlich daran. Und für den Firebird schuldest du mir was!«

»Tut mir leid, Mann. Die Braunen haben ihn durchsiebt, als ich Rory eingesammelt habe. Wir mussten ihn entsorgen, damit wir nicht auffallen. War zu viel Polizei auf den Straßen.«

»Und niemand findet die Karre?«

»Darauf hast du mein Wort.«

»Wo habt ihr sie entsorgt?«

Travis zögerte kurz. »Ernie Hicks«, erwiderte er dann.

Cringe nickte langsam. »Ist der zuverlässig?«

»Ernie ist ein Kumpel von uns. Der hält dicht. Hat er schon damals bei Walt Chandlers Auto.«

»Dann sollten wir ihm öfter mal einen Auftrag erteilen.« Cringe löste den Griff und schlug Travis auf die Schulter. »Lass uns was trinken, Mann. Du solltest uns allen 'ne Runde ausgeben.«

»Mach ich gerne.« Travis drehte sich zu Rory um und nickte ihm zu. Sein Kumpel wirkte angespannt. Travis ließ sich zurückfallen.

»Alles cool«, raunte er ihm zu und schob Rory voran. »Erzähl den Jungs von deinem gebrochenen Herzen. Sie werden glauben, es ist wegen Lisa.«

»Die werden unsere Schwänze abschneiden«, flüsterte Rory. »Cringe ist mehr als misstrauisch. Nach heute Abend wird er uns jagen wie zwei streunende Hunde.«

»Das wird er nicht.« Travis lächelte Duncan zu, der auf sie wartete.

»Du hättest mir sagen sollen, dass das Auto nicht für 'ne Mieze ist«, sagte Duncan vorwurfsvoll. »Dachte, du willst die Maus beeindrucken.« Er legte seinen Arm um Rory und dieser duckte sich merklich. »Wenn ich gewusst hätte, dass du diese blonde Ratte retten willst, hätte ich dir den Jeep gegeben. Schade um den Firebird. War mein Schätzchen.« Er sah Rory an. »Und jetzt erzähl mir, warum dich deine mexikanische Schlampe verraten hat. Hast du's ihr nicht gut genug besorgt?«

Rory folgte Duncan ins Innere und Travis ließ seinen Blick ein letztes Mal über den Platz schweifen, bevor er das Clubhaus betrat. Dieser Abend würde sein persönliches Armageddon werden.

Zwei Stunden später saß er auf seiner Harley und fuhr in Formation in Richtung Salinas. Zwanzig Mitglieder auf Motorrädern waren insgesamt mit von der Partie plus drei Prospects in einem weißen Van mit dem Aufdruck einer Putzfirma. Sie transportierten die Waffen. An diesem Tag hatten sie auf ihre Kutten verzichtet, um nicht aufzufallen, auch wenn sie dies natürlich trotzdem taten. Zwanzig finster dreinblickende Motorradfahrer, die wie die Zugvögel hinter ihrem Präsidenten und dessen Sergeant-at-Arms herfuhren, waren kaum zu übersehen. Cringe hatte Travis' Vorschlag, sich kurz vor Salas aufzuteilen, abgelehnt. Er wollte Stärke demonstrieren, auch wenn diese angesichts der zahlreichen und bis an die Zähne bewaffneten Norteños lächerlich erschien.

Als sie die Stadtgrenze passierten, fühlte sich Travis unwohler denn je. Seine Wunde pochte, als wollte sie ihn an die Gefahr erinnern, in der er sich befand. Kurz vor der Abfahrt in Gilroy hatte er über das Handy durchgegeben, dass sie auf dem Weg nach Salinas waren. Der Deal würde wie geplant am bereits genannten Ort über die Bühne gehen. Er hatte Marella sogar die GPS-Koordinaten durchgegeben, weil er wusste, dass die Hütte im Wald nur schwer zu finden war. Es erschien ihm eigenartig zum ersten Mal seit langer Zeit wieder an den Ort seiner Jugend zurückzukehren. Jenen Ort, der ihm Zuflucht und Heimat zugleich gewesen war. Der ihm seinen Vater vom Hals gehalten hatte, und wo er gemeinsam mit Rory an der 1941er Harley Davidson FL Sidecar Knucklehead geschraubt hatte. Sie hatten das Schmuckstück nie ganz fertig bekommen. Seit Jahren stand es nun in Rorys Garage unter einer Abdeckplane und wartete darauf, dass sie es vollendeten. Die Löcher im Boden des Beiwagens mussten noch ordentlich verschweißt werden. Doch das war nun unwichtig, denn vermutlich würden es nun die Mexikaner in die Finger kriegen. Travis war sich sicher, dass sie das Haus schon längst auf den Kopf gestellt hatten. Zum einen auf der Suche nach Waffen und Wertgegenständen, zum anderen, um an Informationen zu gelangen. Außerdem würde Lisa zurückkehren und alles mitnehmen, was sie brauchen konnte. Rory blieb nichts. Er war mittelloser als jemals zuvor. Doch anstatt dafür zu kämpfen, sein Leben wieder in den Griff zu bekommen, war Mya alles, woran er dachte.

Travis sah zu seinem Kumpel, der versetzt neben ihm fuhr. Da seine andere Harley nun vermutlich ebenfalls unter einem braunen Arsch zu finden war, fuhr er eines der Motorräder, die ansonsten den Prospects vorbehalten waren, eine Harley-Davidson Dyna Street Bob. Sie wirkte etwas klein für seine Körpergröße und obwohl Travis sein Gesicht nicht sehen konnte, wusste er, dass Rory verbissen dreinsah. Er hatte mitgespielt, hatte den Brüdern des Clubs von seiner miesen Ehefrau Lisa erzählt, die ihn hinterhältig verraten und seine beiden Kinder mitgenommen hatte. Das Leid in seinen Augen war nicht aufgesetzt, als er davon gesprochen hatte, wie sehr es ihm zusetzte, dass Ruben und Katia nun bei der Nuestra Familia aufwuchsen. In seiner Verzweiflung trank er einige Whiskys zu viel und Travis hoffte, dass ihn das nicht zusätzlich daran hinderte, sich auf das zu konzentrieren, was vor ihnen lag.

Cringe bog an der Spitze der Kolonne nach rechts ab und alle folgten ihm. Travis wusste, dass er die Innenstadt und die gefährlichen Bezirke von Salas meiden wollte. Deshalb fuhr er auf Umwegen zu der Hütte im Wald. Nachdem sie die viel befahrenen Straßen hinter sich gelassen hatten, lichtete sich die Bebauung und sie donnerten auf einen Feldweg. Der Sand flirrte wie feiner Goldstaub vor den Scheinwerfern der Harleys, am dunkelblauen Abendhimmel sah man die ersten Sterne.

Travis hasste Deals, die in der Dunkelheit stattfanden. Sie gaben ihm das Gefühl, die Situation nicht unter Kontrolle zu haben, weil er nicht alles im Blick behalten konnte. Doch die Triaden hatten darauf bestanden und die Waffenübergabe auf neun Uhr festgesetzt. Travis fragte sich, ob die Reisfresser schon da waren. Zu der Hütte führten nur zwei Straßen. Eine kam aus Süden, die andere aus Osten. John Marella musste seine Leute ebenfalls so positionieren, dass sie niemandem auffielen. Travis hoffte inständig, dass es kein Blutbad geben würde. Die Gelben waren nicht zimperlich und ihre Finger saßen ziemlich locker an den Abzügen. Sie waren bekannt dafür, loszuballern bevor sie überhaupt wussten, worauf sie schossen. Billy Chen, der Triaden-Boss von Salas, war eiskalt. Travis schätzte ihn so ein, dass er im Zweifel seine Männer und sich selbst hinrichtete, bevor er sich von Marellas Eingreiftruppe gefangen nehmen ließ. Die Triaden hatten keine Verbündete in den Gefängnissen und waren auch nicht dafür bekannt, kooperativ zu sein. Erst vor kurzem hatte sich ein Bandenmitglied bei seiner Verhaftung die Zunge abgebissen und war verblutet. Travis spannte die Muskeln an. Er hatte Marella gewarnt. Es war unmöglich, sich den Kopf der Triaden zu schnappen. Ihre Strukturen waren streng hierarchisch und wurden niemals preisgegeben. Der jeweilige Rang wurde in numerischen Codes angegeben, die in der chinesischen Zahlenkunde für bestimmte Objekte standen. So war Billy Chen etwa ein 426, ein roter Wächter, eine Art Feldherr, der wiederum einem sogenannten Bergführer unterstellt war. Über allem thronte der Drache, der Kopf der gesamten Organisation. Er war unerreichbar, namenlos und nichts mehr als ein Schatten für die Justiz. Es war wie bei der Nuestra Familia, man konnte die Unterhändler von der Bildfläche verschwinden lassen, aber die Köpfe lebten weiter und bildeten neue Arme, mit denen sie nach der Macht griffen. Es war eine unendliche Geschichte.

Sollten die Gelben je herausfinden, dass er gesungen hatte, dann wäre ein Mayhem-Urteil bei den Green Army Brüdern nichts im Vergleich zu dem, was die Triaden mit ihm anstellen würden. Lingchi, der Tod der tausend Schnitte. Travis presste die Zähne zusammen. Er verachtete sich dafür, dass er allmählich genauso paranoid wurde wie Rory.

Der Trupp wurde langsamer, der Weg gabelte sich und Travis deutete nach links. Cringe fuhr voran, die äußeren Flügel der Formation blieben als Wachposten zurück. Jetzt waren sie nur noch zu acht. Das war die Zahl, die die Triaden vorgegeben hatten. Kein Mann mehr oder weniger. Travis holte tief Luft. Sie bogen um die nächste Spitzkehre und die Scheinwerfer erfassten die Lichtung. Zwischen dem Gestrüpp ragte die Hütte ihrer Jugend hervor. Travis glaubte, die Schüsse von damals zu hören, als sie auf die in den Bäumen aufgehängten Blechdosen gezielt hatten. Es war eine gute Zeit gewesen. Mya, Rory und er. Sie hatten ganze Wochenenden in der Holzhütte verbracht. Inzwischen wirkte ihr Leben so düster und trist wie dieser seit langem verlassene Ort.

Cringe hob die Hand und die Gruppe kam zum Stehen. Nach dem Abstellen der Motoren umgab sie gespenstische Stille. Travis setzte seinen Helm ab und nickte Cringe zu, um ihm zu verstehen zu geben, dass sie richtig waren. Der Lieferwagen rollte nun ebenfalls zu ihnen heran und kam zum Stehen.

»Abladen!« Cringe forderte seine Männer zur Eile auf.

Die Hintertüren des Wagens flogen auf und die drei Prospects sprangen heraus. In Windeseile wurde eine der Holzkisten ausgeladen und zu der Hütte in einigen Metern Entfernung getragen. Sie enthielt die Waffen, mit denen Probeschüsse abgegeben werden sollten. Erst wenn die Chinesen das Geld präsentierten, würde Cringe ein Zeichen geben und den Van mit den restlichen Waffen vorfahren lassen. Travis beobachtete das Abladen. Als die Prospects fertig waren, hasteten sie ins Innere des Vans, starteten den Motor, wendeten den Wagen und brausten davon.

»Guter Platz.« Cringe sah sich um. »Hätte gedacht, das sei Familia Gebiet.«

»Nicht mehr.« Travis ging zu ihm. »Seit der Säuberungsaktion des FBI haben die Braunen diesen Teil der Stadt aufgegeben. Scheint, als hätten sie die Hütte vergessen. Gut für uns.«

»Was war das früher?«

»Irgendwann hausten hier mal die Schwarzbrenner. Aber das ist lange her. Rory und ich haben die Hütte als Jugendliche entdeckt. Da war sie bereits verlassen. Später hat die Familia sie dann genutzt und nun steht sie wieder leer.«

Cringe stellte sich breitbeinig auf die Lichtung. »Ich höre

nichts«, grummelte er. »Vielleicht ist Billy Chen misstrauisch geworden.«

»Der kommt bestimmt.« Travis blickte in die Dunkelheit. Im Gegensatz zu Cringe spürte er die Anwesenheit der Triaden. Die Härchen auf seinen Armen stellten sich auf. Sie waren hier so ausgeliefert wie ein Maultierhirsch auf freiem Feld. Wenn er nicht gewusst hätte, wie heiß der gelbe Mob auf die Waffen war, hätte er schon längst den Rückzug angetreten.

»Ich rieche die verdammten chinesischen Zigaretten der Reisfresser«, zischte Rory neben ihm. »Warum zeigen sie sich nicht?«

Dasselbe fragte sich auch Travis. Vorsichtig entsicherte er seine Ruger. In diesem Moment flammten Scheinwerfer auf und Travis kniff automatisch die Augen zusammen. In seinem Rücken hörte er das Klicken der anderen Waffen.

»Tststs …« Eine Gestalt trat in das Licht und er erkannte die Stimme von Billy Chen. »Warum so nervös, meine irischen Freunde?«

Cringe drehte seine Waffe zur Seite und hob die Hände. »Alles cool, Billy.«

»Das will ich hoffen. Wen hattet ihr denn erwartet?«

»Wir sind einfach nur vorsichtig. Ist unser erster Deal mit euch.«

»Hm.« Billy Chen betrachtete die anwesenden Mitglieder. Er trug einen schwarzen Anzug und in seiner Körperhaltung lag so viel Anspannung, dass Travis zu zweifeln begann, ob die ganze Aktion so reibungslos verlaufen würde wie er es geplant hatte.

»Warum machst du nicht das Licht aus und wir begrüßen uns wie Geschäftspartner?« Cringe gab sich gelassen.

»Wo sind die Waffen?«

»Eine Kiste ist in der Hütte hinter uns. Seht sie euch an. Wenn ihr zufrieden seid, dann holt ihr das Geld und ich lasse den Van mit der gesamten Lieferung kommen.«

Billy Chen schien zu überlegen, dann schüttelte er den Kopf. »Ich habe noch etwas zu klären.«

»Das wäre?«

»Habe gehört, ihr hattet Ärger mit den Braunen.« Billy sah zu Travis herüber. »Sie haben einen von euch in die Mangel genommen.«

»Das ist richtig«, erwiderte Cringe. »Einer unserer Brüder hatte Ärger mit seiner *Old Lady*. Ihr sind die Sicherungen durchgeknallt und sie ist zurück zur Familia.«

»Ihr steckt eure Schwänze in braune Muschis? *Xīngxīng zhī huǒ kěyǐ liáo yuán.*« Billy machte eine kurze Pause. »Ein kleiner Funken kann die ganze Steppe in Brand setzen.« Er wandte sich von Cringe ab und kam auf Travis zu. »Ich hoffe, ihr habt das dumme Weib abgeknallt?«

»Sie ist die Mutter meiner Kinder«, mischte sich Rory ein und Travis hätte ihn am liebsten k.o. geschlagen, damit er den Mund hielt. Sein Kumpel hatte keinen blassen Schimmer, mit wem er da sprach.

Billy blieb stehen. Er sah Rory an und sein Blick ließ sämtliche Alarmsirenen in Travis schrillen.

»Du bist das also.« Der Triaden Boss verzog keine Miene. »Du fickst gerne Braune. Dumme Angewohnheit.« Sein Blick wanderte weiter zu Travis. »Ich bin erfreut, dich wiederzusehen.« Seine Stimme hatte keinerlei Höhen und Tiefen. Sie klang aalglatt, ohne jegliche Gefühlsregung. Als Travis vor Monaten den Kontakt zu Billy aufgenommen hatte, um ihm den Waffendeal vorzuschlagen, hatte er sofort gewusst, dass man diesen Typen besser nicht zum Narren hielt. Er ergriff Billys Hand und spürte den drohenden Druck.

»Dein Kumpel ist zu weich«, sagte der Chinese. »Du solltest es für ihn tun. Erledige die mexikanische Schlampe, damit die Familia weiß, wie die Green Army Verrat bestraft. Verschafft euch Respekt.« Er ließ Travis los und wandte sich erneut an Rory. »Wen hat das Special Response Team aus der braunen Höhle gezerrt?«

»Keine Ahnung.« Sein Kumpel klang erstaunlich unbeeindruckt.

»Ich hörte, es war eine Frau. Deine Frau?«

»Warum sollten die ihr eigenes Familienmitglied als Geisel nehmen?«

Travis hielt den Atem an. Es erstaunte ihn, dass Billy Chen über den Einsatz informiert war. Aber wieso hatte er auch geglaubt, Myas Befreiung bliebe im Dunklen? Vermutlich wusste inzwischen halb Salas Bescheid. Ihm schwante nichts Gutes.

Billy Chen zündete sich eine Zigarette an. »Verkaufst du mich gerade für dumm, du verfickter Ire?«

»Das tue ich nicht.«

»Du weißt ganz genau, wen die Bullenschweine da rausgeholt haben. Warum sagst du es nicht?«

Rory schwieg. Travis spannte die Muskeln an und Cringe versuchte zu vermitteln. »Wollen wir nicht endlich zum Geschäftlichen kommen?«

»Nein!«, fauchte Billy und Travis griff instinktiv nach seiner Waffe. »Ich sagte, ich habe noch etwas zu klären.«

Ehe Travis etwas tun konnte, bemerkte er einen Gegenstand in Billys Hand. Das Licht brach sich in der Klinge. Ein Messer! Schon zuckte es nach vorne. Es ging blitzschnell. Travis hielt entsetzt inne, während sich der Horror bis in sein Gehirn brannte. Die Erkenntnis lähmte ihn kurzzeitig.

»Fuck!« Rory starrte das Messer an, das bis zum Anschlag in seinem Bauch steckte. Mit einer ruckartigen Bewegung riss Billy es nach oben. Rory schrie auf, dann fiel er zu Boden.

»Was zum Teufel!« Travis erwachte aus seiner Starre.

»Tststs …« Billy hielt ihn zurück und bedeutete den anderen Green Army Mitgliedern ebenfalls zurückzubleiben. »Dieser Scheißkerl hat euch verraten«, zischte er.

Travis durchlief es eiskalt.

»Die ICE Agenten haben eine Frau namens Mya Munroe vor den Braunen geschützt. Euer ehrenwerter Bruder Rory hier hat sie gefickt. Ist wohl seine Jugendfreundin, die Tochter eines Verräters, den die Familia rächen will. Einer meiner Leute hat gesehen, wie er sie letzte Woche nachts in ihrem Motel besucht hat. Kein Wunder, dass ihm seine Frau davongelaufen ist und die Braunen in Aufruhr sind.« Gemurmel machte sich breit und Travis starrte auf seinen besten Freund, der sich stöhnend zu seinen Füßen im Gras wand. Blut durchtränkte sein T-Shirt und Travis wusste, dass es seines sein sollte. Verstört lauschte er Billys Worten, die sich wie ein warnender Zeigefinger in sein Innerstes bohrten.

»Ein derartiger ICE Einsatz kommt von ganz oben. Jemand hat also geplaudert. Und wer könnte das wohl gewesen sein? Nur der, der es schafft, sein Betthäschen vom ICE retten zu lassen.« Billy stieß Rory mit der Schuhspitze in die Seite. Gott verdammt! Travis trat nach vorne. Noch ehe er etwas sagen konnte, spuckte Rory angriffslustig aus. »Du chinesische Drecksau!«

Billy trat erneut nach ihm und Travis spürte, wie die Wut in ihm überschäumte. »Lass ihn in Ruhe!«

Zwei Männer von Billy schirmten ihren Boss ab und nahmen Travis in den Schwitzkasten.

»Du willst nicht glauben, dass dein Freund gesprächig war, habe ich recht? Du hast dieses Geschäft eingefädelt, aber du wurdest verraten. Ebenso wie der ganze Club hier.«

Billy trat zu Cringe. Er stellte sich so dicht vor ihn, dass er fast dessen Nase berührte. »Der Deal ist geplatzt. Wir machen keine Geschäfte mit inkompetenten Handelspartnern. Bekommt eure Organisation in den Griff, dann reden wir vielleicht weiter. Und wir wollen einen Preisnachlass für die Unannehmlichkeiten.«

»Das ist Unsinn! Rory hat uns nicht verraten.« Travis wand sich in der Umklammerung der Chinesen, doch ihr Griff war eisern. Die Schmerzenslaute seines Kumpels machten ihn wahnsinnig.

»Und was ist, wenn ich dir nun stecke, dass jeden Moment erneut die Gang Units hier auftauchen werden? Glaubst du mir dann?« Billy kam zu ihm zurück. »Der irische Vogel hat gezwitschert, hat ein Geschäft unterschrieben, um die weiße Möse zu retten. Aber ich werde nicht Bestandteil eines RICO Falls, nur um den Krieg gegen die verdammten Mexikaner zu gewinnen! Es gibt noch andere Wege.« Erneut trat Billy nach dem am Boden Liegenden.

Travis bäumte sich auf. Sein Zorn steigerte sich in Rage. Er schüttelte einen der Chinesen ab, bevor er eine Waffe an seiner Stirn spürte. Billy neigte den Kopf zur Seite. »Du wirst ihn nicht retten«, sagte er leise. »Er wird sterben, denn ich habe ihm seine irischen Eingeweide zerfetzt.«

»Du verfluchtes Schwein!« Travis warf sich nach vorne. Seine Raserei verdrängte die Angst. »Er hat nicht geplaudert!«

»Doch, das habe ich!« Rorys Stimme klang übernatürlich laut. »Ich habe Mya gerettet und ich habe diesen Deal dem verdammten Vize-Staatsanwalt gesteckt, damit er eure gelben Ärsche für immer in den Knast steckt, wo die Braunen ihn ficken können. Fahrt alle zur Hölle!«

Billys Arm fuhr herum, ein Schuss knallte. Travis riss den Mund zu einem stummen Schrei auf und verpasste dem Chinesen an seiner Seite einen Kinnhaken. Bewegung kam in die Mitglieder der Green Army. Knarren wurden gezogen und jeder bedrohte sein Gegenüber. Billy Chen zog Travis eins mit dem Lauf seiner Waffe über und er ging zu Boden. In seinem Rücken vernahm er das Lachen des Chinesen. »Es ist vorbei, ihr irischen Wichser, hört ihr das nicht?«

Durch das Dröhnen in seinem Schädel drang das Rotorengeräusch eines Hubschraubers. Die Scheinwerfer gingen aus. Es wurde dunkel. Endlich.

»Wir ziehen uns zurück!«, befahl Cringe und Travis spürte Hände, die nach ihm griffen. Er schüttelte sie grob ab. Seine Finger tasteten nach Rory, der leblos neben ihm im Gras lag.

»Lass uns abhauen, Bro!« Es war Duncan.

Travis reagierte nicht und das Zerren an seinen Armen nahm zu. »Nein!« Er drehte sich auf den Rücken, richtete seine Waffe auf die konturlosen Gesichter, die ihn ansahen. »Ich lasse ihn nicht alleine.«

»Er ist tot, Mann.« Es klang verunsichert. Keiner wagte auszusprechen, dass Billy Chen womöglich recht hatte und Rory ein Verräter war, dessen Leiche niemand mitnehmen wollte.

»Geht!« Travis legte den Finger an den Abzug. »Haut ab!«

»Der Scheiß ICE ist auf dem Weg.« Duncan zögerte noch

immer. Dann nickte er. »Wir schieben dein Bike ins Gebüsch, falls du's dir doch noch anders überlegst.« Er zog ab.

Travis ließ den Kopf nach hinten fallen und senkte die Waffe. Er hörte, wie sich alle um ihn herum aus dem Staub machten. Motorräder wurden angeschmissen, aus Richtung Salas erklangen Polizeisirenen. Reifen quietschten, der Hubschrauber kam näher, richtete seinen Suchscheinwerfer auf die Straße unter sich. Travis setzte sich auf. Er musste Rory von hier fortschaffen! Wenn die Einsatzteams herkamen, würden sie die Hütte durchsuchen und die Kiste mit den Waffen finden. Es waren nicht viele, nur jeweils eine von jeder Art, aber er wollte nicht, dass sie seinen Kumpel mitnahmen. Er stand auf und vermied es, Rory anzusehen, dessen Kopf ebenso blutverschmiert war wie der Rest seines Körpers. »Du blöder Arsch«, murmelte er, während er ihn bei den Schultern packte und davonzerrte. »Es war meine Idee, warum hast du mich die Scheiße nicht regeln lassen und hast dein dummes Maul gehalten?«

Der Schmerz in seinem Inneren wurde von jäher Wut überlagert, die ihm die Kraft verlieh, die er brauchte. Schwer atmend schleppte er seinen Bruder tiefer in den Wald hinein, dorthin, wo sich die unterirdischen Verstecke der Schwarzbrenner befanden, in denen sie früher den Alkohol gelagert hatten.

Travis legte eines von ihnen mit bloßen Händen frei, fand schließlich den eisernen Ring einer im Boden eingelassenen Holzklappe und stemmte sie auf. Der Hubschrauber kreiste über ihren Köpfen. Das grelle Licht des Suchscheinwerfers streifte ihn, aber er wusste, dass die Bäume ihm Schutz boten. Solange die Bullen keine Wärmebildkameras im Einsatz hatten, war alles in Ordnung. Mit letzter Kraft wuchtete er Rory in die Grube und schloss die Klappe über ihnen. Ruhe. Tiefste Finsternis. Travis ließ sich zu Boden fallen und barg den Kopf in seinen Armen. In diesem Moment klingelte das Handy in seiner Hosentasche. Er ignorierte es. Ihm war alles egal. Er fühlte sich, als sei er mit Rory gestorben. Vielleicht war es auch so.

Fourteen

❧

Mya starrte auf den Fernseher. Es lief eine Nachmittagsserie, doch sie nahm nichts davon wahr. Seit zwei Tagen saß sie in dem Motelzimmer und wartete. Die Unruhe in ihrem Inneren nahm zu. Exx hatte gesagt, dass die Polizei sie vermutlich innerhalb von 24 Stunden freiließ, aber bisher hatte sie nichts von ihren Freunden gehört. Sie hatte kein Handy, kein Geld und keinen Ausweis. Das Essen, das Rap ihr gekauft hatte, war zum Großteil aufgebraucht. Sie saß an diesem schäbigen Ort fest und drehte langsam durch.

Im Fernsehen war über einen Einsatz der Polizei- und Zollbehörde des Ministeriums für innere Sicherheit, kurz ICE, berichtet worden. Man hatte einige Mitglieder des berüchtigten OMC Green Army geschnappt. Die Medien spekulierten über einen Waffenhandel mit den Triaden, aber niemand wusste etwas genaues. Die Polizei in Salinas war weiterhin in Alarmbereitschaft und beruhigte die Bürger, dass sie alles unter Kontrolle hatten. Des Weiteren meldeten sich die lokalen Politiker zu Wort, die sich betroffen zeigten, dass neben den genannten Gangs auch die Nuestra Familia wieder an Stärke gewann. Sie forderten von den zuständigen Behörden, dass den Bandenkriegen endlich ein Ende bereitet werden musste, um die Einwohner von Salinas zu schützen und der Region ihren guten Ruf wiederzugeben.

Mya kaute an ihren Fingernägeln. Was geschah mit ihr, wenn Rap und Exx nicht zurückkamen? Sie wollte nicht daran denken, dass ihnen etwas zugestoßen war, denn in den Nachrichten war nicht von Opfern während den Verhaftungen die Rede gewesen. Dennoch bereitete es ihr Unbehagen, dass ihre Freunde sie so lange hängen ließen. Das war nicht ihre Art. Irgendetwas war geschehen und die Ungewissheit darüber verursachte ihr Bauchschmerzen. Wieder einmal sprang sie auf und sah nach draußen. Die Autos auf dem Parkplatz vor ihrem Fenster standen noch genauso da wie eine Stunde zuvor und auf der angrenzenden Straße floss der übliche Verkehr. Es wurde Abend. Sie stöhnte. Noch eine Nacht in diesem Zimmer würde sie nicht ertragen. Ständig wachte sie auf, lauschte auf Geräusche und sah Paqui vor sich, der sie foltern wollte. Sie wurde noch verrückt, wenn das so weiterging!

Mya lief auf und ab. Seit dem Morgen schwankte ihre Stimmung beständig zwischen Panik, Hoffnung und Verzweiflung. Sie überlegte, wie lange sie noch warten sollte. Wen sie am besten verständigte, wenn sie sich entschloss, nicht weiter hier herumzusitzen. Auf wen konnte sie zählen? Seit Rap ihr erzählt hatte, dass dieser stellvertretende Staatsanwalt sie wie einen Köder benutzt hatte, um an Informationen zu dem Waffendeal zu gelangen, war ihr Vertrauen in das Rechtswesen erschüttert. Aber um ausreisen zu können, brauchte sie ihren Pass. Sie brauchte ihre Kreditkarten und wollte ihr Handy zurückhaben. Doch all diese Dinge hatte sie zuletzt im Safe House gesehen. Sie fuhr sich hilflos durch die Haare. Ihre Situation erschien aussichtslos. Ohne die Hilfe von Rap und Exx war sie aufgeschmissen. Am liebsten hätte sie geweint, aber sie wusste, dass ihr das auch nicht mehr weiterhalf.

Sie sank zurück aufs Bett. Im Fernseher dudelte die Schlussmelodie der Serie, es folgte ein Werbeblock. Mya wünschte sich, das makellose Model der Zahnpasta-Werbung zu sein, für das es nichts anderes gab als strahlendweiße Zähne. Sie summte den eingängigen Jingle mit, als sie plötzlich das Knattern eines Motorrads hörte.

Augenblicklich schoss sie senkrecht in die Höhe und stellte sich ans Fenster. Exx! Erleichterung durchflutete sie und sie riss die Tür auf.

Er fuhr ein altes Motorrad mit Beiwagen und parkte es in einiger Entfernung. Dann stieg er ab, nahm einen Rucksack aus dem Seitenwagen und näherte sich. Mya bemühte sich, ihm nicht entgegenzurennen.

»Hey, ist das der Schrotthaufen, den ihr in eurer Hütte zusammengeschraubt habt?«, rief sie ihm entgegen. »Ich wusste gar nicht, dass der noch existiert.« In dem Moment bemerkte sie seinen Gesichtsausdruck. Er kam näher, fixierte sie, als ob er ihr etwas antun wollte. Ehe sie reagieren konnte, packte er sie am Arm und stieß sie zurück ins Zimmer. Dann knallte er die Tür hinter ihnen zu, legte das Schloss vor und riss die Vorhänge mit einem Ruck vors Fenster. Anschließend zog er seinen Jethelm vom Kopf und warf ihn auf den Tisch neben dem Bett.

»Ich bin so froh, dass ihr wieder da seid!« Mya fühlte sich befreit. Die Anspannung der letzten Tage fiel von ihr ab. »Wo wart ihr denn?«

»Ich bin gekommen, um dich nach Los Angeles zu bringen.« Exx klang wie ein Roboter und hielt ihr den Rucksack hin. »Das sind deine persönlichen Sachen.«

»Wo ist mein Koffer?« Mya nahm den Rucksack an sich und lugte hinein.

Exx zuckte mit den Schultern. »Das muss reichen.«

»Was ist passiert? Ist alles okay?«

Er drehte sich von ihr weg. »Wir sollten so bald wie möglich aufbrechen.«

Mya spürte ein eigenartiges Ziehen in ihrem Magen. »Wo ist Rap? Ist er mit dem Auto gefahren?«

»Er ist tot.«

Der Satz hing in der Luft und es war, als nähme er Gestalt an. Er legte seine Hände um Myas Hals und würgte sie, doch sie wehrte sich. Ungläubig lachte sie auf. »Lass den Scheiß, Exx! Ich habe die Nachrichten geschaut. Da war nicht von Opfern die Rede. Es ging unblutig zu Ende, hieß es.«

Er reagierte nicht.

»Warum machst du mir Angst?« Sie warf den Rucksack achtlos aufs Bett und trat zu ihm. »Sag mir, wo er ist.«

Exx bewegte sich nicht. Er stand nur still da, drehte ihr den Rücken zu, hielt den Kopf gesenkt. Das Ziehen in ihrem Magen nahm zu, ebenso wie der Druck in ihrem Hals. »Das ist nicht wahr«, flüsterte sie und wiederholte es dann lauter: »Das ist nicht wahr! Sag mir, dass das nicht wahr ist!«

Noch immer war Exx keine Reaktion zu entlocken und Mya begann mit den Fäusten auf seinen Rücken einzuschlagen. »Rap ist nicht tot!«, schrie sie dabei. »Er ist nicht tot!«

Ehe sie sich versah, drehte sich Exx um und versetzte ihr eine schallende Ohrfeige. Myas Mund klappte zu. Fassungslos starrte sie ihren Freund an, hielt sich die Wange.

»Er ist tot«, wiederholte er. Seine Stimme war so schneidend wie ein Messer. »Der Triaden Boss hat ihn aufgeschlitzt und ihm anschließend eine Kugel in den Kopf gejagt. Er ist so tot, wie man nur sein kann, wenn einem das Hirn wegspritzt und die Eingeweide rausquellen. Es hat ihn nur niemand gefunden.«

»Tot«, stammelte sie verstört und spürte, wie sich der Druck in ihrem Hals löste und den Weg für bittere Tränen freimachte. »Tot!«

»Hör auf damit!« Exx packte sie an den Haaren und hielt sein Gesicht dicht vor das ihre. »Ich schwöre, ich prügel dich windelweich, wenn du das ständig wiederholst oder anfängst, hier rumzuflennen.« Der Ausdruck in seinen Augen war so grausam, wie Mya ihn noch nie bei ihrem Freund gesehen hatte. Zum ersten Mal hatte sie Angst vor ihm. Mit aller Gewalt drängte sie die Tränen zurück. »Ich habe verstanden«, flüsterte sie und war erleichtert, dass er sie losließ.

»Wir fahren jetzt«, sagte er rau. »Pack alles ein, was du brauchst.«

Mya sah sich unschlüssig um. Die Nachricht lähmte sie, sie konnte an nichts anderes mehr denken. Das Wort *Tot* hallte wie ein Echo durch ihren Kopf. Sie sah das Bett an, dachte an den Sex zurück, den sie dort vor einigen Tagen mit ihren Freunden gehabt hatte, spürte Raps Küsse, seine Hände. Die Erinnerung ließ sie straucheln. Sie bemühte sich, nicht zusammenzubrechen. Ein Laut entrang sich ihrer Kehle, der wie der Schrei eines Tieres im Todeskampf klang. Rasch legte sie sich die Hand vor den Mund, doch Exx befand sich bereits wieder in seiner starren Haltung. Mit zitternden Fingern durchwühlte sie den Rucksack, fand ihren Pass, ihren Geldbeutel mit den Kreditkarten und ihr Handy. Es hatte sich vollständig entladen. Mya zog eine Sweatjacke hervor und streifte sie sich über. Dann packte sie den Rest der Dinge ein, die Rap für sie gekauft hatte, bevor er und Exx aufgebrochen waren. Wasserflaschen, Obst, Cracker, Zimtbrötchen und Twizzlers wanderten in den Rucksack. Mya ging ins Bad, holte dort Zahnbürste und Zahnpasta sowie das Shampoo mit dem Apfelduft, das Rap für sie ausgewählt hatte.

»Wie lange sind wir unterwegs?«, fragte sie, um irgendetwas zu sagen, das sie von dem Schmerz in ihrem Inneren ablenkte.

»Wir fahren nicht auf dem Highway, nehmen kleinere Routen und halten uns an die Touristenstädte, damit wir nicht so auffallen. Vielleicht zwei Tage.«

»Dein Motorrad wird auffallen.«

Er schüttelte den Kopf. »Ohne Kutte bin ich einfach nur ein Kerl, der mit seinem Oldtimer durch Kalifornien cruist.«

»Die Nummernschilder?«

Er sah auf, als wunderte es ihn, dass sie ihm diese Frage stellte. »Sind von meinem alten Bike. Aber glaub mir, niemand wird uns kontrollieren. Nicht einmal die bescheuerten Mexikaner wollten sie mitnehmen. Sie stand unberührt in Raps Garage. Niemand kennt die Knucklehead.«

Aber Mya kannte sie. Und sie wusste, dass der Oldtimer einst der Schatz von Rap und Exx gewesen war. Krampfhaft unterdrückte sie die Erinnerungen.

»Lass uns fahren«, sagte sie und schulterte den Rucksack. Exx sperrte die Tür auf und trat hinaus, während Mya das Licht löschte. Noch einmal sah sie sich in dem Zimmer um, das die letzten Tage ihr Gefängnis gewesen war. Sie hatte es verlassen wollen, doch nun fürchtete sie sich davor.

»Komm endlich«, knurrte Exx ungeduldig.

Sie folgte ihm hinaus und atmete tief durch. Ich hätte niemals zurückkommen dürfen, schoss es ihr durch den Kopf, vermutlich würde Rap dann noch leben.

Angespannt beobachtete sie, wie Exx zur Rezeption ging. Kurze Zeit später kam er wieder hinaus, nahm einen weiteren Helm, der wie eine halbe Walnuss aussah, vom Lenker, reichte ihn ihr und startete die Maschine.

»Setz dich hinter mich«, forderte er sie auf. »In dem Beiwagen liegt Rorys Zelt.«

Mya setzte den Helm auf und schwang sich hinter ihn auf den kurzen Sitz. Sie musste sich eng an ihn drücken, um überhaupt Platz zu finden. Ihre Hände zitterten, ihr gesamter Körper vibrierte im Einklang mit der startenden Maschine. Außerhalb von Exx' Wahrnehmung erlaubte sie sich ein Schluchzen. Es ging im knatternden Motorengeräusch unter. Sie rollten auf die Straße, fuhren in Richtung Süden. Mya barg den Kopf an Exx' Schulter.

Nach knapp zwei Stunden bog Exx vom Highway 1 ab und fuhr auf einen Feldweg, der mit einem Schlagbaum abgesperrt war. *Feuerwehrzufahrt des Limekiln Nationalparks* prangte in großen Buchstaben auf dem Schild. Er umfuhr die Absperrung, rumpelte mit dem Motorrad durch einige Schlaglöcher und nahm dann eine Abzweigung, um parallel zum Highway tiefer in den Wald zu fahren. Der Weg führte bergauf und irgendwann konnte Mya zwischen den Bäumen die Küstenlinie von Big Sur erkennen. Im letzten Licht des Abends leuchteten die Berge rot, Himmel und Ozean tiefblau. Mya schluckte Tränen hinunter und sammelte sich, als Exx schließlich auf einer Anhöhe anhielt und den Motor abstellte.

Mya stieg ab, schüttelte ihre verkrampften Beine aus und setzte den Helm ab. »Wir übernachten hier?«

Exx nickte und machte sich wortlos daran, das Zelt aufzustellen. Mya sah ihm dabei zu und vermied es, ihm weitere Fragen zu stellen. Sie fürchtete, dass die Ranger des Nationalparks sie womöglich finden könnten, denn Zelten war nur auf den ausgewiesenen Plätzen erlaubt, aber Exx schien das nicht zu stören. Nachdem er fertig war, setzte er sich vor das Zelt, starrte auf den immer finster werdenden Horizont und schwieg. Mya fröstelte. Sie holte ihren Rucksack, wühlte darin herum und zog sich einen weiteren Pullover über. Dann setzte sie sich neben Exx.

»Möchtest du etwas essen?« Sie hielt ihm einen Cracker hin.

Er brummte verneinend und verfiel wieder in Schweigen. Mya lauschte auf das entfernte Meer. Der Wind trug ihr das Rauschen der Brandung und das Schreien der Möwen zu, die auf der Suche nach Felsen waren, um dort die Nacht zu verbringen.

»Rede mit mir«, flüsterte sie nach einer Weile in die unerträgliche Stille hinein. »Ich werde nicht weinen, aber erzähl mir, was passiert ist.«

Sie hatte erwartet, dass Exx wieder ausrasten würde und spannte automatisch ihre Muskeln an, aber er tat es nicht.

»Ich konnte es nicht verhindern«, hörte sie seine raue Stimme. »Es ging so verdammt schnell.«

Sie rutschte näher an ihn heran, spürte seine Wärme und die Verzweiflung, die er mit Wut und Aggression zu überdecken versuchte. Mürrisch schob er sie von sich, aber Mya gab nicht nach. Schließlich ließ er ihre Nähe zu.

»Billy, der Triaden Boss, wusste Bescheid. Er wusste, dass Paqui dich entführt hatte, er kannte sogar deinen Namen. Und er wusste, dass Rory vor einigen Tagen nachts bei dir im Motel war, und dass du vom ICE gerettet wurdest. All das brachte ihn zu der Annahme, dass Rory einen Deal mit den Behörden gemacht haben muss. Vermutlich wusste Billy sogar, dass der Deal verraten wurde. Oder er hat gepokert. Auf jeden Fall war er sich sicher. So sicher, dass er

Rory einfach abgeschlachtet hat.« Exx brach ab. Mya tastete nach seiner Hand, doch er stieß sie weg.

»Woher hatte er die Informationen?«, fragte sie.

»Diese Typen haben überall ihre Informanten. Doch sie haben das Wissen falsch zusammengesetzt. Es hätte mich treffen sollen, verflucht! Rory hätte einfach nur sein vorlautes Maul halten müssen. Aber er hat alles auf sich genommen, um mich zu schützen ...« Seine Faust bohrte sich in den sandigen Boden. Mya ergriff sie und hielt sie fest. Er schnaubte, versuchte sich zu befreien. »Hör auf damit!«, zischte er. »Ich kann das jetzt nicht ertragen.«

Mya ließ nicht locker. »Es ist meine Schuld«, sagte sie gepresst und war froh, es endlich aussprechen zu können. »Nur wegen mir ist er nun tot.«

Seine Faust öffnete sich, umklammerte ihre Hand. Es tat weh, doch Mya presste die Zähne zusammen. Erneut saßen sie schweigsam nebeneinander und krallten ihre Finger mit Gewalt ineinander.

»Das Schwein hat ihn aufgeschlitzt. Ich schwöre, Mya, es ging zu schnell.« Exx' heftiges Atmen übertönte den Wind. »Er hat ihn neben unserer Hütte hingerichtet.«

Myas Lippen bebten. Die Bilder in ihrem Kopf ließen sie schaudern. Sie stellte sich die Schmerzen vor, die Rap gehabt haben musste. Ob er gewusst hatte, dass er dort sterben würde? Sie hämmerte mit ihren freien Hand gegen ihren Kopf, um die furchtbaren Gedanken zu vertreiben. Doch sie quälten sie, wurden in der zunehmenden Dunkelheit zu furchterregenden Gespenstern.

»Als die Polizei von allen Seiten auf unsere Hütte zukam, sind alle geflohen. Aber ich habe ihn nicht alleine lassen können. Ich habe ihn zu den Schächten der Schwarzbrenner gezerrt und blieb dort mit ihm, bis alles vorüber war.«

»Du bist bei ihm geblieben?« Mya bekam Gänsehaut. »Wie lange warst du dort?«

»Die ganze Nacht. Bis zum nächsten Morgen. Ich konnte einfach nicht weg.«

»Und sie haben dich nicht gefunden?«

»Nein. Die Beamten waren hinter den flüchtenden Green Army Jungs und den Triaden her. War eine wilde Verfolgungsjagd. Nur ein Team kam zur Hütte. Sie haben die Kiste mit Waffen sichergestellt und sind dann wieder abgezogen. Die nutzt ihnen wenig, wenn sie nichts anderes in den Händen haben.«

»Was ist mit Rap?« Ihr versagte beinahe die Stimme.

»Ich habe ihn bei unserer Hütte begraben.«

»Aber ...« Mya zögerte. »Hättest du das nicht melden müssen?«

»Weshalb?«, fuhr er sie an. »Damit er ein anständiges Grab bekommt, seine Frau und seine Kinder um ihn weinen können und die Nuestra Familia drauf spuckt? O nein, ich liefere meinen Bruder ganz sicher nicht aus. Er liegt dort, wo er hingehört. Vermutlich wird er eines Tages gefunden. Aber dann ist es mir längst gleichgültig.«

»Wie meinst du das?«

Der Druck seiner Hand verstärkte sich und sie glaubte, ihre Finger würden brechen.

»Was ist mit Marella? Und mit eurem Abkommen?«, hakte sie nach, ignorierte den Schmerz.

»Es gibt ein neues Abkommen.«

»Wie sieht das aus?«

»Das ist unwichtig.« Er wandte ihr den Kopf zu und sah sie an. Im Dunklen erkannte sie seine Augen kaum. Sachte legte sie eine Hand an seine bärtige Wange.

»Ich vermisse ihn«, murmelte sie. »Und ich kann mir nur vage vorstellen, wie du dich fühlst.«

»Hör auf, Mya.« Ruppig entzog er sich ihr, ließ ihre Hand los und wollte aufspringen. Sie hielt ihn zurück und seine Gegenwehr erfolgte nur halbherzig. Er wirkte erschöpft, so als hätte er seit Raps Tod nicht mehr geschlafen. Vermutlich hatte er das auch nicht.

»Ich bin nicht wie er«, murrte Exx. »Ich will das alles nicht.«

Mya zog ihn bestimmt zu sich heran und spürte, dass er nachgab. Er presste seine heiße Stirn an ihre Halsbeuge. Sachte legte sie ihr Kinn auf seinem Kopf ab und fühlte seine Arme, die er um ihre Hüften schlang. Sie atmete aus, drängte die Tränen nicht länger zurück. Lautlos flossen sie über ihr Gesicht und versickerten in Exx’ Haaren. Das Kleeblatt war auseinandergerissen worden und das schmerzte Mya dermaßen, dass sie aufstöhnte.

»Er wollte dich nicht gehen lassen«, sagte Exx in diesem Moment. »Er hat davon geträumt, dass wir in Kanada neu anfangen. Nur wir Drei.«

Mya biss sich heftig auf die Unterlippe, um in ihrem Zustand nicht zu überreagieren. Was für ein schöner Traum, schoss es ihr durch den Kopf. Aber eben nicht mehr als das.

»Ich hätte euch gehen lassen sollen.« Exx’ Worte machten es nicht besser.

»Hör auf!«, entfuhr es ihr heftig. Sie bekam durch ihre verstopfte Nase kaum noch Luft. »Du hast selbst gesagt, dass es mit uns nicht funktioniert hätte.«

»Das hätte es auch nicht.« Er sah auf und hob eine Hand, um ihr mit dem Daumen die Tränen aus dem Gesicht zu wischen. »Ich hätte es versaut. So gründlich wie den Waffendeal.«

»Wir hätten es alle versaut«, flüsterte sie mit erstickter Stimme. »Unsere Erwartungen aneinander waren zu unterschiedlich.«

Der Wind vermischte sich mit seinem Atem auf ihrem Gesicht. »Er hat dich geliebt.« Erneut peitschte er ihr die Wahrheit um die Ohren. Sie bohrte sich direkt in ihr Herz.

Mya schüttelte den Kopf. Sie glaubte, ihre Trauer nicht länger zu ertragen.

»Als du vor zehn Jahren gegangen bist, ist er durchgedreht. Er hat einen Mann auf der Straße zusammengeschlagen. Hat ihn übel zugerichtet. Der Richter hat ihn trotz seiner Vorstrafen glimpflich verurteilt, aber die fünf Jahre Gefängnis haben Rory zugesetzt. Die Insassen haben ihn geschlagen, misshandelt, gedemütigt. Als er wieder rauskam, war er gebrochen, auch wenn er sich das niemals hat anmerken lassen.«

»Warum tust du das?«, brach es aus Mya heraus. »Warum erzählst du mir das jetzt alles?«

»Weil du verdammt nochmal leiden sollst!« Exx presste seine Stirn gegen die ihre. »Du sollst wissen, was er für ein Mensch war.

Was er für dich ertragen hat und für mich. Wir beide sind für seinen Tod verantwortlich.«

Mya schluchzte auf. Die Wahrheit brannte sich in ihr Bewusstsein und sie war schlimmer als die Erkenntnis, dass sie Mitschuld an Walts Ermordung trug. Sie dachte, Exx würde sie nun schlagen, würde ihr befehlen, mit der Heulerei aufzuhören. Sie war bereit dafür. Tief in ihrem Inneren sehnte sie sich nach körperlichen Schmerzen, um die seelischen zu vergessen. Doch er tat es nicht. Schwer atmend lehnte er an ihr, seine Hände gruben sich in ihre Haare.

»Er hat alles auf sich genommen«, presste er hervor. »Er hat alle meine Taten gestanden und Billy Chen hat ihm dafür in den Kopf geschossen.«

»Ich will das nicht hören«, wimmerte Mya und schlug um sich, um sich von Exx und seinen Worten zu befreien. Doch er zog sie mit sich und sie fielen auf die Schlafsäcke im Zelt.

»Rory ging gerne zum Campen«, hörte sie seine heimtückische Stimme an ihrem Ohr. »Er hat gesagt, die Natur sei heilsam. Ich hätte ihn gehen lassen sollen, ebenso wie du.«

»Das habe ich! Ich habe euch beide verlassen!« Sie schrie es heraus, weil sie ihm nicht entkommen konnte. Er lag auf ihr, bezwang sie mit seinem Körper.

»Du bist zurückgekommen und hast eine verdammte Lawine ausgelöst, Mya. Das werde ich dir niemals verzeihen!«

»Und ich werde dir niemals verzeihen, dass du ihn in diese ganze Scheiße hineingezogen hast! Mit dem Motorradclub fing alles erst an. Ihr hättet einen anderen Weg finden können.«

»Ich musste ihn in dem verfluchten Knast Schutz verschaffen!«

Mya wand sich unter ihm, aber Exx hielt sie fest. Schließlich gab sie auf und wisperte: »Es ist gleichgültig. Er ist tot.«

»Er ist tot«, wiederholte Exx und nahm ihr Gesicht in beide Hände. »Rory ist tot.«

Ihre Lippen fanden sich, ruhten aufeinander. Mya atmete seinen Atem, fühlte seinen Schmerz wie ihren eigenen. Sie wehrte sich nicht länger und schlang die Arme um ihn, um Trost zu finden bei dem einzigen Menschen, der ihren Kummer verstand. Vorsichtig öffnete sie ihre Lippen und durchdrang mit ihrer Zunge die seinen. Er gab nach, nahm sie auf, umkreiste mit seiner Zungespitze sanft die ihre. Es fühlte sich anders an als sonst. Die Erregung schaffte es nicht, die Trauer zu überlagern. Mya schmeckte ihre eigenen Tränen. Dennoch wollte sie Exx nah sein. Ihre Hände fuhren unter sein Shirt, formten seine Muskeln nach. Als sie seine Wunde berührte, zuckte er kurz zusammen.

»Tut mir leid«, flüsterte sie in seinen Mund. Er verschloss ihn ihr sofort wieder mit einem Kuss. Es schien, als wolle er sich an ihr festsaugen.

Sie hatten keine Eile. Mya kam es vor, als fühlten sie sich zum ersten Mal. Sie löste den Knoten in seinem Nacken und seine Haare fielen auf ihr Gesicht. Es war wie ein schützender Vorhang. Seine Hände hielten noch immer ihren Kopf und sie versank in dem Moment. Unendlich langsam berührten sie sich, schlossen ihre Finger umeinander, lösten sie wieder, öffneten Knöpfe und Gürtelschnallen und zogen sich T-Shirts und Pullover aus. Immer wieder fanden sich ihre Lippen, sie verharrten, nackte Haut auf nackter Haut, während sie sich mit den Augen liebten ohne es auf körperliche Art zu tun. Es war anders als alles, was Mya je erlebt hatte. Es war ein schweigsamer, intensiver Rhythmus, der nicht von Lust getrieben war, sondern davon, den anderen zu trösten und ihm Halt zu geben. Mya spürte den kalten Wind, der in ihr Zelt wehte, als wollte er sie an den Tod erinnern. Doch Exx zog sie in seinen Schlafsack und entkleidete sie völlig. Sie spürten sich, ohne sich zu vereinigen. Sie berührten sich ohne das typische Begehren. Seine Hände glitten über ihren Körper wie die eines Künstlers, der etwas modellierte. Sein Mund küsste ihre Augen, ihren Haaransatz, ihren Hals. Seine Beine umschlangen die ihren.

»Es ist anders ohne ihn«, hörte sie ihn flüstern. »Wir haben es nie gemeinsam mit anderen Frauen getan. Du warst unsere Verbindung. Du hast uns zu dieser besonderen Einheit gemacht.« Seine Hand umschloss ihre Brust. »Er war der Bruder, den ich nie hatte, und er war so viel besser als ich.«

»Dann höre auf das, was er dir sagt.«

»Das tue ich.« Exx küsste sie, dieses Mal so intensiv, dass Mya die Luft wegblieb. »Es wird ein Ende dieser ganzen Scheiße geben.«

Sie klammerte sich an ihn. In diesem Moment wollte sie kein Ende, sondern einen Anfang. Sie wollte wieder an etwas glauben. Daran, dass Rap nicht umsonst gestorben war. Dass die Welt nicht nur schlecht war, sondern gut. Exx war das Leben. Er war hier bei ihr und sie fühlte sich mit ihm verbunden.

»Ich muss nicht fliegen«, raunte sie ihm zu.

»Doch, das musst du.« Er legte sich auf sie, milderte sein Gewicht ab, indem er sich auf den Ellbogen abstützte. Mya hob ihr Becken, doch Exx bewegte sich nicht weiter.

»Ich sagte, es wird ein Ende haben und dieses Ende sieht vor, dass du in Sicherheit bist. Das war sein Wunsch.«

»Aber mein Wunsch ...«

Er unterbrach sie, indem er seine Lippen auf die ihren presste. Sie schwieg, genoss aufs Neue seine Nähe. Sachte bewegte er sich, stieß mit der Spitze seines Penis gegen ihren Eingang. Ganz langsam drang er in sie ein und Mya hielt die Luft an.

»Das Kleeblatt gibt es nicht mehr«, murmelte er heiser und bewegte sich sachte vor und zurück. »Du gehörst uns nicht länger. Du bist frei. Leb dein Leben, Mya.«

Ihre Hände fuhren durch seine Haare, in der Dunkelheit sah sie das Schimmern seiner Augen. War es gerade mal zehn Tage her, dass sie nach Salinas zurückgekehrt war? Ihre ganzen Probleme, die sie all die Jahre mit sich herumgeschleppt hatte, erschienen ihr mit einem Mal bedeutungslos. Walt war tot, er hatte es verdient und trotzdem war es Mord. Einer seiner Mörder war nun ebenfalls tot und der andere hielt sie in seinen Armen. Die Welt dort draußen mochte sie verurteilen, doch nur die wenigsten wuchsen in einem Umfeld aus Hass und Gewalt auf und konnten nachvollziehen, was aus Kindern wurde, die in solch einem Milieu groß wurden. Jede Meinung reichte nur so weit wie die eigenen Erfahrungen, und Mya hatte gelernt, dass es nicht nur Schwarz und Weiß gab, sondern Milliarden von Grautönen.

Sie küsste Exx, ließ ihn seinen Rhythmus finden, in dem er sie aus- und erfüllte. Es war ebenso langsam wie ihr ganzes Vorspiel, aber nicht weniger intensiv. Es schien, als wollten sie jegliche Grausamkeit aussperren, indem sie ihre Körper sprechen ließen. Zärtlich und hingebungsvoll. Mya atmete ein, wenn er ausatmete. Sie hielt inne, wenn er ihr zu verstehen gab, dass er eine Pause wollte, und nahm seine Bewegungen in sich auf, wenn er sich gesammelt hatte. Mya hatte keine Ahnung, wie lange sie sich auf diese Art liebten, aber sie wollten nicht aufhören, denn sie wussten beide, dass es dann unwiederbringlich zu Ende war.

»Ich liebe dich nicht«, sagte er irgendwann und nahm ihr Gesicht erneut in seine Hände. Ihre Nasen berührten sich und er stöhnte, weil er es kaum noch aushielt. Sie spürte seinen Penis vor- und zurückgleiten und spannte ihren Beckenboden an. Es war ein kräftezehrendes Spiel, das sie miteinander trieben. Erschöpft fuhr er fort: »Aber du bist Wärme und Nähe und ein Zuhause. Du bist mehr, als ich je zu träumen gewagt habe. Du warst da, auch wenn du es nicht warst und ich will, dass du eines weißt: Unser Ende wird dein Anfang sein.«

Ein weiterer zarter Stoß, dann krümmte er seinen Rücken und Mya hielt ihn fest. Sie hatte keinen Orgasmus, aber das war nicht wichtig. Ihre Tränen flossen erneut, dieses Mal, weil sie von Gefühlen überrollt wurde, die sie nicht benennen konnte und mit dieser Intensität noch nie erlebt hatte. Sie umklammerte Exx mit der letzten Kraft, die ihr noch geblieben war.

»Ich lasse dich nicht gehen«, formte ihr Mund die tonlosen Worte, die er nicht hören wollte. Sein Körper lag schwer auf dem ihren und sein Atem ging heftig. Sie hatten sich getröstet, doch sie konnten nicht ändern, was geschehen war. Und was geschehen würde.

Mya ließ ihn nicht los, ebenso wenig wie er sie. Der Wind drängte sich wieder in ihr Bewusstsein und trug ihre Gedanken mit sich. Es dauerte nicht lange, bis sie wegdämmerte.

Am nächsten Morgen erwachte Mya vom Klingeln eines Handys. Sie bemerkte, dass Exx neben ihr aus dem Schlafsack kroch und nach seiner Hose angelte.

»Was gibt's?«, hörte sie ihn antworten, das Handy am Ohr.

Mya setzte sich auf. Es dauerte ein wenig, bis die Geschehnisse des letzten Tages in ihr Bewusstsein vordrangen. Augenblicklich war der Verlust wieder präsent und quälte sie im ersten Licht des Morgens.

»Hm, in Ordnung. Geht klar. Abgemacht.« Exx legte auf. Er holte tief Luft, sah auf das Meer und drehte sich zu ihr um. »Da ist ein Typ auf dem Polizeirevier in Salas aufgetaucht. Er sagt, er heißt Benjamin und er ist auf der Suche nach dir.«

Mya legte eine Hand auf ihre Brust. Sie war zu geschockt, um zu antworten.

Exx nickte ihr zu. »Wir sollten ihn holen, bevor er uns in Schwierigkeiten bringt«, brummte er.

Fifteen

Travis lehnte an seinem Motorrad und beobachtete Mya aus der Ferne. Nachdem sie ihr Handy auf einem nahegelegenen Campingplatz geladen und mit Benjamin telefoniert hatte, waren sie zu einer Tankstelle gefahren, um dort auf ihn zu warten. Vor etwa zehn Minuten war er in einem weißen Lexus vorgefahren und seitdem diskutierten die Beiden. Offenbar war dieser Benjamin entsetzt darüber, wie sie aussah. Die Schnittwunden in ihrem Gesicht waren unübersehbar.

Travis kontrollierte die Umgebung. Anders als Mya und ihr Freund war er sich der Gefahr bewusst, in der sie sich befanden. Er traute Marella nicht und fragte sich, ob dieser die neue Abmachung, die er mit ihm getroffen hatte, auch einhalten würde. Marella war ziemlich wütend gewesen, dass der Waffendeal nicht zustande gekommen war. Es war nur eine Frage der Zeit, bis er ungeduldig wurde. Andererseits hatte Travis nichts mehr zu verlieren, ebenso wenig wie Marella. Sie waren aufeinander angewiesen, um das zu Ende zu bringen, was sie sich vorgenommen hatten.

Travis' Blick wanderte zurück zu jenem Mann, der Mya anstarrte, als sei sie geradewegs aus einem UFO gestiegen. Benjamin war genauso, wie Travis ihn sich vorgestellt hatte. Mittelgroß, schlaksig, rotbraune Haare, edle Understatement-Klamotten. Es war eigenartig, dass er die Welt repräsentierte, in der Mya sich die letzten Jahre über bewegt hatte. Travis schluckte das merkwürdige Gefühl hinunter, das sich in ihm ausbreitete. Das, was in der Nacht zwischen ihm und Mya geschehen war, ging weit über das hinaus, was er jemals mit einer Frau erlebt hatte. Er verabscheute Intimität. Er fickte, mehr wollte er nicht. Selbst bei ihren Dreiern mit Rory hatte er den Part desjenigen übernommen, der sich nicht gehen ließ. Er wollte die Kontrolle behalten, etwas anderes gab es nicht für ihn. Doch in der letzten Nacht war er nicht mehr er selbst gewesen. Er war in ihren Armen zerbrochen. Verärgert spuckte er aus und sah, dass Mya ununterbrochen auf diesen Benjamin einredete. Travis fragte sich, was zum Teufel sie ihm erzählte und ob es ein gutes oder ein schlechtes Zeichen war, dass der Kerl sich auf die Suche nach ihr gemacht hatte. Nach weiteren zehn Minuten stieß sich Travis von seinem Motorrad ab und schlenderte zu den Beiden hinüber.

»Wir müssen los«, sagte er statt einer Begrüßung. Benjamin musterte ihn neugierig und hielt ihm die Hand hin. »Hey!«

Travis ignorierte sie absichtlich und schwieg.

»Das ist Exx ...« Mya stockte. »Travis McAlister. Ein Freund.«

Ein Freund. Travis grinste. »Und du bist ihr Ex-Freund?«, hakte er nach.

Mya warf ihm einen bösen Blick zu.

Benjamin nickte. »Ehrlich gesagt weiß ich nicht, wer hier wer ist.« Er sah Mya an. »Ich bin gekommen, weil ich mir Sorgen gemacht habe. Myas Arbeitgeber rief mich an. Sie ist nicht zur Arbeit erschienen. Niemand konnte sie erreichen. Ich bin froh, dass es ihr gut geht.«

»Geht es dir denn gut?« Travis sah sie ebenfalls an und bemerkte mit Genugtuung, dass sie nervös blinzelte. Er hatte es gewusst! Benjamin hatte keinen blassen Schimmer von Myas Vergangenheit und ihrem Verhältnis zu zwei Männern, die ihren Pflegevater umgelegt hatten.

»Wo ist der Dritte? Wie hieß er gleich wieder? Rap?«, fragte Benjamin. Mya und Travis sahen einander an.

»Er ist tot«, erwiderte Travis. Dann drehte er sich um. »Wir sollten jetzt wirklich fahren.«

»Tot?«, hörte er Benjamin in seinem Rücken erstaunt ausrufen.

»Fahrt mir einfach hinterher«, rief er über die Schulter. »Ihr könnt im Auto weiterreden.« Er wusste nicht, ob es das war, was er wollte. Am Ende des Tages war es aber das, was Mya tun musste. Ihre Zeit in Kalifornien war abgelaufen.

Er setzte seinen Helm auf, schwang sich auf sein Bike und beobachtete, wie Benjamin und Mya in den Lexus stiegen. Dann startete er den Motor und folgte dem Highway 1 weiter die Küste entlang.

NACH KNAPP DREI STUNDEN HIELT ER KURZ VOR DER STADT Santa Maria bei einem Aussichtspunkt an. Der Lexus hatte ihm Lichthupe gegeben und er fragte sich, wo das Problem lag. Sie sollten keine Zeit verschwenden. Durch das Warten auf Benjamin war es spät geworden und nun würden sie erst am Abend in Los Angeles sein. Im Prinzip war ihm das egal, aber er wollte es hinter sich bringen. Seine letzte Aufgabe war es, Mya am Flughafen abzusetzen und sicherzustellen, dass sie ein Flugzeug bestieg. Anschließend war er frei und konnte Marellas Auftrag erledigen.

Der Lexus hielt neben ihm und Mya stieg mit versteinertem Gesicht aus.

»Gute Gespräche geführt?«, erkundigte sich Travis.

»Halt die Klappe.« Sie ging mit verschränkten Armen zum Rand des Aussichtspunkts und starrte in die Ferne.

Benjamin stieg ebenfalls aus, hob ratlos die Hände, bevor er sie wieder fallen ließ, und lehnte sich gegen die Motorhaube.

»Ist nicht mehr weit bis L.A.«, sagte Travis, um das Schweigen zu brechen.

»Wieso müssen wir dorthin? Was läuft hier eigentlich?« Der Klang von Benjamins Stimme verriet, dass er genervt war. Offensichtlich war Mya bisher nicht ehrlich zu ihm gewesen.

»Ist 'ne lange Geschichte, Mann.« Travis schüttelte den Kopf. »Ist aber nicht meine Aufgabe, sie dir zu erzählen.«

»Ach nein?« Benjamin warf ihm einen abschätzenden Blick zu. »Was war denn deine Aufgabe? Mya zu vögeln?«

»Hat sie das gesagt?« Travis hob eine Augenbraue.

»Was sagt sie denn schon? In unserer ganzen Beziehung hat sie ausschließlich geschwiegen.«

»Ich finde, sie redet ziemlich viel. Ist nicht so mein Ding.«

Benjamin schnaubte. »Was ist dein Ding?«

»Du stellst verdammt viele Fragen.«

»Weil mir hier niemand Antworten gibt!«

»Hör auf zu schreien!« Mya kam zurück und baute sich vor Benjamin auf. »Ich habe dich nicht darum gebeten, hierher zu kommen, um mich zu retten!«

»Nein, schon klar! Du hast ja harte Jungs bei dir, um dich zu beschützen. Dumm nur, dass einer von ihnen dabei draufgegangen ist.«

Mya verpasste Benjamin eine Ohrfeige und Travis lachte auf. »Scheiße, Babe, du solltest ihn nicht so hart rannehmen.«

»Sei still!«, raunzte sie ihn an und Travis hob amüsiert die Hände.

Benjamin rieb sich die Wange. Sein Gesicht verfinsterte sich immer mehr. »Ich kenne dich wirklich nicht mehr, Mya.«

»Es tut mir leid.« Sie sah aus, als ob sie noch etwas erwidern wollte, unterließ es dann aber. Die Hilflosigkeit in ihrem Gesicht gab Travis einen Stich.

»Bald habt ihr's hinter euch«, sagte er. »Können wir jetzt weiterfahren? Bis Los Angeles ...« Er brach ab und verengte die Augen. »Fuck!«

»Was ist los?« Mya folgte seinem Blick. »Sind das Green Army Mitglieder?«

Travis griff an das Holster unter seiner Jacke und entsicherte seine Ruger.

»Du hast eine Waffe?«, entfuhr es Benjamin entgeistert.

Travis ignorierte ihn. »Steigt ein!«, befahl er. »Ihr fahrt weiter. Achtet nicht auf mich.«

Mya wollte protestieren, doch er ging auf den Lexus zu und klopfte auffordernd auf das Dach. »Steig ein, verdammt!«

Mya kam zu ihm, glitt auf den Beifahrersitz, Benjamin startete den Motor. Travis erkannte den Trupp der Motorradfahrer an ihren Kutten. Das Chatsworth-Chapter. Beunruhigt zog er die Luft zwischen den Vorderzähnen ein. Die kamen nicht zufällig hier vorbei. Schon gab der vordere Fahrer den anderen ein Zeichen und sie hielten auf den Aussichtspunkt zu. Travis überlegte fieberhaft. Kurz bevor die Clubmitglieder abbogen, lief er zu dem Motorrad und holte das zusammengerollte Zelt heraus. Dann hastete er um das Auto herum und riss die Fahrertür auf. »Ich fahre!«, brüllte er.

Benjamin machte keine Anstalten sich zu bewegen.

»Raus!« Travis packte ihn am Kragen und zerrte ihn zu sich heran. Der Gurt erdrosselte Benjamin beinahe und er würgte. Travis kannte keine Gnade. »Beweg deinen Arsch, du bescheuerter Engländer!«

Mya löste den Gurt und ihr Freund fiel hinaus. Hilflos krabbelte er am Boden und stieß Verwünschungen aus. Travis bugsierte ihn mitsamt dem Zelt unsanft auf die Rückbank, schlug die hintere Tür zu und nahm auf dem Vordersitz Platz. Er gab Gas und die Fahrertür fiel dabei von selbst ins Schloss. Die Reifen des Lexus drehten durch, beförderten eine Ladung Steine gegen Travis' Motorrad. Mit einem letzten wehmütigen Blick auf die Knucklehead gab er Vollgas und rauschte vom Parkplatz. Er raste an einigen parkende Autos vorbei, ließ Leute zur Seite springen, die aus den öffentlichen Toiletten kamen, und passierte schließlich die Formation der einfahrenden Motorrad-Jungs. Einige warfen ihm erstaunte Blicke zu, aber da war er auch schon an ihnen vorbei.

Er nahm den Highway 1 in die Richtung, aus der sie gekommen waren, bog vor dem Städtchen Callender rechts ab und fuhr dann auf die 101 in Richtung Süden. Bei der Ausfahrt 175 nahm er die Abzweigung auf die CA-166 in Richtung Maricopa. Die gesamte Zeit über sah er immer wieder in den Rückspiegel.

Mya sah ebenfalls nach hinten. »Suchen die uns?«

»Ich denke, sie suchen mich. Deshalb hab ich die Knucklehead zurückgelassen. Schade drum.« Travis nahm den Fuß vom Gas und drosselte die Geschwindigkeit auf das zugelassene Tempolimit. Er wollte nicht auch noch Schwierigkeiten mit der Highway Patrol bekommen.

»Kann mir jetzt vielleicht mal jemand stecken, was hier los ist?« Benjamin starrte ihn im Rückspiegel an. »Bist du ein gesuchter Verbrecher oder was?«

»Sahen die Typen für dich etwa wie Polizisten aus?«, knurrte Travis.

»Er weiß es nicht besser«, verteidigte Mya ihren Freund und Travis warf ihr einen warnenden Blick zu.

»Dann sag es ihm endlich!«

Stille senkte sich kurzzeitig über den Innenraum.

»Wohin fahren wir denn jetzt?«

»Ich habe keine Ahnung, Mya!« Travis schlug mit der Faust gegen das Lenkrad. »Ich muss nachdenken.«

Das musste er nicht, aber er hatte keine Lust auf eine Unterhaltung. Wenn das Chatsworth Chapter nach ihm Ausschau hielt, dann waren zwei Dinge klar. Cringe Callahan vertraute ihm nicht länger und er ahnte, dass Travis auf dem Weg nach L.A. war. Vermutlich ahnte er auch, mit wem. Das war ein zusätzliches Hindernis, aber nichts, was Travis nicht in Betracht gezogen hätte.

»Ich will aussteigen«, sagte Benjamin. »Ich halte das nicht länger aus.«

»Negativ. Du wirst mit Mya nach London zurückfliegen. Dafür werde ich sorgen.«

»Wer bist du eigentlich, dass du mir Befehle erteilst?« Benjamins Stimme wurde lauter.

»Deine Lebensversicherung.« Travis behielt die Straße hinter sich weiterhin im Auge.

Benjamin lachte übertrieben. »Ich komme mir wie in einem Spionagefilm vor. Das ist lächerlich! Wir sollten zur Polizei gehen, wenn ihr in Schwierigkeiten steckt.«

Als keiner etwas darauf erwiderte, brüllte Benjamin: »Was zum Teufel ist los mit euch?«

Travis atmete tief durch. Er spielte nicht gerne Spielchen und er war nicht der Typ, der um den heißen Brei herumredete. »Mein Kumpel und ich haben Myas Pflegevater Walt umgebracht. Er hat sie missbraucht und er war ein echter Arsch. Er hat's verdient«, sagte er und hörte, dass Mya aufstöhnte. Er sah sie an. Ihre Blicke verhakten sich für einen Moment. »Du bist dran«, flüsterte er, bevor er sich wieder auf die Straße konzentrierte. Im Rückspiegel sah er, dass Benjamin blass geworden war. Dann begann Mya mit stockender Stimme zu erzählen.

ALS SIE ANDERTHALB STUNDEN SPÄTER IN POSEY ANKAMEN, wollte Travis am liebsten schreien. Mya hatte kein Detail ausgelassen. Sie hatte Benjamin alles erzählt, jede Einzelheit ihres Lebens in den Pflegefamilien und bei Walt Chandler. Travis war froh, den Kerl umgelegt zu haben, sonst hätte er es nachgeholt. Manche Menschen besaßen in seinen Augen keine Lebensberechtigung.

Außerdem hatte Mya ihrem Freund erklärt, was an dem Tag geschehen war, an dem sie Walt eine Falle gestellt hatten. Sie redete darüber, welche Rolle er und Rory gespielt hatten und was sie ihr bedeuteten. Sie berichtete über ihre Zeit nach ihrem Fortgang aus Salinas und über ihre Rückkehr und das, was in den letzten Tagen geschehen war. Travis wollte all das nicht hören und wenn er sich Benjamins starres Gesicht ansah, dann war er damit nicht alleine. Allerdings vermutlich aus anderen Gründen. Benjamin sah Mya nun so, wie er sie bisher nicht gekannt hatte und es sich mit seinem gehobenen London-Lifestyle vermutlich auch nicht ausgemalt hatte.

Travis steuerte den White River Campground an. Der Campingplatz lag abgelegen im Wald, weit entfernt von den Hauptstraßen. Es war unwahrscheinlich, dass man hier nach ihnen suchte.

»Warum bleiben wir hier?«, fragte Benjamin. »Lasst uns endlich zu diesem verdammten Flughafen fahren!«

»Ich setze euch bei Tageslicht dort ab. Dann, wenn viele Menschen um uns herum sind, verstanden?«

Benjamin schüttelte den Kopf und sprang aus dem Auto, kaum dass Travis anhielt. Die Dämmerung brach herein. Auf dem Campingplatz waren kaum Leute zu sehen.

»Ich gehe uns anmelden.« Travis lief zum Empfangshäuschen, einer Blockhütte am Rande des weitläufig angelegten Platzes. Er kaufte dort ein paar Sandwiches, Wasserflaschen und bezahlte für die Nacht. Die ältere Dame erklärte ihm, dass er frei wählen dürfe, wo er sein Zelt aufstellte und dass er Vorräte in die Bäume hängen musste, wegen der Bären. Travis lächelte. Er war nie oft zum Campen gegangen und an diesem Tag fragte er sich wieso. Rory hatte recht gehabt, die Natur war heilsam. Bären waren ein weitaus kleineres Problem als das, was er an der Backe hatte.

Doch kaum kam er zum Auto zurück, verschwand seine gute Stimmung. Benjamin war zum Auto zurückgekehrt und stritt hörbar mit Mya.

»Wollt ihr, dass wir auffallen?« Wütend riss er die Tür auf und stieg ein.

»Und wenn schon? Du wirst vermutlich alle töten, die uns bedrohen.« Benjamin lachte höhnisch, schwieg jedoch sofort, kaum dass sich Travis zu ihm umdrehte.

»Esst etwas.« Er warf ihnen die Sandwiches zu, startete den Motor und fuhr in die hinterste Ecke des Platzes, in der keine anderen Zelte standen. Wortlos stiegen sie aus und sahen sich um.

»Wenn ihr denkt, ich schlafe mit euch im Zelt, dann habt ihr euch geschnitten.« Benjamin lehnte sich gegen den Lexus. »Habt ihr letzte Nacht gefickt?«

»Warum tust du das?« Mya stellte sich neben ihn. Nachdem sie ihre Geschichte erzählt hatte, war sie erstaunlich ruhig.

»Du fragst mich das?« Ihr Freund warf die Arme in die Luft. »Du hast mich gerade aus dem Nichts in deine Realität katapultiert, Mya! Wir waren vier Jahre zusammen. Wir haben zusammen gewohnt, Herrgott, und ich wusste nichts von dir. Absolut gar nichts! Ich wusste nicht, dass du missbraucht wurdest, dass deine Freunde deinen Pflegevater ermordet haben und in irgendwelche Waffengeschäfte verwickelt sind. Ich wusste nicht, dass dein Vater Mitglied einer Gang war, von der ich noch nie etwas gehört habe, und die jetzt wegen seines Verrats nach Blutrache giert. Ich wusste nicht, dass diese Mexikaner dich entführt haben und ich wusste auch nicht, dass einer deiner Kumpel von den Triaden hingerichtet wurde. Von den Triaden! Die kennt man aus dem Fernsehen, aber doch nicht im wahren Leben.« Er hielt kurz inne. »Ach ja, einen Punkt habe ich vergessen. Ich wusste auch nicht, dass du darauf stehst, es dir von zwei Männern gleichzeitig besorgen zu lassen, verdammt nochmal! Was denkst du denn, warum ich gerade so drauf bin? Ich versuche herauszufinden, weshalb du ausgerechnet mit mir zusammen warst. Ich verstehe es nicht. Erklär es mir!«

Travis holte das Zelt aus dem Auto und begann damit, es aufzubauen. Diese Unterhaltung ging ihn nichts an, aber er konnte ihr nicht entkommen.

»Du warst so anders. Du hast mich zum Lachen gebracht. Du warst fürsorglich, deine Familie hat mich bei sich aufgenommen ...« Mya stockte. »Du hattest all das, was ich nie hatte. Ich wollte einfach dazugehören.«

»Aber du warst dabei, als ein Mensch getötet wurde. Du hast ihm eine Falle gestellt.« Benjamin wandte sich ab. »Ich komme damit nicht klar. Und meine Familie könnte das auch nicht. Die Geschichte ist zu heftig. Es tut mir leid.« Er stapfte in die fortschreitende Dunkelheit.

»Was soll ich tun?« Mya sah ihm hinterher.

»Lass ihn. Der braucht Zeit.« Travis richtete das Zelt durch das Spannen der herausragenden Stangenenden auf. Dann legte er die Außenhaut darüber und schlug die Heringe in den Boden.

»Warum hast du damit angefangen?« Mya baute sich vor ihm auf. »Du hast es versaut! Was ist, wenn er jemandem davon erzählt?«

Travis sah sie an. »Vertraust du ihm nicht? Was soll ich tun? Ihn umlegen?«

Mya barg das Gesicht in ihren Händen. »Scheiße, Exx, ich bin am Ende. Meine Welten kollidieren. Ich bin hergekommen, um herauszufinden, wohin ich gehöre und ich sehe gerade mit völliger Klarheit, dass in keinen von beiden Platz für mich ist. Benjamin ist anders als ich. Er wird das niemals einfach wegstecken können. Ich weiß nicht einmal, ob es ihm gelingen wird, für immer darüber zu schweigen. Was hab ich nur getan?«

»Mya, hey!« Er nahm sie bei den Schultern. Heute Morgen hatte er sich geschworen, sie nicht mehr zu berühren, aber aus irgendeinem verfluchten Grund war es ihm unmöglich, sich daran zu halten. Selbst seine Worte erschienen ihm hohl und nichtssagend. »Er ist ein feiner Kerl. Er muss jetzt nachdenken, aber du bedeutest ihm viel, sonst wäre er nicht hierhergekommen, um dich zu suchen. Und aus diesem Grund wird er zu dir halten und er wird schweigen, um dich zu schützen.«

»Ich weiß nicht.« Mya schüttelte den Kopf. »Er ist nicht wie du, Exx.«

»Ein Arschloch, ein Mörder?« Er ließ sie los und lachte auf. »Ich hab die Scheiß Schlafsäcke im Beiwagen liegengelassen. Ich bin also auch offiziell ein Idiot. Fuck! Wir werden wohl alle im Auto schlafen müssen.«

»Wegen gestern Nacht ...«

»Wir haben gefickt und das solltest du deinem Ex-Freund so detailliert besser nicht erzählen«, unterbrach er sie und setzte sich auf die Motorhaube des Lexus. Er wollte nichts davon hören. Rorys Tod hatte ihn weich gemacht, verletzlich. Das war eine Ausnahme gewesen. So lange er noch um seinen Kumpel trauerte, sollte er die Finger von Frauen lassen.

Sie ließ den Kopf hängen. Es tat ihm weh, sie so zu sehen. Nach

Rory war sie der wichtigste Mensch in seinem Leben, aber er tat ihr nicht gut. Er tat niemandem gut, den er zu nahe an sich heranließ.

»Hör zu, ich hau mich kurz hin. Geh deinen Freund suchen und ...« Er zuckte mit den Achseln. »Redet. Oder streitet. Gewöhnt euch wieder aneinander.«

Mya presste die Lippen aufeinander und nickte zögernd. Er ignorierte sie, sprang auf und setzte sich auf den Fahrersitz des Lexus. Durch die Scheibe sah er Mya davongehen und schloss die Augen.

ॐ

Travis erwachte, als das Handy in seiner Jackentasche vibrierte. Er hatte von Rory geträumt, sah das Blut des Freundes an seinen Händen und keuchte. Langsam begriff er, wo er sich befand und zog schlaftrunken das Handy hervor. Marella. Niemand sonst rief ihn auf diesem Handy an.

»Wir haben Sie geortet. Was zum Teufel treiben Sie in der kalifornischen Wildnis? Sie sollten Ihre Dinge schon längst erledigt haben.«

»Dieser englische Typ kam mir in die Quere.«

»Haben wir da ein Problem? Sie haben gesagt, Sie kümmern sich darum.«

»Das tue ich.«

»Hören Sie, McAlister, schaffen Sie mir diese Zivilisten vom Leib oder ich kann Sie nicht länger schützen.«

Travis grunzte. »Das Chatsworth Chapter sucht mich. Ist das der Schutz, von dem Sie sprechen?«

»Sie haben darauf bestanden, diese Frau und ihren Freund sicher außer Landes zu bringen. Doch mich interessiert nur unser Deal«, entgegnete Marella scharf. »Sie sind der Lockvogel und unsere V-Personen haben die Parteien bereits mit falschen Informationen geimpft. Alles läuft nach Plan. Morgen Abend steigt die ganze Sache außerhalb von Salinas. Dieses Mal geben die Triaden den Treffpunkt vor. Also bewegen Sie Ihren Arsch hierher!«

»Dann haben alle den Köder geschluckt?«

»Ganz so wie Sie es gesagt haben.« Marella klang zufrieden. »Billy Chen weiß nun, dass Sie hinter der Sache mit dem ICE stecken. Er sinnt nach Rache. Und dieses Gefühl ist stärker als seine Vorsicht. Deshalb hat er auch sofort einem weiteren Treffen mit Cringe Callahan zugestimmt. Er denkt, Cringe möchte den Verräter des Clubs mitsamt den Waffen übergeben, als Zeichen seines guten Willens. Cringe weiß davon nichts. Er glaubt aber, die Triaden wollen unbedingt an die Waffen ran, weil sie sie für ihren Kampf gegen die Nuestra Familia brauchen. Er ist geschmeichelt, dass Billy Chen sich so schnell wieder gemeldet hat und läuft mit Dollarzeichen in den Augen herum. Und die Nuestra Familia bekommt in letzter Minute einen Hinweis zu diesem Deal. Damit packen wir alle Ratten an ihren nackten Schwänzen.«

Mich eingenommen, schoss es Travis durch den Kopf. Er hatte alle seine Aussagen bereits unterschrieben, bevor er zu Mya gefahren war. Damit konnte gemeinsam mit den Aussagen der V-Personen ein RICO-Fall auf die Beine gestellt werden, selbst wenn er diesen Deal nicht überlebte. Und genau das war sein Plan. Marella war ein Schwein. Ein korrupter, karrieregeiler Arsch, der über Leichen ging, um das zu erreichen, was er sich vorgenommen hatte. Travis war in diesem Spiel nichts weiter als ein Bauernopfer. Er würde fallen, wenn die anderen Schachmatt gingen. Das war in Ordnung. Rory hatte all das nicht gewollt und Travis brachte es nun zu Ende. Er hatte sogar seinen Club hingehängt, um Marella eine Schonfrist für Mya aus den Rippen zu leiern. Sie war raus, die Ermittlungen im Fall Walt Chandler wurden geschlossen. Dafür hatte Travis Marella endgültig seine Seele verkauft und hoffte, dass im Gegenzug die Triaden, die Familia und der Green Army OMC bluten würden. Es fühlte sich gerecht an, im Ausgleich dazu die Augen zu schließen. Ohne all das war er sowieso am Arsch. Er hatte es Rory immer wieder gesagt. Er würde nicht abhauen. So gesehen starb er immerhin ehrenvoll und konnte sich einreden, dass es zu irgendeinem Zweck geschah. Am Ende seines Lebens tat er zur Ausnahme was Gutes.

Ein wenig wie Myas Vater, auch wenn ihnen das nichts mehr einbrachte.

»Was ist nun?«, fragte Marella. »Setzen Sie sich endlich in Bewegung?«

Travis sah auf seine Uhr am Handgelenk. »Es ist halb zwölf in der Nacht!«

»Dann ficken Sie diese kleine Schlampe ein letztes Mal und lassen Sie sie ziehen.« Marella klang gereizt. »Sie haben gesagt, das Chatsworth Chapter sucht Sie, also ist Callahan misstrauisch. Genau aus diesem Grund haben wir ihm nicht gesteckt, was die Triaden bereits wissen. Trotzdem sucht er Sie und er wird nicht zimperlich sein, wenn er Sie in die Finger bekommt. Ihre kleine Freundin und der Engländer sind denen dagegen egal. Und die Mexikaner sind abgelenkt wegen des Waffendeals. Die werden zuerst das in Ordnung bringen wollen, bevor Sie weiter nach Blutrache sinnen. Es sei denn, sie haben bereits einen *Sicario*, einen Auftragskiller, auf Miss Munroe angesetzt. Aber das glaube ich nicht, denn die Mesa hat gerade andere Probleme. Also bringen Sie sich nicht weiter in Gefahr und kommen Sie hierher, bevor ihr Club Sie in die Finger bekommt. Tot nutzen Sie mir nichts. Zumindest bis der Deal gelaufen ist. Haben Sie mich verstanden?«

»Hm.« Travis kratzte sich am Kopf. Er wusste das alles. Ebenso wie er wusste, dass es unnötig gewesen war, hier zu übernachten. Er schindete Zeit, denn er wollte Mya nicht gehenlassen. Für diese Erkenntnis hasste er sich. Wie oft hatte er Rory erklärt, dass die Geschichte enden musste, und nun, da sie es tat, wollte er daran festhalten.

»Ich mache mich bei Sonnenaufgang auf den Weg«, brummte er.

»Sehr gut. Kommen Sie direkt zu uns, wir müssen Sie verkabeln und Ihnen Instruktionen geben.« Es klang, als wollte Marella auflegen, doch dann fügte er hinzu: »Und nehmen Sie sich für den Rückweg verdammt nochmal ein Auto! Mit dem Motorrad fallen Sie auf.«

Travis grinste. Marella hatte tatsächlich Schiss, dass der OMC ihn in die Finger bekam. Damit wäre ihr gesamter Plan dem Untergang geweiht. »Schon klar«, murmelte er und dachte an die Knucklehead, die er zurückgelassen hatte. »Ich bin spätestens um die Mittagszeit bei Ihnen.«

Er legte auf und lehnte sich zurück. In seinem Kopf kreisten die Gedanken. Morgen Abend. Das waren weniger als 24 Stunden, die ihm blieben. Ein merkwürdiges Gefühl. Er hatte nie geglaubt, dass sein Leben so geplant zu Ende ging. Ob er seine Schwester anrufen sollte? Oder seinen Vater? Unsinn! Was hätte er schon sagen sollen? Der einzige Mensch, nach dem er sich sehnte, war Mya. Er blickte aus dem Fenster in die Dunkelheit. Dann riss er spontan die Tür auf und stieg aus. Der Wind pfiff ihm um die Ohren, es war kalt. Er sah sich um.

»Exx.« Sie saß bibbernd im Zelt. Er ging zu ihr und setzte sich neben sie.

»Was tust du denn hier? Wo ist dein Freund?«

»Er hockt in der Rezeption, schlürft Kaffee und tut sich selbst leid. Die Dame am Empfang redet mit ihm über Bären und denkt sich vermutlich ihren Teil.« Ihre Zähne schlugen hörbar aufeinander.

»Warum bist du nicht zu mir ins Auto gekommen?«

»Ich wollte dich nicht stören. Außerdem kann ich nicht eine Sekunde stillhalten. Mir gehen eine Million Dinge durch den Kopf. Warum schläfst du nicht mehr?«

»Marella hat mich angerufen.«

»Jetzt? Um diese Zeit? Was ist los, Exx?«

Er schüttelte den Kopf. »Unwichtig.«

»Das sagst du immer, wenn es um Dinge geht, die mich ängstigen könnten.«

Er lächelte. Gott, er würde sie vermissen! Zum Glück würde dieses Gefühl nur kurz andauern.

»Hast du einen neuen Deal mit Marella gemacht?«

»Hm.« Er legte einen Arm um sie und zog sie zu sich heran. Ihm blieb nicht mehr viel Zeit. Sein Vorsatz von diesem Morgen war vergessen. »Und deshalb werdet ihr mich ganz in der Früh in der nächsten Stadt absetzen und auf direktem Weg zum Flughafen nach L.A. fahren.«

»Du kommst nicht mit?«

»Negativ. Ich habe Dinge zu erledigen.«

Sie sah ihn an, er spürte es. »Du planst etwas Gefährliches, habe ich recht?«

»Mya.« Er drehte den Kopf. Ihren Namen auszusprechen, beruhigte ihn. Vorsichtig drückte er seine Wange gegen die ihre. Es war eine zärtliche Geste und verdammt nochmal, er wollte sich diesen letzten Augenblick stehlen. Er würde etwas brauchen, an das er denken konnte, wenn es hart auf hart kam. »Rory und ich haben dir das Leben gerettet. Mehr als einmal. Und jetzt schuldest du uns etwas.«

»Was?« Er spürte ihre Lippen auf seinem Gesicht.

»Dass du es lebst«, sagte er. »Lass nicht zu, dass wir ...«, er hielt kurz inne, »dass er umsonst gestorben ist.« Er streifte ihre Lippen mit den seinen. »Lebe, als gäbe es kein Morgen, Mya. Und hab keine Angst. Es ist vorbei. Das habe ich dir schon so oft gesagt. Es ist vorbei und niemand wird dir je wieder wehtun.«

»Das klingt wie ein Abschied für immer.«

»Es ist einer.« Seine Hand berührte ihr Gesicht. Sie war so schön. Er wusste, wie sie aussah, obwohl es dunkel war. Er kannte jedes ihrer Grübchen, die sich nur zeigten, wenn sie lächelte, war vernarrt in ihre blauen Augen und die kleine Narbe an ihrer rechten Augenbraue. Er hatte sie nie gefragt, woher sie stammte. Noch eine Sache, die er nachholen musste. Er hatte es sich nie bewusst eingestanden, wie viel ihm Mya bedeutete, aber in diesem Moment war es ihm egal, ob er Schwäche zeigte. Morgen um diese Zeit war er tot und jede Religion dieser Welt hatte eine andere Erklärung, wo er dann sein würde. Doch es war gleichgültig, denn er wusste bereits, wo er sein wollte. In der Hütte im Wald, gemeinsam mit Mya und Rory. Es war alles ganz klar und er hatte keine Angst.

»Woher hast du die Narbe über deiner Augenbraue?«, fragte er.

»Ich bin gestürzt. Im Suff. Das ist keine besonders gute Geschichte.« Sie lachte auf.

»Hast du gekotzt?«

»Und wie!«

»Ich habe nie verstanden, warum du dich manchmal so abgeschossen hast, obwohl du es nie vertragen hast.«

»Um zu vergessen. Ist das nicht das übliche Vorgehen?«

»Rory musste jedes Mal deine Haare halten.«

Sie lachten gemeinsam. Es fühlte sich gut an. »Er war einfach ein Gentleman. Unter all diesen Schichten aus mentalem Dreck.« Mya steckte ihre Hände unter seine Achseln. Sie waren eiskalt.

»Was wirst du tun, wenn du wieder in London bist?«, fragte Travis und zog sie noch näher an sich heran. Inzwischen waren sie ineinander verkeilt. Es war unbequem, aber er wollte sie nicht loslassen.

»Ich weiß es nicht«, flüsterte sie an seinen Hals. »Ich hätte nie gedacht, dass elf Tage mein Leben verändern könnten, doch inzwischen weiß ich, dass zehn Jahre Verdrängen nichts sind gegen elf Tage intensiver Gefühle. Ich habe keine Ahnung, was ich will, aber ich weiß jetzt, was ich nicht will. Vielleicht bringt mich das voran.«

»Ich weiß, was ich will. Ich will mit dir schlafen«, entfuhr es ihm und Mya hob den Kopf.

»Ich dachte, wir ficken. Mehr nicht«, erwiderte sie.

»Was immer es ist. Es sind Worte für eine verdammt geile Sache.« Er wollte sie küssen, doch sie entzog sich ihm.

»Sag mir, dass du nicht das tust, was ich denke.«

»Was meinst du?«

»Planst du deinen Abgang, Exx? Beinhaltet der Deal mit Marella deinen Tod?«

Er antwortete nicht. Vermutlich, weil er es sich selbst nicht eingestehen wollte. Es hatte etwas Endgültiges an sich und obwohl er sich wünschte, es noch ein letztes Mal mit Mya zu tun, konnte er der Wahrheit hinter seiner Sehnsucht nicht ins Gesicht sehen.

Sie boxte ihn gegen die Brust. »Du blöder Arsch!«

»Ich wusste bereits als kleiner Junge, dass ich irgendwann durch eine Kugel sterben werde«, wiederholte er seine Worte, die er vor einigen Tagen zu ihr gesagt hatte. Wer hätte damals gedacht, dass es wirklich so enden würde?

»Ich habe es ernst gemeint«, flüsterte sie. »Ich ...« Er unterbrach sie mit einem heftigen Kuss. Er wollte das nicht hören.

Sie erwiderte ihn, ihre Zunge prallte unbeherrscht gegen die seine. »Bleibst du mit Benjamin zusammen?«, keuchte er und platzierte Mya auf seinem Schoß. Er war so erregt, dass ihm alles scheißegal war. Und wenn dieser Typ ihm zusah, dann verdammt nochmal, sollte er das tun!

»Ich weiß es nicht.« Mya umschlang ihn mit ihren Armen.

Er sehnte sich nach ihrer süßen Muschi, danach, sich in ihr zu verlieren, sie zu stoßen, bis sie stöhnte und ihre Klitoris zu reiben, bis sie kam. Sie sollte auf ihm sitzen und ihn ansehen, denn nur so bekam er alles mit. Er wollte sie ganz nah bei sich haben.

»Zieh deine Hose aus«, murmelte er. Es war kalt, doch seine Erregung war auf dem Höhepunkt. Er beobachtete sie, doch es war zu dunkel, um etwas zu sehen. Doch in seiner Erinnerung sah er ihre Ritze. Sein Schwanz war so hart, dass er es kaum noch aushielt.

Mya öffnete seine Hose und berührte ihn. Travis drängte ihre Hand zur Seite.

»Nicht!«, befal er. »Setz dich auf mich. Langsam.«

Sie tat es und beim Eindringen spürte er ihre Hitze und ihre Nässe. Sie war erregt. Diese Feuchtigkeit kannte er nur bei ihr. Es war ein scharfes Gefühl und er bewegte sich in ihr. Bedächtig, ganz tief drinnen.

»Halt still.« Sein Daumen fuhr nach unten, dorthin wo ihre Haut weich und empfindsam war.

Ihr schneller Atem verriet ihm, was sie wollte.

»Es tut mir leid, dass es gestern nicht besser für dich war«, sagte er leise und fand ihre hochsensible Stelle. Mya krallte sich an ihn. Er mochte es, wenn sie sich ihm auslieferte. »Schling deine Beine um mich!« Auf diese Weise entkam sie ihm nicht.

»Letzte Nacht hat mich verwirrt«, flüsterte sie und drängte mit dem Becken gegen seine Hand. Sie war so begierig, wenn sie in

Fahrt war. Sein Daumen stimulierte sie. Er war darin nicht so gut wie Rory, doch er wusste, was er tat.

»Mich auch.« Er rieb, hörte auf, stieß zu und rieb wieder. Im Nu war er feucht von ihrer Nässe. Das machte ihn noch geiler, als er ohnehin schon war.

»Es war nicht gut für mich«, hauchte sie in sein Ohr. »Es war besser.«

Sein Daumen umkreiste ihre Klitoris. »Besser als das?«

Sie bewegte sich auf ihm. Ihr Beckenboden massierte ihn auf ungeahnte Weise.

»Es war anders.« Sie stöhnte auf und er registrierte die Anspannung ihrer Muskeln. »Ich habe dich zum ersten Mal wirklich gespürt.«

Seine Hände wanderten zu ihren Pobacken, dirigierten sie. Er genoss es, wie tief er in ihr drin war. Es war, als wenn ihr Körper seinen Schwanz verschluckt hätte. Bei jeder Bewegung stieß er gegen ihren Muttermund.

»Ich komme gleich.« Myas Zunge suchte die seine. »Halt mich fest.«

Er tat es, nahm ihre Zuckungen in sich auf. Es war besser als alles, was er je getan hatte. Sie war wie ein See, in dem er ertrank. »Du bist zu schnell, Babe«, murmelte er.

»Weil ich es nicht mehr so lange aushalte wie letzte Nacht.« Sie kam heftig, krümmte sich auf ihm, als wollte sie nachholen, was ihr entgangen war.

Er bemühte sich, bewusst zu atmen, um ihren Orgasmus zu ertragen, ohne selbst zu kommen. Als sie wieder ruhiger war, begann er, seine Hüften zu kreisen. Sie war so nass, dass seine Finger wie von selbst zwischen ihre Pobacken glitten. Er drückte sie nach unten, zwang ihre Beine auseinander, stieß zu, füllte sie mit den Fingern aus.

»O ja.« Mya kippte nach vorne. Sie war ihm ausgeliefert und er stieß weiter. Tiefer, immer tiefer. Es war wie ein Sog, ein Rausch, der sie mitriß. Der Rhythmus von etwas Endgültigem. Er legte den Kopf in den Nacken und unterdrückte die lustvollen Laute, die er am liebsten herausgeschrien hätte. Er begehrte diese Frau! Vom ersten Tag an, als er sie auf der High School gesehen hatte bis zu jenem Tag, an dem er diese Welt verlassen würde. Er fickte sie und gleichzeitig kam es ihm vor, als könnte er das sehen, was sie niemals haben würden. Fürsorglich zog er sie an sich, setzte seinen Rhythmus fort, spürte ihre lautlosen Schreie und kam schließlich derart intensiv, dass ihm lauter bunte Punkte vor den Augen tanzten, während sich alle Sinnesreize in seinem Schwanz versammelten und geradewegs sein Steißbein hinaufschossen. Sie erzitterte ebenfalls und presste sich an ihn. Es war animalisch und doch behutsam. Ihre Seufzer sagten ihm, dass sie ein weiteres Mal gekommen war. Liebevoll fuhren seine Hände unter ihren Pullover und streichelten ihren Rücken.

»Du gehörst uns«, murmelte er. »Hast du immer getan.«

»Und das werde ich immer tun«, erwiderte sie. »Aber versprich mir ...«

Er brummte und verschloss ihren Mund mit seinen Lippen. »Versprechen waren noch nie meine Stärke«, fügte er leise hinzu.

Sie schwieg und legte ihre Arme um ihn. So blieben sie sitzen. Er in ihr, sein Kopf an ihrer Schulter, während die Nacht voranschritt.

Sixteen

»Halt an!« Exx klopfte gegen das Armaturenbrett und Benjamin verringerte die Geschwindigkeit.

»Hier?« Er sah sich um. »Das ist das letzte Kaff.«

»Keine Sorge, ich finde mich zurecht.« Exx löste den Gurt und Mya wurde es flau im Magen. Es war soweit.

Benjamin setzte den Blinker und hielt am Fahrbahnrand. Exx nickte ihm zu. »Mach's gut und sorry für die Unannehmlichkeiten.«

Benjamin verzog den Mund. Nach der letzten Nacht sah er mitgenommen aus. Dunkle Augenringe und eingefallene Wangen zeugten von Schlafmangel und den Sorgen, die ihn quälten.

Mya öffnete die Tür. Im Rückspiegel begegnete ihr Blick dem von Benjamin. Sie wusste nicht, wann er zurückgekommen war. Ob er etwas gesehen hatte oder nur ahnte, was Mya und Exx im Zelt miteinander getan hatten. Sie unterdrückte den Anflug eines schlechten Gewissens. In diesem Moment wollte sie sich nicht damit auseinandersetzen, denn der Knoten in ihrem Hals wurde immer größer.

Sie stieg aus und klammerte sich verunsichert an die Autotür. Exx drehte sich zu ihr um. Seine Augen wirkten wie die eines Grizzlybären. Gefährlich und wild. Der Wind wehte ihm eine

Haarsträhne ins Gesicht. Mya saugte den Anblick in sich auf. Die Vorstellung, dass sie ihn nie wiedersehen würde, machte sie ebenso traurig wie Raps Tod. Ihr Kleeblatt zerriss endgültig und mit ihm die Hoffnung auf etwas, das nicht sein durfte.

Exx und Rap hatten sie stets beschützt. Damals und heute. Sie waren Todes- und Schutzengel in einer Person. Sie fürchtete sie ebenso sehr, wie sie sie liebte. Sie waren ein Teil von ihr. Tot und lebendig. Für sie wollte sie leben. Allerdings wusste sie nun, dass sie es anders tun musste als bisher.

»Fahrt auf direktem Weg nach L.A.«, sagte Exx. Er machte keine Anstalten, sie zu umarmen. Mya war das nur recht. Sie hätte in seinen Armen nur die Beherrschung verloren.

Sie sah ihm ins Gesicht. »Ich werde leben«, erwiderte sie mit gedämpfter Stimme. »Aber ich werde es so tun, wie Rap es sich gewünscht hat.«

Exx hob eine Augenbraue. Er schien zu überlegen. Dann nickte er. »Viel Glück.«

»Dir auch.«

Es kam ihr vor, als wollte er seinen Blick nicht von ihr lösen. Sie hörte all das, was er sagte, ohne zu sprechen. Nach einer Ewigkeit senkte er endlich den Kopf und ging. Mya atmete aus. Die ganze Zeit über hatte sie die Luft angehalten und nun lösten sich die Tränen. Sie blinzelte sie weg, schlug die Tür zu und setzte sich nach vorne neben Benjamin. Der fuhr an, bevor sie den Fuß ins Wageninnere ziehen konnte.

»Ich habe mir noch niemals so sehr gewünscht, ein Land zu verlassen, wie in diesem Moment«, grollte er und drückte aufs Gas. Sie schossen aus der Stadt Glennville hinaus und fuhren in Richtung Bakersfield. »Noch etwas mehr als zwei Stunden und ich werde den nächsten Flug nach London nehmen, den ich kriegen kann. Und wenn er mich über den Südpol führt.«

Mya schnallte sich an. »Ich weiß, du kannst es nicht mehr hören, aber es tut mir wirklich leid, Benjamin.«

Er schluckte hart. »Ich habe dich noch nie so viel reden gehört wie mit ihm. Ich wünschte, ich hätte diese Seite von dir niemals kennengelernt.«

Mya drehte den Kopf. Es war eigenartig, wie extreme Situationen Menschen verändern konnten. Der Mann neben ihr erinnerte sie ebenfalls kaum noch an den Benjamin, mit dem sie zusammengelebt hatte.

»Du hast mal zu mir gesagt, dass du mir helfen wirst«, erwiderte sie. »Wenn ich mich dir anvertraue, setzt du alle Hebel in Bewegung, hast du gesagt. Du wolltest sogar dafür sorgen, dass ich in England Asyl erhalte.« Sie lächelte wehmütig. »Meine Geschichte war wohl doch zu krass.«

Für einen kurzen Moment sah er schuldbewusst aus. »Vielleicht hätte es einen Unterschied gemacht, wenn du damals ehrlich zu mir gewesen wärst. Wenn du mir das Gefühl gegeben hättest, dass du mir vertraust. Dass du Hilfe brauchst. Aber am Ende des Tages wolltest du nur weg von mir. Zurück in die Arme deiner beiden Retter.« Sein Gesichtsausdruck verhärtete sich wieder. »Ich bin froh, dass ich mich vor deiner Abreise von dir getrennt habe, sonst wäre ich jetzt auch noch der betrogene Trottel.«

»Dann war es das mit uns?«

»Ist es nicht das, was du willst?«

Mya zog verunsichert die Schultern hoch. »Das, was mir in den letzten Tagen passiert ist, war nicht geplant.«

»Dann warst du naiv.« Benjamin warf ihr einen vorwurfsvollen Blick zu. »Seit ich dich kenne, joggst du jeden Tag. Ich hätte mir denken sollen, dass du vor irgendetwas davonläufst. Dieser Trip in deine alte Heimat war genau das, was du wolltest. Du wolltest deine beiden Freunde wiedertreffen und du wolltest sie ficken, verdammt! Sieh mich an und sag mir, dass es nicht so war.«

»Das kann ich nicht«, gab Mya zu.

»Dein Pflegevater hat dich missbraucht! Wie konntest du da überhaupt noch ...« Er brach ab.

»Walt war ein krankes Arschloch. Ich habe ihn gehasst. Doch Rap und Exx haben mir Stärke gegeben. Bei ihnen konnte ich sein, wie ich war. Ich habe nie gewollt, dass Walt mich bricht und die beiden haben es nicht zugelassen.«

»Es klingt so einfach, wenn du das sagst«, murrte Benjamin. »Aber ist euch eigentlich bewusst, was ihr getan habt?«

»Ist dir bewusst, welches Leben ich jahrelang geführt habe?« Mya funkelte ihn an. »Niemand bei den Behörden hat sich all die Jahre dafür interessiert, wie es mir geht. Walt hatte einen Cousin bei der Polizei in Salinas, der ihn gedeckt hat. Er schlug seine Frau, missbrauchte seine Pflegekinder und niemand hat sich darum gekümmert. Es mag sein, dass es so etwas nicht in der Gegend gibt, in der du aufgewachsen bist, aber bei mir war das Alltag. Also erzähl mir nichts über Unrechtsbewusstsein, wenn du keine Ahnung hast, wie beschissen diese Welt sein kann. Und glaub nicht, dass ich nicht darunter gelitten habe. Je länger ich aus Salinas fort war, desto mehr kehrte mein Gewissen zurück. Ich bin gejoggt, weil sich die Verantwortung für diese Tat immer mehr in mein Bewusstsein gedrängt hat, nicht weil ich zwei Jungs aus meiner Vergangenheit ficken wollte.« Sie senkte ihre Stimme, weil sie spürte, dass sie sich in Rage redete. »Du siehst alles nur aus deiner Perspektive und das akzeptiere ich, aber wirf mir nicht vor, dass du diese Seite von mir nicht kennenlernen wolltest. Ich bin noch immer der Mensch, mit dem du vier Jahre zusammen warst. Allerdings kennst du mich nun. Verstehst du jetzt besser, warum ich während unserer Beziehung geschwiegen habe?« Mya sah ihn an, doch Benjamin blickte versteinert auf die Straße. »Ich wusste all die Zeit verdammt genau, dass du so reagieren würdest. Ich dachte, ich könnte die Person sein, die du liebst, aber das war ein Irrtum. Je öfter du von Heirat und Kindern gesprochen hast, desto mehr wurde mir bewusst, dass ich nicht länger schweigen darf. Deshalb wollte ich zurück in meine Vergangenheit. Um sie abzuschließen. Aber das hat nicht funktioniert. Denn meine Vergangenheit ist zu meiner Gegenwart geworden und ich kann das alles nicht länger verheimlichen. Ich habe Dinge getan, die mich selbst ängstigen, aus Gründen, die mir zu diesem Zeitpunkt richtig erschienen. Dieser Mensch bin ich.« Sie atmete aus. »Und dieser Mensch hat zwei Männern gehört. Wir haben in dieser verflucht verwirrenden, brutalen Welt zueinandergefunden und uns gegenseitig Halt gegeben. Auch körperlich.«

»Man kann niemandem gehören«, zischte Benjamin.

»Ich habe es getan«, flüsterte Mya. *Und ich tue es noch.* Die Erkenntnis traf sie. Der Schmerz über den Verlust von Rap und Exx legte sich schwer auf ihre Brust.

»Abhängigkeit ist etwas Schlechtes. Du solltest in eine Therapie gehen, wenn wir zurück in London sind.«

Mya sah aus dem Fenster. »Ich brauche keine Therapie. Mein ganzes Leben war ich bei Psychologen, die mir erklärt haben, welche Zwänge und Probleme ich habe. Vielleicht lebe ich in einer emotionalen Abhängigkeit, aber die erledigt sich bald von selbst.«

»Was meinst du damit?«

Mya schluckte die Tränen hinunter. »Der Deal, den Exx gemacht hat, bringt ihn auf die Todesliste von drei Gangs. Er wird nicht zulassen, dass er da lebend rauskommt. Outlaw-Ehre.«

»Der lässt sich killen? Im Ernst?« Benjamin schüttelte den Kopf. »Das ist krank.«

»Es ist nur logisch.«

»Nein, Mya, das ist abartig! Diese ganze Geschichte ist vollkommen skurril. Ein irrer Vize-Staatsanwalt, der dein Leben gefährdet, um deine Freunde zu erpressen ...« Er lachte auf. »Tut mir leid, aber außer einer Motorrad-Gang, die an uns vorübergefahren ist, habe ich nichts gesehen. Kann es sein, dass dein Freund einfach ein wenig übertreibt?«

»Vergiss es.« Mya schrie innerlich auf. Die ersten Schilder kündigten Los Angeles an und ihre Unruhe wuchs.

Nach einer Weile sah sie Benjamin an. »Könntest du dir vorstellen, London zu verlassen?«

»Was meinst du damit?« Er erwiderte ihren Blick.

»Ich werde nicht so weiterleben wie bisher. In einer schicken Wohnung in den Hampstead Heights mit regelmäßigen Abendessen im Kreise befreundeter Paare. Ich muss neu anfangen, neu leben, wieder atmen. Das konnte ich jahrelang nicht, aber genau das muss ich jetzt tun.«

»Und was bedeutet das?«

»Ich gehe weg aus England.«

»Und wo bitte willst du hin?«

»Kanada.«

»Kanada?«

»Ich brauche das, Benjamin. Würdest du mich begleiten?«

Er blinzelte erstaunt. »Du willst mit mir zusammen sein?«

Mya zögerte und ein trauriges Lächeln huschte über sein Gesicht. »Du hast nur Angst davor, alleine zu sein«, stellte er leise fest.

Sie fühlte sich schlecht. Ihr ganzes Leben lang hatte sie sich alleine gefühlt, selbst als sie mit Benjamin zusammen gewesen war. Sie hatte die Normalität ihrer Beziehung geliebt ohne zu merken, dass sie daran zugrunde ging.

»Du solltest nichts mehr aus Mitleid tun.« Er verringerte die Geschwindigkeit und hielt bei einer Tankstelle.

Mya runzelte die Stirn. »Was soll das?«

Benjamin schaltete den Motor aus und fuhr sich mit einer Hand durch die Haare. »Es war vorbei mit uns, als du dich entschieden hast, nach Salinas zurückzukehren«, sagte er. »Ich wusste es. Trotzdem wollte ich es mir nicht eingestehen. Und als ich herkam, um dich zu suchen, da wurde es mir vollkommen klar. Ich sah dich gemeinsam mit diesem Typen und du warst so lebendig. Ganz egal, was dir widerfahren ist, Mya, er hat es geschafft, etwas in dir zu berühren, was ich nie finden werde. Du wirst mir nie gehören. Und aus diesem Grund werde ich dich auch nicht begleiten. Deinen neuen Weg musst du alleine gehen.«

Mya biss sich auf die Unterlippe. Sie wusste, dass sie weiterfahren sollten, doch in diesem Moment konnte sie das nicht mehr. All die Zeit hatte sie sich eingeredet, dass Exx sie nicht bei sich haben wollte. Doch was war, wenn er einfach nur genauso feige war wie sie? Vielleicht ging es nicht darum, ob ihre Beziehung nicht sein durfte, sondern darum, ob man stark genug war, sie zu führen?

Mya lehnte sich vor und küsste Benjamin. Er wich vor ihr zurück.

»Du hast recht«, flüsterte sie. »Ich muss ab jetzt meinen Weg gehen.«

»Ich nehme nicht an, du meinst das in Bezug auf uns?« Nun küsste er sie, verzweifelt und innig.

Mya schüttelte den Kopf und löste sich von ihm. »Es tut mir leid.«

»Das kann ich nicht mehr hören.«

»Ich werde nicht mit dir zurückfliegen.«

»Das dachte ich mir. Was hast du vor? Kaufst du dir eine Pump-Gun und tötest diesen Staatsanwalt?«

»Nette Idee.« Mya grinste. »Ich denke, ich werde eine Dummheit tun. Ich weiß nur noch nicht, wie sie aussieht.«

»Du bist der sonderbarste Mensch, den ich kenne.« Benjamin schuf bewusst Abstand zwischen ihnen und Mya griff nach dem Rucksack, der auf dem Rücksitz lag.

»Ich muss los.«

»Sehen wir uns wieder?«

Sie nickte. »Ich komme nach London, nur etwas später.«

»Was immer das heißt.« Er startete den Motor und Mya stieg aus. Sie blinzelte in die Sonne und spürte, dass ihre Hoffnung die Zweifel besiegte. Der richtige Zeitpunkt war nie. Und gleichzeitig immer.

Travis betrat das Büro des Sheriffs in Salinas. Hier hatte sich John Marella mitsamt seinem Team in einem Hinterzimmer eingenistet. Er sah auf die Uhr im Eingangsbereich. Es war kurz vor Mittag. Von Glennville aus hatte ihn ein LKW-Fahrer bis nach San Lucas mitgenommen. Dort hatte er dann ein Auto gestohlen und war bis nach Salinas gefahren. Es war amüsant, dass ihn diese letzte Straftat nichts kosten würde. Vermutlich würde Marella veranlassen, dass der Wagen als sichergestellt gemeldet und seinem Eigentümer zurückgebracht wurde. Manchmal war es von Vorteil, der todgeweihte Lockvogel einer strategisch wichtigen Polizeioperation zu sein. Travis nickte Sheriff Coroner Judith T. Mason zu, die in den gesamten Fall eingeweiht war. Ihr war anzusehen, dass sie es kaum erwarten konnte, wenn sie wieder das Sagen in der Stadt hatte.

»Wo ist er?« Travis blieb vor ihr stehen.

Sie deutete mit dem Kinn hinter sich. »Und wo ist Miss Munroe?«

»Inzwischen hoffentlich am Flughafen von Los Angeles.«

»Mit ihrem Freund?«

Travis nickte. Er wollte nicht daran denken. Mya zurückzulassen war beinahe ebenso schlimm gewesen, wie Rory zu beerdigen.

»Gab es Probleme?«

»Nein, Ma'am.« Er fühlte sich eigenartig euphorisch und ohnmächtig zugleich. Seine Zeit lief ab wie bei einer Eieruhr, durch die der Sand rieselte.

»Sie sollten uns noch verraten, wo ihr Freund liegt. Ich verstehe ihren Wunsch, aber auf diesen Teil des Deals können wir nicht eingehen.«

Travis musterte den Sheriff. Ihre Augen waren riesig. Das war ihm bisher noch gar nicht aufgefallen, doch die Art, wie sie ihn besorgt ansah, ließ ihre Augen geradezu aus den Höhlen treten.

»Machen Sie's erst danach ...« Er stockte und sie schüttelte entschieden den Kopf.

»Wir werden nicht zulassen, dass Ihnen etwas zustößt.«

Sie vielleicht nicht. Travis räusperte sich. »Er liegt direkt hinter der Hütte. Ist nicht zu verfehlen.« Es war der Ort, an dem die Sonne durch die Bäume fiel. Der Ort, an dem Rap, Mya und er oft gelegen hatten. *Ich hätte sie nicht gehen lassen sollen, verdammt.*

Travis spannte die Muskeln und ordnete seine Gedanken. Er war hier, um alles zu Ende zu bringen. Um Rory Frieden zu schenken und um die Bandenkriege in Salinas zu beenden. Oder zumindest einen Anfang zu machen. Er hoffte, dass Marella ehrgeizig genug war, um seine Pläne durchzusetzen. Vielleicht sogar die Mesa in den Gefängnissen in Bedrängnis zu bringen. Er musste daran glauben, damit ihm sein Vorhaben nicht komplett sinnlos erschien.

»Könnte ich Sie mal kurz sprechen?« Marella steckte den Kopf zur Tür heraus, sah den Sheriff an und bemerkte dabei Travis. Ein dämonisches Grinsen huschte über sein Gesicht. »Mr. McAlister! Pünktlichkeit hätte ich Ihnen gar nicht zugetraut.«

»Man sollte niemals einen Iren unterschätzen.«

Marella winkte ihn zu sich heran. »Kommen Sie. Und Sie bitte auch, Sheriff.«

Travis betrat das Büro und zuckte zusammen. »Duncan!« Vor ihm stand der Sergeant-at-Arms des Contra Costa County Chapters der Green Army.

»Darf ich vorstellen? Das ist unsere V-Person innerhalb des Clubs.« Marellas Grinsen wurde breiter.

Travis blieb wie angewurzelt stehen. Er sah ein weiteres bekanntes Gesicht. Einen Mann, den er stets an der Seite von Billy Chen gesehen hatte.

»Was soll das?«, fragte er misstrauisch. »Weshalb brauchen Sie mich, wenn Sie all diese Leute haben?«

Duncan kam zu ihm und schlug ihm auf die Schulter. »Keine Sorge, Mann, dieses Mal wird es keine Hinrichtung geben.«

Travis ballte die Hände zu Fäusten. »Du hast das alles gewusst? Die ganze Zeit über?« Die Wut schoss kribbelnd seinen Nacken empor. »Du hättest das mit Rory verhindern können!« Ehe er zuschlagen konnte, hatte einer von Marellas Leuten ihn bereits fest im Griff. »Nur die Ruhe«, hörte er den Mann hinter sich sagen und schnaubte, während er Duncan taxierte.

»War das wieder ein Trick?«, brüllte er. »So wie letztes Mal mit Mya? Damit ich weiter auspacke?«

Er bemerkte Marellas Blick und entkam dem Mann in seinem Rücken mit einer schnellen Drehung seines Oberkörpers. Augenblicklich zogen sämtliche Beamten im Raum ihre Waffen. Travis drehte sich im Kreis, fixierte jeden einzelnen.

»Warum?«, rief er zornig. »Sagt mir wenigstens warum!«

»Setzen Sie sich, Mr. McAlister.« Sheriff Mason kam auf ihn zu.

Ihr Gesicht wirkte ausdruckslos, doch er bemerkte das ungehaltene Funkeln ihrer Augen. Sie war über diese Offenbarung ebenso bestürzt wie er selbst.

Bewusst langsam hob er die Hände und nahm Platz. Die Beamten nahmen die Waffen herunter und forderten ihn auf, seine auf den Tisch zu legen. Mit gespreizten Fingern zog er die Ruger hervor und legte sie vor sich hin. Sheriff Mason gab sie weiter.

»Nun?« Travis starrte in die Runde.

Duncan setzte sich ihm gegenüber. »Ich bin eine V-Person des FBI, ein Informant. Ich unterliege besonderen Richtlinien und habe eine Geheimhaltungsvereinbarung unterzeichnet. Ich darf nur aussagen, wenn das FBI und die staatliche Justizbehörde mich davon befreien. Doch das ist erst möglich, wenn der RICO Fall vor Gericht geht. Deshalb brauchten wir jemand, der intern bereit ist, Aussagen zu machen.«

»Ihr habt mich benutzt, um den RICO Fall überhaupt erst auf den Weg zu bringen!« Travis sackte in sich zusammen. Das war alles nur ein abgekartetes Spiel gewesen. Rory, Mya und er waren nur Köder in einem weitaus komplexeren Gebilde. Er verzog den Mund.

»Das wusstest du doch vorher schon. Wir haben unseren Plan nur etwas erweitert«, meinte Duncan gelassen.

»Ihr habt Rorys Tod bewusst in Kauf genommen.« Travis starrte ihn an. »Myas Entführung war einfach nur ein geschickter Plan, um die Triaden misstrauisch zu machen. Sie sollten den Deal platzen lassen, damit es Ihnen später gelingt, alle drei Gangs mit einem Schlag in die Finger zu bekommen.«

»Wir konnten nicht ahnen, dass Billy Chen den OMC schon vorher beschatten ließ.« Duncan legte die Fingerspitzen aneinander. »Wir wussten nicht, dass er Rory im Visier hatte. Das ist die Wahrheit.«

Travis verzog den Mund. »Das ist Bullshit!«

»Wärst du einfach nur ein loyaler Green Army Bruder gewesen, hätten wir nichts gegen dich in der Hand gehabt. Aber das Auftauchen von Mya Munroe war wie der Fund eines Goldnuggets. Du hast den Kodex gebrochen und eine Frau über deinen Club gestellt. Du bist nicht unschuldig an der ganzen Sache«, erwiderte Duncan und zuckte nicht mit der Wimper, als Travis aufspringen wollte, um ihm eine aufs Maul zu hauen. Wieder einmal wurde er festgehalten und wehrte sich mit Leibeskräften. Als er sich einigermaßen beruhigt hatte, fixierte er den Mann, den er von seinen Treffen mit Billy Chen kannte. »Was wussten Sie?«

Dieser zuckte mit den Schultern. »Ich erfahre nicht alles, was mein Boss macht.«

»Ihr Boss? Welchen meinen Sie?« Travis spuckte aus und Marella trat angewidert zur Seite.

»Jetzt beruhigen Sie sich, Mr. McAlister. Das mit ihrem Freund war ein bedauernswerter Unfall. Sie unterstellen uns hier unsaubere Arbeit und dagegen muss ich mich entschieden zur Wehr setzen. Wir haben alle Ihre Forderungen erfüllt. Ihre kleine Freundin ist raus, die Mordsache Walt Chandler fällt unter den Tisch. Dafür haben wir nun die Triaden und die Green Army mitsamt ihren Verbindungen zur Real IRA. Und mit etwas Glück auch noch Teile der Nuestra Familia, denen wir dann nachweisen können, dass sie noch immer in Salinas operieren. Ohne Ihre schriftlichen Aussagen wären wir nicht dahin gekommen. Wir schulden Ihnen Dank, Mr. McAlister.«

»Schieben Sie sich den in Ihren Arsch!« Travis schlug mit der Faust auf den Tisch und die Hände der Beamten zuckten in Richtung ihrer Waffen. Es war schon beinahe amüsant, wie nervös sie seinetwegen waren. Travis straffte die Schultern.

»Sie sollten Mr. McAlister in ihr Zeugenschutzprogramm aufnehmen«, sagte Sheriff Mason in diesem Moment. »Wenn die Sache heute Abend über die Bühne geht, ist er Freiwild für die versprengten Teile der Gangs. Sie werden ihn jagen wie einen angeschossenen Hirsch.«

»Er hat nicht darum gebeten.« Marella neigte den Kopf und Travis wusste, dass der Vize-Staatsanwalt ahnte, warum er das nicht gefordert hatte. »Es ist nicht meine Aufgabe, ihn zu schützen, wenn er das nicht möchte.«

»Jetzt hören Sie mir mal zu.« Sheriff Mason baute sich vor Marella auf. »Mich kotzt Ihre Selbstherrlichkeit allmählich an! Sie haben den Tod eines Menschen in Kauf genommen, gefährden Zivilisten, um Ihre V-Personen nicht zu früh auffliegen zu lassen und Sie machen Deals, die den gängigen Konventionen widersprechen. Ich schwöre Ihnen, dass ich Sie bei der obersten Justizbehörde hinhängen werde, wenn Sie nicht endlich ihren Arsch hochkriegen und Mr. McAlister das zugestehen, was jedem anderen Zeugen in seiner Position zugestanden werden würde.«

»Darf ich Sie daran erinnern, dass Sie mir zuarbeiten? Sie haben einen Vertrag unterschrieben«, schoss Marella zurück, doch Sheriff Mason brachte ihn mit einer Handbewegung zum Schweigen.

»Auf ihre Verträge kann man pissen, Marella! Im Übrigen gilt meiner nur bis zur Eröffnung des RICO Falles, anschließend bin ich von jeder Zuarbeit und Verschwiegenheit entbunden. Und ich werde Ihnen Kraft meines Amtes die Hölle heiß machen, wenn Mr. McAlister heute Nacht auch nur ein Haar gekrümmt wird.«

Travis wollte widersprechen, doch Marellas verblüffter Gesichtsausdruck ließ ihn innehalten. Der stellvertretende Bundesstaatsanwalt holte tief Luft und sah ihn an. »Wir werden Ihnen einen überarbeiteten Vertrag zur Unterschrift vorlegen«, murmelte er, bevor er in die Hände klatschte. »Nun zu den Vorbereitungen für den Abend. Mr. McAlister, hier sehen Sie das Gelände der Übergabe. Die Triaden werden hier warten und die Green Army wird sich von nordöstlicher Seite nähern. Wir verkabeln Sie und werden die gesamte Zeit Funkkontakt mit Ihnen halten. Trauen Sie sich das zu?«

Travis nickte. Was hatte er schon zu verlieren?

EINIGE STUNDEN SPÄTER STAND TRAVIS NEBEN DUNCAN BEI dem vereinbarten Treffpunkt und blickte Cringe Callahan entgegen. Er war verkabelt wie ein Roboter und hatte keine Waffe. Niemals zuvor hatte er sich wehrloser gefühlt.

»Wo hast du ihn gefunden?«, fragte Cringe seinen Sergeant-at-Arms und musterte Travis abschätzig.

»Er kam freiwillig zu mir.«

»Freiwillig?« Cringe schüttelte den Kopf und Travis hoffte, dass sein Misstrauen sich am Ende nicht auch gegen Duncan richten würde. »Wo warst du?«

»Musste mal raus, um Rorys Tod zu verarbeiten.«

Cringe kam näher. »Diese Kumpel-Sache bei euch war ziemlich dick, nicht wahr? Warum wusstest du dann nichts von Rorys Verrat?«

»Er hat geahnt, dass ich ihn hinhängen würde. Weiber stellt man nicht über seine Brüder. Doch er hat's getan.«

»Er hat's getan«, wiederholte Cringe und eine steile Falte bildete sich zwischen seinen Augen. »Und weshalb warst du dann unterwegs nach L.A.?«

»Hab dafür gesorgt, dass die Schlampe geht und keine weiteren Schwierigkeiten macht.«

»Hm.« Cringe hob das Kinn. »Ich glaube dir nicht. Irgendwas ist faul an der ganzen Sache. Wir werden ein Tribunal einberufen, wenn das hier vorüber ist.«

Travis nickte. »Ich habe nichts zu verbergen«, erwiderte er mit fester Stimme. *Dann nicht mehr.*

Cringe gab seinen Leuten ein Zeichen und der weiße Lieferwagen fuhr vor. »Dieses Mal werden wir den Triaden alles zeigen, was wir haben«, erklärte Cringe. »Ich hätte nicht gedacht, dass der Deal überhaupt noch zustande kommt und das hätte uns in echte Schwierigkeiten gebracht. Spätestens dann wärst du fällig gewesen.«

»Schon klar.« Travis gab sich gelassen. »Jetzt bin ich da. Was kann ich tun?«

»Du bleibst hier bei uns. Billy Chen soll sehen, dass wir geschlossen auftreten. Er hatte es plötzlich ziemlich eilig mit dem Deal. Vermutlich hat er größere Probleme mit den Mexikanern, als er zugibt. Das ist unser Glück.«

»Sie kommen!« Duncan warf Travis einen Blick zu und der

holte tief Luft. Es war so weit und er konnte nur hoffen, dass die Eingreiftruppen schneller waren als Billy Chen mit seinem Messer.

Die Männer der Green Army positionierten sich um den Lieferwagen herum, allerdings so, dass man sie sehen konnte. Niemand wollte, dass die Chinesen an einen Hinterhalt glaubten.

»Unsere Scharfschützen haben Sie im Blick. Aber die Mexikaner sind noch nicht in Sicht«, hörte Travis eine Stimme über den Knopf in seinem Ohr. Großartig, dachte er, hoffentlich wurde es nicht zu schnell dunkel. Die Dämmerung brach herein und im Zweifel wollte niemand die Bosse der Organisationen erschießen. Sie waren wertvoll. Tot halfen sie keinem weiter. Er dagegen war etwa so wertvoll wie ein Furunkel am Hintern.

Die drei schwarzen BMWs der Chinesen hielten in einigen Metern Entfernung. Billy Chen stieg aus und Travis spürte die Angst, die er nicht hatte haben wollen. Nachdem ihm Marella tatsächlich Zeugenschutz zugesagt hatte, wusste er nicht mehr, was er tun sollte. Sterben für die gute Sache oder Leben als Verräter. Beides klang nicht sonderlich befriedigend.

Billy Chen blieb auf halbem Weg stehen. Er schien auf etwas zu warten und Travis wusste genau, auf was. Cringe dagegen war verwundert.

»Was ist los?«, raunte er Duncan zu. »Was will der gelbe Wichser?«

»Du solltest ihm den Inhalt des Lieferwagens zeigen«, schlug Duncan vor und Travis wusste, dass er damit Zeit gewinnen wollte. Und eine Eskalation heraufbeschwor. Denn das, was Billy Chen zuerst wollte, davon hatte Cringe keinen blassen Schimmer.

»In Ordnung.« Der Präsident winkte seinen Prospects zu und ließ den Lieferwagen anfahren. Sofort sprangen weitere Chinesen aus den Autos und richteten ihre Maschinengewehre auf die Anwesenden.

»Scheiße«, murmelte Duncan.

Cringe hob die Hände. »Alles cool, Leute.« Er lief neben dem Wagen her und blieb vor dem Triaden Boss stehen. Sie redeten, waren aber zu weit entfernt, um den Inhalt des Gesprächs verstehen zu können. Travis wurde immer nervöser.

»Die Mexikaner kommen. Bleiben Sie, wo Sie sind. Nur so können wir Sie schützen«, hörte er die Stimme in seinem Ohr und gab Duncan ein unauffälliges Zeichen.

Unvermittelt drehte sich Cringe um und starrte ihn an. In seinem Blick lag jenes Verstehen, vor dem sich Travis gefürchtet hatte. Durch das, was er von Billy gehört hatte, konnte er sich zusammenreimen, dass dieser Deal eine Falle war, doch er zögerte, weil er ebenfalls wusste, dass die Triaden sie durchsieben würden, wenn sie herausfanden, dass sie zum wiederholten Mal gelinkt worden waren. Deshalb musste Cringe mitspielen und das brachte ihn zur Weißglut.

»Komm her!«, brüllte er über den Platz.

Travis rührte sich nicht und Cringe zog seine Waffe. Entschlossen kam er auf ihn zu.

»Du verfluchtes Arschloch, was hast du getan?«, zischte er, als er bei Travis ankam. Er packte ihn am Arm und zerrte ihn mit sich. »Du hast ausgepackt und diesen Drecksdeal eingefädelt, habe ich recht?« Er sprach mit gesenkter Stimme, damit Billy Chen nichts davon mitbekam.

Travis schwieg. Es war unwichtig. Für einige Jahre hatte ihm der Club eine Familie ersetzt. Das war bevor er verstanden hatte, wer seine eigentliche Familie gewesen war.

»Ich wünschte, ich könnte zusehen, was dir die Triaden Schweine antun, aber vermutlich habe ich dazu keine Zeit mehr.« Cringe spuckte aus. »Ich würde dir am liebsten selbst die Eingeweide rausreißen. Wenn du lebend hier rauskommst, wirst du dafür büßen, das schwöre ich.«

Sie blieben vor dem Triaden Boss stehen, der Travis mit hochgezogenen Lippen anlächelte. Es sah aus, als fletschte er die Zähne. *Shù dà yǒu kū zhī, zú dà yǒu qǐ ér.* Jede Familie hat ihr schwarzes Schaf«, flüsterte er. »Du bist ein Feigling und hast schweigend zugesehen, wie ich deinen Freund umgebracht habe. Dabei war er unschuldig. Dieses Mal werde ich nicht so gnädig sein. Dein Tod wird lange dauern.«

Cringe übergab ihn zwei Chinesen mit Gewehren, die ihn zu den schwarzen BMWs führten. In diesem Moment brausten weitere Autos auf die Lichtung und herausspringende, rot vermummte Gestalten eröffneten das Feuer. Die Mexikaner! Travis zog instinktiv den Kopf ein und ging hinter einem der BMWs in Deckung.

»Zugriff!«, hörte er die Stimme in seinem Ohr. »Wo sind Sie?«

Die Maschinengewehrsalven nahmen zu und er vernahm das Einschlagen der Kugeln im Blech der parkenden Autos. Die anwesenden Männer rannten umher. Keiner wusste, was gerade geschah oder auf wen er zuerst schießen sollte. Sirenen unterbrachen das Chaos, nur um es dann weiter zu entfachen. Travis sah sich um. Der Treffpunkt lag auf einem Plateau, das weitläufig von Bäumen umgeben war, die die Sicht auf die Straßen versperrten. Ein denkbar ungünstiger Platz. Es war Travis ein Rätsel, weshalb die Triaden diesen Übergabeort ausgewählt hatten. Aber zum Nachdenken blieb ihm keine Zeit.

»Flüchten Sie zu den Einsatzfahrzeugen«, befahl ihm die Stimme und er robbte voran.

»Du bleibst hier!« Cringe Callahan ging neben ihm in Deckung und richtete seine Waffe auf ihn. »Die mögen mich einbuchten, aber das hier bringe ich zu Ende.«

Fuck. Travis hatte geahnt, dass er kein Glück haben würde. Hatte er nie gehabt. Gebannt starrte er auf die Mündung der Waffe. Er dachte an die Hütte im Wald. An Rory und an Mya. Er hatte es ebenfalls zu Ende gebracht. Ein Teil ihres Kleeblatts hatte überlebt. Der Teil, der am wichtigsten war. Er atmete aus und schloss die Augen.

Death leaves a heartache no one can heal;
Love leaves a memory no one can steal.
~ Irish Saying ~

Über die Autorin

Bonnie Sharp ist das Pseudonym einer deutschen Autorin. Sie ist weder jung noch alt, eher groß als klein und stammt aus der Stadt, deren ältestes Bauwerk ein Klo ist. Sie ist im Jahr des Tigers geboren und lebt auch mit einem solchen zusammen.

Wer mehr über sie erfahren will, darf ihr gerne schreiben: bonnie.sharp@email.de